Absolutamente romântico

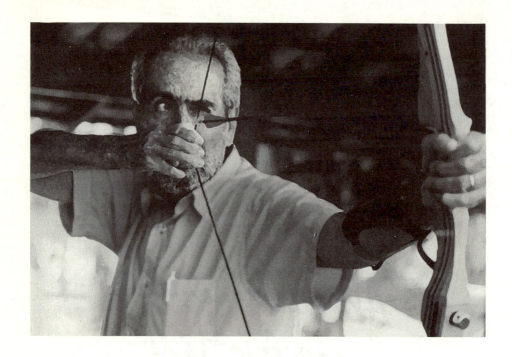

O Arqueiro

GERALDO JORDÃO PEREIRA (1938-2008) começou sua carreira aos 17 anos, quando foi trabalhar com seu pai, o célebre editor José Olympio, publicando obras marcantes como *O menino do dedo verde*, de Maurice Druon, e *Minha vida*, de Charles Chaplin.

Em 1976, fundou a Editora Salamandra com o propósito de formar uma nova geração de leitores e acabou criando um dos catálogos infantis mais premiados do Brasil. Em 1992, fugindo de sua linha editorial, lançou *Muitas vidas, muitos mestres*, de Brian Weiss, livro que deu origem à Editora Sextante.

Fã de histórias de suspense, Geraldo descobriu *O Código Da Vinci* antes mesmo de ele ser lançado nos Estados Unidos. A aposta em ficção, que não era o foco da Sextante, foi certeira: o título se transformou em um dos maiores fenômenos editoriais de todos os tempos.

Mas não foi só aos livros que se dedicou. Com seu desejo de ajudar o próximo, Geraldo desenvolveu diversos projetos sociais que se tornaram sua grande paixão.

Com a missão de publicar histórias empolgantes, tornar os livros cada vez mais acessíveis e despertar o amor pela leitura, a Editora Arqueiro é uma homenagem a esta figura extraordinária, capaz de enxergar mais além, mirar nas coisas verdadeiramente importantes e não perder o idealismo e a esperança diante dos desafios e contratempos da vida.

CLUBE DO LIVRO DOS HOMENS

Absolutamente romântico

LYSSA KAY ADAMS

Título original: *Isn't It Bromantic?*

Copyright © 2021 por Lyssa Kay Adams
Copyright da tradução © 2023 por Editora Arqueiro Ltda.

Publicado mediante acordo com a Berkley, selo do Penguin Publishing Group, divisão da Penguin Random House LLC.

Todos os direitos reservados. Nenhuma parte deste livro pode ser utilizada ou reproduzida sob quaisquer meios existentes sem autorização por escrito dos editores.

tradução: Marcela Nalin Rossine

preparo de originais: Midori Hatai

revisão: Camila Figueiredo e Rayana Faria

diagramação: Valéria Teixeira

capa: Jess Cruickshank

adaptação de capa: Gustavo Cardozo

impressão e acabamento: Cromosete Gráfica e Editora Ltda.

CIP-BRASIL. CATALOGAÇÃO NA PUBLICAÇÃO
SINDICATO NACIONAL DOS EDITORES DE LIVROS, RJ

A176a

Adams, Lyssa Kay, 1974-
    Absolutamente romântico / Lyssa Kay Adams ; tradução Marcela Rossine. - 1. ed. - São Paulo : Arqueiro, 2023.
    320 p. ; 23 cm. (Clube do livro dos homens ; 4)

Tradução de: Isn't it bromantic?
Sequência de: Estupidamente apaixonados
ISBN 978-65-5565-442-4

1. Romance americano. I. Rossine, Marcela. II. Título. III. Série.

22-81616   CDD: 813
               CDU: 82-31(73)

Meri Gleice Rodrigues de Souza - Bibliotecária - CRB-7/6439

Todos os direitos reservados, no Brasil, por
Editora Arqueiro Ltda.
Rua Funchal, 538 – conjuntos 52 e 54 – Vila Olímpia
04551-060 – São Paulo – SP
Tel.: (11) 3868-4492 – Fax: (11) 3862-5818
E-mail: atendimento@editoraarqueiro.com.br
www.editoraarqueiro.com.br

Para minha filha
Você é a luz da minha vida

A HISTÓRIA DE FUNDO

Seis meses atrás

É tudo muito divertido até alguém borrar a calça.

E, pelo menos desta vez, Vlad Konnikov não era o responsável.

Por sorte, ele sabia o que fazer. Isso porque Vlad – ou Russo, como os amigos o chamavam, já que ele era, de fato, russo – tinha um infeliz histórico de catástrofes gastrointestinais, que só foram diagnosticadas havia pouco tempo. O homem que agora tinha uma intolerância oficial a glúten e ocasionais sintomas de desarranjo intestinal nunca saía de casa sem um kit de emergência.

E aquela era, sem sombra de dúvida, uma emergência.

Vlad pegou seu estojo no quarto do hotel, cinco andares acima do salão onde acontecia a festa de casamento do amigo, de quem ele era padrinho. Voltou correndo ao mezanino e encontrou outro padrinho de guarda na porta do banheiro principal.

– Ele ainda está mal? – perguntou Vlad, o sotaque ainda mais acentuado porque ele estava sem fôlego e levemente bêbado. Era um casamento, afinal de contas, e seu estômago que se danasse, ele era russo. Russos bebiam em casamentos.

– Mal? – respondeu Colton Wheeler, um astro da música country. – Estamos falando de uma verdadeira metralhadora. – Colton posicionou as mãos como se segurasse uma arma e imitou o rápido *rá-tá-tá*. – Eu não entraria lá se fosse você.

– Preciso entrar. Ele é o padrinho principal. Tem que fazer o discurso.

– A menos que ele faça do banheiro, não acho que isso vá acontecer tão cedo.

O barulho de sapatos sociais batendo contra o piso de ladrilho fez Vlad olhar para trás. O noivo, Braden Mack, chegou derrapando.

– Onde diabos está meu irmão?

Colton apontou com o polegar por cima do ombro e fez uma careta.

– Ainda? – Mack passou as mãos pelo cabelo e logo praguejou, percebendo que tinha acabado de bagunçar o penteado. Ele era cheio de frescura com o cabelo. – Meu Deus, o que foi que ele comeu?

Vlad deu de ombros.

– Queijo, provavelmente.

Queijo também costumava ser o terror de Vlad, até ele perceber que não era bem assim. Só estava comendo os tipos errados de queijo e as coisas erradas com queijo. Agora ele seguia uma dieta rigorosa, tomava um remédio todos os dias e podia comer quanto queijo quisesse desde que fosse cuidadoso. Era oficialmente um novo homem.

– Eu sei o que fazer – anunciou Vlad, abrindo seu estojo de emergência. Tirou dali uma caixa com sachês de chá de hortelã-pimenta e os entregou a Colton. – Rápido. Peça ao pessoal do hotel uma caneca de chá com isto.

Colton analisou a caixa.

– Sério?

– Vai logo. – Ele girou os ombros e alongou o pescoço. – Tudo bem. Estou pronto. Vou entrar.

Colton ergueu as mãos em rendição.

– O nariz é seu.

– Eu vou com você – disse Mack, ajeitando o paletó do smoking. – Ele é meu irmão. Deixa comigo. Cresci com aquele merdinha.

– Merdão – corrigiu Colton, saindo da frente, as mãos ainda levantadas. – Vai por mim. Merdão.

A porta pesada rangeu quando Vlad a abriu.

– Liam? – chamou ele, gentilmente, aproximando-se da fileira de cabines como um negociador de reféns que se aproxima de um suspeito. – É o Vlad. Mack está aqui comigo.

– Vão embora – grunhiu o outro em resposta.

Vlad apontou para a última cabine. Mack assentiu e fez uma careta enquanto se aproximava.

– Como estão as coisas aí? – perguntou Mack.

Liam respondeu com outro grunhido e Mack abafou uma risada com a mão.

– Para com isso – sussurrou Vlad. – Não é nada legal ter dor de barriga. Não é engraçado como você pensa.

– Você está certo, cara – disse Mack, endireitando-se. – A gente tirou muito sarro de você por causa disso. Estou feliz por você estar melhor. – Mack deu um tapinha na barriga de Vlad por cima da camisa social, ergueu a sobrancelha e recuou. – Caramba, cara. Está escondendo uma placa de aço aí embaixo?

– Sou atleta profissional – replicou Vlad, afastando a mão de Mack. – O que você esperava que tivesse aqui embaixo?

Vlad jogava na defesa do time profissional de hóquei de Nashville, e foi assim que fizera amizade com esses degenerados famosos. Colton era de longe o mais conhecido, mas a turma toda estava na lista das pessoas mais influentes de Nashville. Vlad nem mesmo era o único atleta profissional no casamento. Outros três – Gavin Scott, Yan Feliciano e Del Hicks – eram jogadores do time de beisebol da liga principal de Nashville e Malcolm James era jogador da Liga de Futebol Americano. Nos seis anos desde que Vlad imigrara para os Estados Unidos para jogar hóquei, esses caras se tornaram seus melhores amigos e Mack era a cola que unira todos eles através do Clube do Livro dos Homens. Juntos, liam romances escritos por mulheres para aprender a ser homens melhores. Esse grupo, esses homens, esses livros... mudaram a vida de Vlad. Ele não iria decepcionar Mack deixando que seu irmão perdesse o brinde mais importante da noite.

– Não dá para acreditar – gemeu Liam de dentro da cabine. Em seguida ouviu-se um ruído que fez Mack recuar, horrorizado. – O que eu vou fazer?

Em solidariedade, Vlad permaneceu do lado de fora da cabine. Ao longo dos anos, ficou conhecido entre os amigos como o mais famoso entupidor de privadas – uma reputação que estava feliz de ter deixado para trás. Ninguém entendia como era estar sempre em guerra contra o próprio corpo. Ok, ok, nada pode ser mais engraçado do que um peido fora de hora... a menos que venha de você. Nada se compara ao pânico de estar na rua e de repente sentir suas entranhas se contorcerem em alerta sem um único banheiro à vista. "Eu não consigo segurar", dizia ele, simplesmente.

– Vocês não precisam ficar aqui – disse Liam. – Aliás, meio que prefiro que não fiquem.

– Amigos de verdade não deixam os amigos enfrentarem uma dor de barriga sozinho.

– Na verdade, deixam, sim – gemeu Liam. – Vão embora.

– Você é irmão do noivo. O padrinho principal. Você tem que fazer o brinde.

– Não consigo – disse Liam, fazendo um barulho que provava isso.

Vlad se encolheu em sinal de empatia. Abriu o estojo de emergência, pegou um frasco de óleos essenciais e o passou por debaixo da porta.

– Esfrega um pouco disso na barriga.

– Mas é meu maldito cu que está doendo!

– Isso vai aliviar a cólica – retrucou Vlad. – Eu garanto.

Em seguida, Vlad pegou um remédio para diarreia e passou a cartela por baixo da porta.

– Tome dois desses agora. O efeito não é imediato, mas vão ajudar.

O bico de um sapato preto brilhante puxou a cartela até que sumisse de vista.

– Valeu, cara.

Por fim, Vlad pegou um pacote com cuecas novas e o deslizou para dentro da cabine.

– Só por precaução – disse ele, levantando-se.

A porta do banheiro se abriu, e Colton entrou com o braço esticado para entregar a caneca e um guardanapo cobrindo parte do rosto.

– Aqui está seu chá de hortelã contra cocô.

Vlad fez cara feia e pegou a caneca.

– Liam – disse ele, calmamente. – Vou deixar uma caneca de chá aqui na bancada para você beber. Vai acalmar seu intestino.

– Mack – grunhiu Liam. – Como é que eu vou fazer o discurso do brinde?

– Pode fazer mais tarde, se estiver se sentindo bem.

– Ah, é, falando nisso... – interveio Colton, a voz abafada pelo guardanapo. – Liv está lá fora. Ela quer saber o que está acontecendo.

Mack e Vlad ficaram tensos. Liv era a noiva de Mack, uma mulher incrível e durona que metia medo em todos os homens da turma – principalmente Liam, pelo visto.

Mack espalmou as mãos nos ombros de Vlad.

– O que acha de fazer o brinde?

Vlad sentiu o estômago dar um nó.

– E-Eu?

– Não consigo pensar em ninguém melhor para substituir meu irmão, cara.

– Eu... eu nem escrevi nada – respondeu ele, a voz embargada enquanto as lágrimas embaçavam sua vista.

Vlad também era conhecido na turma pelas demonstrações espontâneas de emoção. Era seu lado russo. Não conseguia evitar, e não havia diagnóstico ou remédio que curasse isso. Chorava em casamentos, com livros, músicas, comerciais, animais fofos. Ele nunca conseguiria fazer o brinde.

Mack botou a mão na nuca de Vlad e deu um aperto de leve.

– Eu ficaria honrado em ouvir você dizer o que viesse à sua mente. Ninguém tem um coração como o seu.

Vlad enxugou uma lágrima.

– Eu é que me sinto honrado.

Liam soltou um barulho que quebrou abruptamente o momento de ternura.

– Acho melhor a gente continuar isso lá fora – sugeriu Mack.

Vlad assentiu, e Mack gritou para Liam:

– Mais tarde a gente volta para ver como você está, ok?

– Te amo, irmão – grunhiu Liam.

– Também te amo...

Outro barulho soou e os fez passar correndo pela porta.

Do lado de fora, Liv andava de um lado para outro em seu vestido de noiva, os braços cruzados.

– Finalmente! – exclamou ela, erguendo as mãos. – Já estava quase entrando aí. Como ele está?

– Vai ficar bem – respondeu Vlad –, mas deve demorar um pouco.

Mack deu um tapinha nas costas dele.

– Vlad vai fazer o primeiro brinde, assim o show pode continuar.

O rosto de Liv se suavizou com o sorriso que era a principal razão para Mack ter se apaixonado por ela. Por baixo da armadura de durona, ela era uma maria-mole.

– Eu vou chorar – disse ela, ao abraçar Vlad.

– Eu também – respondeu ele, apertando-a de volta.

– Odeio chorar.

– Eu sei. Vou chorar por nós dois.

Mack puxou a noiva para junto de si e deu um beijo estalado em seus lábios.

– Vamos começar essa festa.

De volta ao salão, o DJ anunciou que haveria uma pequena mudança na celebração daquela noite. Os garçons serviram uma taça de champanhe aos convidados, e Vlad pegou o microfone.

Ao correr os olhos pelo salão, uma emoção diferente tomou conta dele, uma emoção que lhe era familiar agora. *Inveja*. Seus melhores amigos aconchegavam as respectivas esposas e namoradas em seus braços enquanto esperavam que ele compartilhasse um pouco de sabedoria com o novo casal, mas Vlad não tinha nada a oferecer. Era uma fraude. Ele tinha entrado para o clube do livro porque Mack argumentara que "os manuais" – como chamavam os romances que liam – iriam ajudá-lo a se tornar o melhor marido para Elena, mas, é claro, ele falhara.

Porque seu casamento nunca fora de verdade.

E, embora odiasse enganar os amigos, a ideia de contar, depois de tanto tempo, que Elena só se casara com ele para sair da Rússia e fazer faculdade nos Estados Unidos era humilhante demais para sequer ser cogitada.

Porém, tinha aprendido uma coisa importante com os manuais. Aprendera que merecia mais do que aquela relação unilateral. Queria amor. Queria uma família. Queria as declarações românticas e o final feliz. Por isso, um mês antes, finalmente dera um passo em direção a uma nova história. Fizera a coisa mais assustadora da sua vida. Mais assustadora do que a decisão de abandonar o hóquei profissional na Rússia para jogar nos Estados Unidos. Mais assustadora do que seu pedido de casamento precipitado a Elena. Mais assustadora do que a decisão de concordar que ela o largasse para fazer faculdade em Chicago depois que haviam se mudado para Nashville.

Havia um mês, ele reunira todas as lições que aprendera nos manuais e revelara a Elena que, quando ela se formasse, na primavera seguinte, queria que os dois tivessem um casamento de verdade.

Tinha esperança de que ela o abraçasse e o beijasse. Que declarasse que sempre o amara, só que nunca soubera como dizer. Em vez disso, ela apenas sussurrou que precisava de tempo para pensar na proposta. E, embora aquilo tivesse partido seu coração, ele se sentiu mais esperançoso, algo que não acontecia havia muito tempo. Enfim tomara uma atitude para sair do limbo no qual estivera vivendo durante quase seis anos.

– Meus amigos – começou ele, finalmente. Todos se calaram e se voltaram para ele, sorrindo. – Eu sou russo...

– Não brinca! – gritou um dos amigos.

Ele ergueu a mão, pedindo paciência.

– Eu sou russo, então não vou conseguir terminar este discurso sem chorar. Já estou avisando. Quando vim para os Estados Unidos, eu não sabia como seria, e os primeiros meses foram... foram solitários.

Ele olhou para a direita, onde Liv e Mack estavam enlaçados um ao outro enquanto o ouviam.

– Foi então que conheci Mack. Ele é muito, como posso dizer, chato.

Um ataque de risos tomou conta do salão.

– Não é isso que quero dizer. "Confiante" é a palavra certa. Ele é muito autoconfiante. Eu não era.

Todos fizeram "awn" ao mesmo tempo.

– Mack foi a primeira pessoa que me convenceu de que foi uma boa ideia deixar meu país e vir para cá. Ele foi o primeiro amigo que fiz aqui, e é o melhor. Mas ele era muito, muito ruim mesmo com as mulheres, sabem?

Mais risadas.

— Ele só era, como os americanos dizem, bom de lábia. Muito cheio de confiança, mas, na hora de agir, que é bom, nada, tipo... tipo os jornalistas esportivos que dizem que jogam hóquei melhor do que nós, mas é só calçarem os patins para quebrarem a cara.

Ele olhou para Mack outra vez a tempo de ver Liv beijar sua bochecha enquanto os convidados gargalhavam. Mack fez uma careta de brincadeira para ele.

— Mas Mack... ele também era solitário. Nunca conseguiu encontrar a mulher certa, até conhecer Liv. E todos nós soubemos, desde o primeiro encontro deles, que ela era a pessoa certa porque Liv não gostou dele logo de cara. Achava que ele era um chato. E agora não quero dizer autoconfiante. É *chato* mesmo.

Liv riu e enterrou o rosto na curva do ombro de Mack. Vlad sorriu ao vê-lo encostar os lábios no topo da cabeça dela.

— Tem sido a maior honra...

Vlad parou e limpou a garganta, e os convidados mais uma vez deixaram escapar um *awn*. Vlad fungou.

— Tem sido a maior honra fazer parte da vida do Mack e vê-lo se tornar um homem ainda melhor do que já era, por causa da Liv. — Vlad enxugou uma lágrima. — Amo muito vocês dois.

Liv espiou por cima do ombro de Mack, os olhos brilhando cheios de lágrimas.

Vlad levantou a taça, e todos no salão o acompanharam.

— Sei que vocês serão felizes para sempre juntos, até mesmo quando Mack for um chato. Obrigado por me deixarem fazer parte disso. Então, como dizemos na Rússia: *Zhelayu vam oboim more schast'ya*. Desejo aos dois toda a felicidade do mundo.

Vlad tomou um gole do champanhe enquanto os aplausos eclodiram e todos bebiam. Mack e Liv foram até ele e o abraçaram ao mesmo tempo.

— Meu Deus, cara — disse Mack, a voz embargada. — Eu também te amo.

Liv beijou a bochecha de Vlad.

— A única coisa que poderia ter tornado esse momento melhor seria se Elena estivesse aqui com você.

Uma lágrima escorreu pela bochecha dele, e Vlad esperava que os amigos pensassem que ele estava emocionado pelo brinde, e não pela menção à mulher que sequer conheciam.

— Chega de chorar — disse ele, forçando uma voz animada. — Estamos numa festa.

Mack deu um sorrisinho para Liv.

— Tenho uma surpresa para você.

Isso! Vlad estava ansioso por aquele momento. Ele e os outros padrinhos vinham ensaiando uma coreografia havia semanas para uma apresentação surpresa. Vlad sabia que era grandalhão e desengonçado, mas adorava dançar. Enxugando as lágrimas do rosto, ele fez sinal para o DJ avisando que era hora de começar a música. Os outros padrinhos puxaram Vlad e Mack para a pista de dança, e enquanto os convidados morriam de rir, eles bancavam os palhaços para a diversão de Liv, o amor da vida de Mack.

Quando acabou, Vlad observou enquanto os outros voltavam para os braços das esposas e namoradas. Lutando contra a inveja outra vez, foi até o bar para tomar um copo d'água. Segurando um copo de uísque e um de cerveja, Colton começou a falar com ele, mas parou no meio da frase. O que pronunciou depois foi *mulher gostosa bem à frente*. Vlad se virou para ver quem tinha chamado a atenção do amigo. Uma mulher alta, em um vestido longo vermelho, com o cabelo castanho penteado de lado caindo sobre um ombro, estava majestosamente parada na porta principal. Ela era, de fato, deslumbrante. Ela era... Puta merda.

Vlad tossiu e tudo parou.

O tempo. Os movimentos. Seu coração.

Estreitou os olhos como se estivesse acompanhando um disco de hóquei sobre o gelo. Cores desbotaram. Ruídos silenciaram. A multidão sumiu até que tudo o que ele via era apenas ela.

Elena.

Um copo de uísque passava de um lado para outro diante de seus olhos.

— Ei, cara. Você é casado, lembra?

– Sim, eu lembro. – O coração de Vlad disparou, e seus joelhos amoleceram. – E aquela ali é a minha mulher.

Colton soltou uma risada debochada, mas logo se deteve.

– Puta merda, cara! Está falando sério?

Seu coração se dilatou com uma alegria ansiosa, como se as bolhas do champanhe tivessem subido novamente. Seria aquela a resposta dela? Seria seu jeito de dizer a ele que havia tomado uma decisão? Os olhos de Elena encontraram os dele do outro lado do salão. Vlad abriu a boca, mas nada saiu. Tentou ir até ela, mas seus pés não se moveram.

De repente, Elena deu meia-volta e se dirigiu para a saída.

Uma onda de déjà-vu o engoliu. Apenas alguns meses depois de ela ter chegado aos Estados Unidos, Vlad a viu pendurar uma mochila no ombro e desaparecer na fila da segurança do aeroporto para embarcar em um voo para Chicago. Seu coração havia implorado para que corresse atrás dela, para que lhe pedisse que ficasse com ele, mas sua mãe, uma eterna romântica, avisara que isso levaria tempo.

– Seja paciente com ela. "Deixo um pássaro em cativeiro voar..."

Vlad, desolado, concluiu a estrofe do poema de Pushkin.

– "... Para saudar o renascimento da primavera radiante."

– *Ela precisa de tempo, Vlad. Se ela precisa ir embora para se encontrar, para encontrar seu renascimento, você deve deixá-la ir. Ela encontrará o caminho de volta para você.*

Será que ela finalmente tinha encontrado o caminho de volta para ele? Vlad se libertou dos grilhões da indecisão e forçou seus pés a se moverem. Do lado de fora do salão havia vários convidados do casamento e bêbados trôpegos que voltavam de algum bar country. Ele avistou Elena uns 15 metros adiante, andando tão rápido que teria sido mais fácil para ela começar a correr.

Ele ergueu a voz um tom acima do burburinho de conversas e risadas.

– Elena, espere.

Ela continuou andando, então ele deu uma corridinha e começou a falar em russo enquanto a alcançava:

– Elena, por favor, pare. Aonde você está indo?

Ela parou tão bruscamente que escorregou e quase caiu do salto. O vestido vermelho se enrolou em suas pernas. Por instinto, ele estendeu as mãos depressa para ampará-la, segurando-a gentilmente pelos cotovelos.

– Cuidado – sussurrou ele, com a voz rouca, pois o choque de tocá-la o deixou sem ar.

Ela se virou para ele devagar e, arrependido, Vlad deixou as mãos penderem. Ela irradiava calor e conforto.

– Não acredito que você veio – disse ele, ainda em russo, porque era assim que conversavam. Sempre usavam sua língua nativa um com o outro. – Você está tão linda.

Elena balançou a cabeça e se recusou a encará-lo.

– Me desculpe. Eu deveria ter ligado. Não queria ter surpreendido você desse jeito.

Ele a segurou pelos cotovelos de novo.

– Foi a melhor surpresa da minha vida.

Ela olhava para a esquerda, depois para a direita. Fitava qualquer lugar, exceto ele.

– Vlad, talvez fosse melhor eu esperar por você em casa. Não quero atrapalhar...

– Não está atrapalhando nada. Quero você aqui comigo.

Ela mordeu o lábio e abraçou o próprio corpo.

– Ei – começou ele, ousando acariciar o queixo dela para encorajá-la a olhar para ele. – Está nervosa por conhecer meus amigos? Não precisa ficar assim. Eles vão adorar você. Eu juro. Faz um tempão que querem te conhecer.

– Vlad, você não está entendendo. Eu pensei... pensei que isso facilitaria as coisas. Pensei que eu poderia vir aqui, encontrá-lo em um clima mais amistoso, e que seria mais fácil assim. Mas então ouvi seu discurso e vi você com eles, e eu... eu percebi que não pertenço a este lugar. Eu não faço parte disso. Nunca fiz. – A voz dela falhou e seus lábios começaram a tremer.

E, de repente, a realidade veio como uma trombada feia no rinque. Fria e violenta. Vlad sentiu seu estômago revirar e se afastou dela.

– Elena, o que... o que você veio fazer aqui?

– Sinto muito... – Ela mal conseguiu dizer as palavras. – Vou voltar para a Rússia.

UM

Seis meses depois

Em outros tempos, o prédio negligenciado à margem sul do rio Cumberland poderia ser considerado pitoresco e convidativo. Até mesmo feliz. Só que não era mais.

Floreiras vazias e quebradas pendiam sob as janelas pintadas de preto e lacradas com tábuas de madeira. As tiras finas do que antes tinham sido toldos vermelhos e brancos balançavam com a brisa úmida de junho, agarrando-se ao passado do prédio como fantasmas sussurrando os perigos à espreita. Apenas tolos não prestariam atenção no aviso, mas Vlad já havia provado ser um. E, mesmo enquanto sua mente repreendia seu corpo pela fraqueza, ele ficou arrepiado com o doce alívio que sabia que sentiria assim que batesse à porta.

O homem sentado a seu lado no banco do carona o repreendia por uma razão totalmente distinta.

– Deixa eu ver se entendi direito – disse Colton, com um tom esganiçado e ranheta. – Faz três meses que não tenho notícias suas, e quando você finalmente me liga, é para isso? Para eu ficar sentado aqui ouvindo você resmungar sozinho em russo?

– Não faz três meses – protestou Vlad. Fazia quatro, na verdade.

Nas primeiras semanas após a festa de Mack (depois que Elena anunciou que iria embora e que queria terminar o casamento), Vlad se iludiu achando que ainda poderia fazer parte do clube do livro. Mas cada minuto com os rapazes era mais doloroso do que o anterior. A felicidade deles era como jogar sal na sua ferida e, quando ele contou que estava se divorciando, as ofertas sinceras de ajuda tornaram tudo pior. Não aguentava mais inventar desculpas e mentir. Não aguentava mais ver os amigos vivendo a vida que ele sempre sonhara, sabendo que jamais teria uma igual. Não aguentava mais lembrar que sua crença de que poderia ter um casamento de verdade com Elena não passava de uma fantasia. Os manuais só alimentaram suas falsas esperanças de que Elena poderia vê-lo como o herói dos sonhos dela. Que poderia um dia amá-lo como a heroína dos sonhos dele. Agora Vlad sabia a verdade: finais felizes não eram para ele.

Tudo que lhe restava era o hóquei.

E agora, pela primeira vez em 25 anos, o Nashville Vipers tinha chegado às finais das eliminatórias para a Copa Stanley. Mais uma vitória, e o time estaria classificado. Vlad nunca havia batido tão forte, patinado tão bem nem marcado tantos gols quanto naqueles últimos seis meses.

Não poderia arriscar perder agora. O que mais faria de sua vida?

– Maldito seja o dia em que te contei sobre esse lugar – comentou Colton. – Pensei que estava lhe fazendo um favor, tipo... te animando e tudo mais. Não sabia que ficaria viciado.

Vlad apertou o volante.

– Não estou viciado.

– É mesmo? Que porra estamos fazendo aqui, então?

– Eu preciso disso. Para o jogo de hoje à noite. *Eu preciso disso.* – Até mesmo para Vlad, sua voz soou baixa e fraca, impotente se comparada à força do seu desejo.

– Não precisa, não. É só uma superstição idiota.

– Na última vez, eu jurei que nunca mais voltaria aqui, e o que aconteceu? Nós perdemos o jogo.

– Então foi por isso que você me ligou? Porque eu sou sócio e posso colocar você lá dentro de novo?

Vlad encarou a fachada sombria.

– Desde que comecei a vir aqui, tenho jogado como um animal. Não posso arriscar.

– Esta é a última vez, Vlad – avisou Colton, abrindo a porta do carro com força. – Não vou mais voltar aqui com você.

Vlad seguia de perto enquanto Colton marchava em direção à porta do prédio, os pés esmagando pedrinhas e estilhaços de vidro.

– Estou falando sério – continuou Colton, virando-se e enfiando o dedo no peito de Vlad. – Você não pode fugir por meses e de repente me ligar para pedir um favor como se nada tivesse acontecido. Eu e os outros merecemos mais do que isso.

O peso do arrependimento e da culpa fez Vlad olhar para o concreto sujo e quebrado sob seus pés.

– Eu sei. Você está certo. Me desculpe.

– Sentimos sua falta, cara. E estamos preocupados. Sei que o divórcio está acabando com você, mas é para isso que estamos aqui. Para te ajudar a consertar as coisas.

– Não há nada para consertar – retrucou Vlad, encontrando o olhar de Colton novamente. – Foi o que eu falei: ela está indo embora, e não tenho como impedi-la.

– Como você sabe se nem deixa a gente tentar?

– Chega! – bradou Vlad.

Colton piscou, assustado com o tom raivoso incomum do amigo. Vlad nunca levantava a voz com os amigos. Nunca.

Ele soltou um xingamento baixinho e passou a mão nas suíças que já tinham começado a crescer ao longo de seu maxilar mesmo tendo se barbeado havia apenas algumas horas.

– Sei que estão tentando ajudar, mas Elena tomou uma decisão. Ela vai voltar para a Rússia para ser jornalista como o pai. Não há nada que eu possa fazer sobre isso.

Colton observou Vlad em silêncio por um instante antes de aceitar suas palavras com um aceno de cabeça. Então se virou e continuou andando.

Uma única janela no centro da porta estava coberta por uma pequena veneziana de madeira. Colton bateu três vezes rapidamente e então mais duas. Um momento depois, alguém de dentro bateu uma vez. Colton retrucou com mais duas batidas. A janelinha se abriu e um par de olhos escuros apareceu ali.

– Moeda – disse uma voz.

Colton mostrou o disco redondo de prata que provava sua filiação ao clube clandestino. A veneziana se fechou com um estalo, seguido do ruído das pesadas fechaduras girando. A porta se abriu, dando passagem a uma rajada de ar frio e a um cheiro azedo.

Colton deslizou escuridão adentro e Vlad seguiu em seu encalço. Assim que entraram, a porta se fechou atrás deles.

– De volta tão cedo? – A voz severa que exigiu a moeda agora zombava deles. Vlad cerrou os punhos, mas Colton se postou entre os dois.

– Nosso dinheiro não vale nada para você? – retrucou Colton, ríspido.

O sujeito, um mala sem alça que compensava o físico esquelético com uma atitude que o teria feito cair de bunda no rinque, deu um sorriso debochado e apontou.

– Esperem lá dentro. Ele já vai atender vocês.

Vlad e Colton caminharam por um curto corredor que dava para uma rampa, onde uma lona preta e grossa pendia até o chão. Vlad empurrou a cortina para o lado. Ao passar por ela, luzes brilhantes se acenderam, cegando-o por um instante. Mas, depois de piscar algumas vezes, ele se acostumou com a luz e começou a salivar.

O cômodo era tão estéril e imaculado quanto a fachada era nojenta e suja. Geladeiras de aço inoxidável ocupavam uma parede inteira e bancadas combinando estavam arrumadas como em uma sala de aula, bem no centro.

Sobre cada uma das mesas, uma fileira de bandejas ostentava a origem de sua fraqueza. Os nomes rabiscados a giz em um quadrinho, um bufê em ordem alfabética das maiores delícias do mundo: *Ädelost. Burrata. Fontina. Passendale.*

Queijo.

Muito queijo. Queijo de todos os cantos do mundo, feito a partir das receitas originais, sem aditivos, aromatizantes e conservantes que desarranjavam seu estômago. Queijo que não conseguia em nenhum outro lugar. Queijo contrabandeado que torturava seus sonhos tanto quanto a lembrança do que Elena disse para ele antes de se debulhar em lágrimas. *Me desculpe. Não posso dar o que você quer.*

Apenas uma pessoa poderia dar o que ele queria. Um homem alto e perigoso que agora estava de pé do outro lado do cômodo iluminado, sorrindo com um ar sombrio e arrogante.

– Sabia que você voltaria.

Vlad também. No fundo, sempre soube que voltaria porque aquilo era tudo que lhe restava. O hóquei e a loja de queijos suja e secreta.

Já devia ter aprendido que não se brinca com o Destino.

De todos os erros que Elena Konnikova cometera na vida, e foram muitos, aquele provavelmente estava entre os cinco piores.

Porque fora exatamente *assim* – encontrando-se com uma fonte no meio da noite, sem avisar a ninguém sobre seu paradeiro – que seu pai tinha desaparecido.

Mas que escolha ela tinha? Estava ficando sem tempo. Estaria formada na faculdade de jornalismo pela Northwestern University em menos de um mês, depois disso voltaria para a Rússia. Aquela poderia ser sua última chance. Portanto, se um prédio abandonado e sinistro era o único lugar em que sua fonte se sentia segura para encontrá-la, então era lá que Elena a encontraria.

Vá aonde elas se sintam confortáveis. Foi uma das muitas lições que Elena aprendera com o pai. Indiretamente, claro. Ele nunca ensinara nada de caso pensado, porque nunca quisera que ela seguisse seus passos. Mas, se era isso mesmo que ele queria, não deveria ter sido tão bom em seu ofício.

Houve uma época em que Elena teria ficado feliz em respeitar sua vontade. Uma época em que ela tomou algumas decisões precipitadas que acabaram causando danos às pessoas com quem mais se importava. Mas o tempo esclarecera as coisas. Abrira seus olhos para algo que a dor e o egoísmo tinham ocultado.

Seu pai era um herói.

E os sentimentos que em outro tempo a levaram a fugir do país e da profissão que tirara o pai da vida dela foram substituídos pela determinação de consertar as coisas. Embora não pudesse corrigir seu erro na noite em que ele desapareceu – nem os outros erros que cometera desde então –, Elena tinha o dever de tentar desfazer qualquer mal que tivesse infligido. E começaria dando uma conclusão à história que muito provavelmente levara à morte de seu pai. Aquilo não o traria de volta, mas pelo menos daria ao seu desaparecimento, e a tudo o que acontecera depois, algum tipo de significado.

Agora, finalmente, depois de anos de frustração e de trabalho em segredo, Elena tinha uma coisa que, pelo visto, seu pai nunca tivera.

Um informante.

O armazém decadente em Chicago em que deveriam se encontrar ficava a quatro quarteirões de onde Elena pediu que o motorista do Uber parasse. *Crie dificuldades para quem a estiver seguindo.* Outra lição que aprendera com o pai. Talvez ele fosse paranoico, mas deveria ser mesmo, pois os jornalistas da Rússia que se recusavam a fazer propagandas estatais às vezes caíam misteriosamente de janelas. Ou desapareciam de estações de trem no meio da noite, como acontecera com ele.

Elena manteve a cabeça baixa enquanto caminhava pela calçada rachada. Metade dos postes estava apagada, fazendo seus passos lançarem sombras claras e escuras alternadamente. Pedregulhos se dispersavam entre os cacos de vidro e o concreto esburacado do beco atrás do armazém onde trabalhadores honestos ganhavam seu salário de modo decente fazendo peças de carro antes de as corporações gananciosas fecharem a fábrica e terceirizarem os serviços em outros continentes. Quase todas as janelas na estrutura de tijolos de quatro andares estavam agora estilhaçadas, tanto quanto a promessa de uma vida melhor. Os americanos gostavam de dizer que, na terra da liberdade, não era necessário nada além de trabalho duro para ser bem-sucedido, mas lugares como aquele provavam o contrário. Havia oligarcas lá, assim como na Rússia. Não importava qual bandeira hasteassem na varanda, homens endinheirados sempre se preocupariam mais com a própria fortuna do que com as pessoas que de fato faziam a engrenagem funcionar.

Tarde da noite, tremendo de frio, Elena tirou o celular do bolso para ver que horas eram. Passavam cinco minutos das onze. Marta estava atrasada. A preocupação percorreu o corpo de Elena. O chefe de Marta mantinha todos os empregados na rédea curta. Se ela não aparecesse à meia-noite para seu turno como garçonete na boate de strip, ele não hesitaria em demiti-la, ou coisa pior. E Elena sabia bem como esse *ou coisa pior* poderia ser ruim. O chefe de Marta era um monstro, assim como todos os outros. Mas ela não aguentava mais. E não queria apenas pedir demissão. Queria fazê-lo pagar. Elena iria garantir que pagasse, não só por Marta e todas as outras mulheres que foram vítimas dele, mas também por seu pai.

Elena levou anos para descobrir o que ele estava investigando quando desapareceu: uma rede de tráfico sexual comandada por um notório, porém misterioso, chefe da máfia russa conhecido apenas como Strazh. A tradução de seu nome seria *guardião*, mas não havia nada de nobre ou protetor nele. Entre seus muitos empreendimentos criminosos, ele era suspeito de envolvimento com uma rede de boates de strip nos Estados Unidos que, na verdade, não passava de fachada para atrair jovens desesperadas da Rússia e da Ucrânia com promessas de muito dinheiro e um estilo de vida luxuoso. Mas, quando chegavam, as mulheres se viam presas em um pesadelo.

Pelas anotações que deixou, ficou claro que o pai estivera perto de desvendar a verdadeira identidade de Strazh. E foi assassinado por isso.

Um barulho fez Elena se virar bruscamente. Marta surgiu do nada. Usava um moletom verde-escuro com o capuz cobrindo sua cabeça e uma calça jeans surrada.

– Fiquei preocupada – comentou Elena com um suspiro, falando baixinho em russo. – Pensei que você tivesse mudado de ideia ou…

Marta avançou depressa.

– Não tenho muito tempo.

– Eu sei. Tem certeza de que não seguiram você?

Marta assentiu e enfiou a mão no bolso do agasalho. Cada movimento era uma demonstração frenética de ansiedade e medo, mas seu olhar era firme e determinado. Ela entregou a Elena um pedaço de papel que parecia a borda rasgada de um saco de pão. Um nome e quatro dígitos foram rabiscados a lápis.

Nikolei 1122. Elena ergueu os olhos.

– O que é isso?

– Não sei. – Os olhos de Marta perscrutaram os arredores como se procurassem por *eles*. – Ele falou isso ao telefone ontem à noite. Não parece nada de mais, mas ele... – Marta engoliu em seco, com força.

– Ele o quê? – insistiu Elena.

– Ficou muito bravo quando percebeu que eu tinha ouvido. Agarrou meu braço, me sacudiu e me mandou voltar ao trabalho.

A bile ardeu no fundo da garganta de Elena. Era isso que mais temia, que outra pessoa acabasse machucada.

– Você não está segura, Marta. Deixe que eu a ajude a sair daqui.

– E ir para onde?

Já haviam discutido o assunto milhares de vezes.

– Um abrigo. O FBI. Qualquer lugar seria mais seguro.

Marta balançou a cabeça, muito mais devagar dessa vez, como se o peso da realidade tivesse transformado seus músculos em chumbo.

– Não até que tudo isso acabe.

– Mas eu não vou ficar aqui por muito mais tempo. Alguns meses, no máximo. Assim que meu divórcio sair, eu perco o visto. O que vai acontecer quando eu voltar para a Rússia?

Marta se virou.

– Tenho que ir.

– Espere. – Elena agarrou o braço da outra, tentando impedi-la de se afastar. – Prometa que vai ter cuidado.

Marta parou, o rosto rígido numa máscara dura de determinação.

– Você também. – Depois se virou e correu pelo beco.

Elena a observou ir embora, sentindo mais uma vez uma ligação que jamais existira com o pai. Sentiu a faísca de empolgação pela nova peça do quebra-cabeça tremeluzir, mas também experimentou uma gélida brisa de medo pela segurança de Marta. Será que era assim que seu pai se sentia o tempo todo? Elena agora entendia tantas coisas a respeito dele que antes a deixavam muito irritada: as longas jornadas, a ausência frequente e, acima de tudo, os segredos. Agora sabia por que ele nunca lhe contava no que estava trabalhando. Queria protegê-la.

Ela mantinha Vlad no escuro pelo mesmo motivo. Não queria que ele saísse machucado.

Já o havia machucado demais.

Minutos depois de Marta ir embora, Elena caminhou até um bar a cinco quarteirões, onde chamou outro Uber. Era meia-noite quando chegou em casa. Destrancou a porta de seu *studio* e a trancou assim que entrou. Depois de tirar os sapatos, calçou as pantufas e deu cinco passos curtos até a minúscula cozinha. Encheu a chaleira com água e a pôs para ferver no fogão de duas bocas. Alguns minutos depois, levou a caneca de chá fumegante para a escrivaninha atulhada, que ficava espremida ao lado de um futon dobrável que servia de sofá-cama. Poderia ter arranjado um apartamento maior; Vlad tinha se oferecido diversas vezes para pagar por algo mais espaçoso. Mas ela nunca teria coragem de aceitar. Não queria ser um fardo ainda maior para ele do que já era. Só que esse também era um erro que tinha jurado corrigir.

Elena tentou bloquear todas as vozes recriminadoras em sua cabeça enquanto vasculhava a pilha de anotações e documentos que vinha reunindo. Organizara tudo em ordem cronológica – mais uma coisa que aprendera com o pai. Bastava começar do início e construir uma linha do tempo. Quando as lacunas aparecessem, saberia onde focar a pesquisa. O problema era que ainda havia mais lacunas do que qualquer outra coisa. E a informação que Marta lhe dera essa noite não fora diferente. Apenas mais uma pista. Mais uma pergunta sem resposta que levaria a mais perguntas. E o tempo estava se esgotando. Quando voltasse para a Rússia e arranjasse um emprego em um jornal de lá, não teria a mesma liberdade para trabalhar nisso. Literalmente.

De repente, o toque agudo do telefone fez seu coração quase sair pela boca. Ela atendeu sem verificar quem era porque apenas Marta ligava tão tarde, e não podia ser coisa boa.

– Marta? O que aconteceu?

– Hã... Elena?

Elena tirou o aparelho do ouvido e olhou o número na tela. Josh Bierman. Confusa, ela franziu as sobrancelhas. Ele era o contato das famílias do time de hóquei de Vlad. Por que estava ligando para ela?

Ela colocou o celular de volta ao ouvido.

– Sim, sim, aqui é Elena.

– É Josh Bierman. Desculpe ter demorado tanto para ligar, mas eu queria ter o máximo possível de informação. Ele está sendo examinado pelos fisioterapeutas e pelo médico do time, então...

Elena balançou a cabeça.

– Espere. Calma. Do que você está falando?

– Vlad. – Josh fez uma pausa. – Você não estava assistindo ao jogo?

A culpa inundou seu sangue como veneno. Havia algum tempo que ela parara de acompanhar o time de Vlad. Sabia que estavam indo bem, que tinham avançado bem na fase eliminatória, mas não sabia dos detalhes. Nem mesmo tinha conhecimento da cidade em que ele estava.

– Não. Eu... Não. O que aconteceu?

– Vlad se machucou no primeiro tempo.

Ela ouviu as palavras, mas não conseguiu absorver a mensagem. Ou talvez fosse apenas uma maneira de seu cérebro negar a notícia.

– É... é grave?

– Por enquanto a condição dele é estável, e logo ele será levado ao Hospital de Ortopedia de Nashville. Posso conseguir um voo fretado para você saindo do aeroporto de Midway às duas e meia da manhã, assim você pode nos encontrar lá.

Seu cérebro finalmente captou.

– Um *hospital*?

A maioria dos times profissionais nos Estados Unidos tinha uma unidade médica local que se equiparava a uma emergência, o que dizia bastante sobre a situação do sistema de saúde americano. Só levavam um jogador para o hospital em caso de lesão grave.

– Vamos esperar que o médico o examine antes de fazer qualquer prognóstico.

– É grave? – repetiu ela, mal conseguindo pronunciar as palavras com a mandíbula cerrada.

A voz de Josh soou resignada:

– Ele quebrou a tíbia. Vai precisar de cirurgia.

Ela se sentiu nauseada quando se virou bruscamente, então pegou o controle remoto e ligou a TV.

– Em que canal passou o jogo?

– Elena...

– Eu preciso ver.

– Não faça isso consigo mesma.

Elena encontrou um canal de esportes e, como se soubessem que ela estava assistindo, a equipe de transmissão soltou o replay do acidente de Vlad. Ela observou quando ele correu atrás do disco em direção à parede, brigou por um segundo com um jogador do outro time e, então, aconteceu. Um acidente bizarro, segundo o comentarista. O taco do outro jogador de alguma forma se enroscou no calção de Vlad, então quando ele se virou para sair patinando, perdeu o equilíbrio e caiu, a perna torcida sob o corpo em uma posição esquisita e nada natural.

Por uma fração de segundo, uma surpresa angustiada atravessou seu rosto, depois ele caiu no gelo. O jogo continuou ao seu redor como se ninguém tivesse percebido que estava machucado. E por que perceberiam? Vlad nunca se machucava. Ele tentou se levantar, mas a perna cedeu, e caiu novamente. Um silêncio tomou conta dos torcedores quando viram que ele não estava conseguindo se levantar, que batia no gelo e gritava para os companheiros de equipe, o rosto contorcido em agonia.

– Ai, meu Deus – murmurou Elena, a mão trêmula sobre a boca. Ela teve que segurar no encosto da cadeira para não perder o equilíbrio.

– Elena... – disse Josh gentilmente. – Ele está recebendo todo o cuidado. Você só precisa se preocupar em chegar aqui.

– Ele...

Ela se deteve. Havia um milhão de perguntas por trás daquela única palavra. *Ele sabe que você está me ligando? Ele me quer aí?* E depois, outra questão: a equipe sabia que eles estavam se divorciando? Tinham que saber. O visto dela estava atrelado ao de Vlad e fora providenciado pelos advogados de imigração do clube. Uma vez que o divórcio estivesse concluído, ela seria deportada. Mas, se sabiam de tudo aquilo, por que iriam buscá-la?

Josh soltou um suspiro frustrado e assumiu um tom seco:

– Veja bem, Elena. Eu não sei o que está acontecendo entre vocês dois. Nunca entendi esse casamento, mas isso não é da minha conta. Tudo o que sei é que ele está assustado e precisa de alguém para apoiá-lo e cuidar dele. Alguém que realmente o conheça, alguém em quem ele confie. Não dá tempo de trazer os pais dele para cá. Só resta você. Então, você vai embarcar naquele avião ou não?

Josh tinha razão. Vlad não deveria passar por aquilo sozinho. Tinha amigos maravilhosos, mas isso era diferente. E talvez fosse egoísmo, mas de repente ela percebeu que a resposta estava bem debaixo do seu nariz. Como um dia poderia recompensá-lo? Como poderia garantir que se separassem amigavelmente?

Isso. Era isso que ela poderia fazer.

Ela iria cuidar dele.

Elena se empertigou e engoliu suas dúvidas.

– Estou a caminho.

DOIS

Pouco antes das quatro e meia, Elena entrou no saguão escuro e vazio do hospital e se aproximou da segurança, sentada ao balcão da recepção. A mochila pesava em seu ombro, contendo toda a sua pesquisa e o notebook, e o braço latejava enquanto arrastava a pequena mala de mão. Elena arrumara tudo depressa, focando mais em pegar suas anotações do que suas roupas. Nem mesmo se lembrava de ter levado um pijama.

– Eu gostaria de ver um paciente.

A guarda – uma jovenzinha meio irritadiça – mal ergueu os olhos ao responder:

– O horário de visitas é só a partir das sete.

– Mas ele é meu marido. Eu acabei de chegar.

A mulher finalmente olhou para ela.

– Nome?

– Vlad Konnikov.

A mulher grunhiu e revirou os olhos.

– Boa tentativa.

– Como assim?

– Você é a décima fã que tenta entrar aqui para vê-lo.

Elena mal havia registrado aquela informação quando ouviu uma voz ofegante atrás de si:

– Elena, oi, desculpe.

Josh Bierman chegou correndo à recepção, vestindo uma camisa de botão desalinhada e calça jeans, e acenou para a guarda.

– Está tudo bem. Essa é mesmo a esposa dele.

Elena queria nutrir a pequena chama de ressentimento por ter sido rejeitada como mais uma tiete de hóquei, mas que direito ela tinha? Nem sequer estava assistindo ao jogo. Nunca fora realmente a esposa de um jogador de hóquei e nunca seria.

Josh pegou as coisas dela.

– Deixe que eu levo isso para você.

Elena agarrou a mochila.

– E-Eu levo esta aqui.

Josh assentiu e tomou a alça da mala da mão dela.

– Ele está no quarto andar. O elevador é virando aqui.

– Como ele está?

– Em recuperação.

– Você ligou para os pais dele?

Josh apertou o botão do elevador.

– Falei com o pai dele há cerca de uma hora.

Devia ser fim de tarde em Omsk, a cidade siberiana onde ela e Vlad cresceram e onde os pais dele ainda moravam. Na infância e na adolescência, Elena passara incontáveis horas na casa deles para escapar do vazio e do silêncio da dela.

Ao saírem do elevador, Elena ajeitou a mochila no ombro e seguiu Josh pelo corredor. Os tênis deles guinchavam contra o linóleo do piso, um coro trinado ao batuque das rodinhas da mala. Josh pousou a mão gentilmente nas costas dela e a guiou para outro corredor. Quando eles se aproximaram, duas portas automáticas se abriram com um zunido. O posto de enfermagem ficava na interseção de corredores em formato de estrela. Um homem de uniforme hospitalar azul estava sentado atrás de um balcão alto, concentrado na tela do computador. Ele olhou para cima de relance e acenou com a cabeça, reconhecendo Josh.

– Ele está no 414 – comentou Josh em tom baixo. – É um quarto VIP, então tem um sofá onde você pode descansar até ele acordar, se quiser.

O coração dela bateu fora de compasso com a suposta intimidade contida naquela sugestão. Só porque Josh sabia que o casamento deles era incomum, não significava que conhecia a história toda. Era o segredo dos dois. O que as pessoas pensariam se soubessem que, em seis meses de casamento, marido e mulher haviam se beijado exatamente uma vez? Apenas um roçar casto dos lábios depois de fazerem os votos.

Josh parou perto da porta e deu passagem para Elena. Ela segurou a maçaneta, mas não a girou.

– Ele vai voltar a jogar, não vai? – Sua voz tremeu.

– Não nesta temporada.

– E na próxima?

Josh fez uma expressão típica de quando as pessoas estão prestes a dar más notícias.

– Acho melhor você esperar para falar com a médica.

Não. Elena estava cansada de esperar, e Vlad já tinha passado muito tempo esperando por ela.

Ajeitou a mochila no ombro outra vez e abriu a porta. Josh deixou a mala dentro do quarto, bem ao lado da porta, e ergueu as sobrancelhas como se perguntasse se ali estava bom. Elena assentiu, sussurrou "Obrigada" e esperou que ele saísse do quarto para fechar a porta. Depois de um clique silencioso, ela estava sozinha, finalmente, com um coração que batia forte e seu futuro ex-marido.

Colocou a mochila no chão e se virou devagar, permitindo-se observar o que havia do outro lado do cômodo: uma grande janela com vista para a cidade, que provavelmente teria achado linda em qualquer outra circunstância. Josh não estava mentindo: era um quarto VIP, três vezes o tamanho do quarto de um mero mortal, e mais parecia uma suíte de hotel do que uma unidade hospitalar. Armários embutidos ao longo das paredes escondiam todo o equipamento médico e, debaixo da janela, um grande sofá ficava de frente para duas poltronas aveludadas.

Elena inspirou fundo, prendeu a respiração por um instante, e então direcionou o olhar para o meio do quarto. Como um gigante abatido, lá estava Vlad. Estirado de costas em uma cama enorme. Ela expeliu todo o ar dos pulmões em um sopro trêmulo. O corpo de mais de 1,90 metro de alguma forma parecia pequeno, a perna fraturada envolta por uma tala e suspensa por uma cinta presa ao teto.

O rosto dele estava inclinado na sua direção, os olhos fechados e os lábios entreabertos. Em volta de sua mandíbula havia uma grossa camada de suíças que em outros homens talvez demorasse uma semana para crescer. Em Vlad, era provável que crescesse em apenas um dia. Uma fina manta branca cobria a perna boa e... Elena engoliu em seco. Quase nada além disso. A manta terminava logo abaixo do umbigo, deixando à mostra o abdômen rígido e chapado e o peitoral largo e definido coberto por mais pelos escuros.

O quarto pareceu encolher pela metade quando ela chegou mais perto dele. Percebeu que alguém tinha tentado vesti-lo com uma camisola hospitalar, daquelas que são amarradas na frente, mas, em algum momento da noite, os laços se desfizeram, e a roupa escorregou. Ele estava basicamente nu debaixo da manta.

Com todo o cuidado, Elena se aproximou da lateral da cama, cuja grade de proteção possivelmente fora erguida para evitar que ele caísse durante o sono. O tórax de Vlad subia e descia em um ritmo profundo, acentuando o vale no meio de seu peitoral. Era voyeurístico o jeito como ela olhava para ele, mas era a primeira vez em anos que via o próprio marido sem camisa.

Ela fechou os olhos e os pressionou com as mãos até que pontos dançantes surgissem em sua visão. Aquilo tudo era errado e inapropriado. Vlad estava machucado e não tinha ideia de que ela estava ali. *E eles estavam se divorciando*. O mínimo que ela poderia fazer era dar a ele o respeito de não desejar seu corpo nu enquanto ele dormia.

Elena tirou as mãos do rosto e segurou delicadamente a ponta da manta para puxá-la mais para cima. Quando cobriu seu peito, Vlad se mexeu e virou a cabeça para o outro lado. Ela congelou, as mãos pairando sobre o corpo dele. Permaneceu assim até que a respiração de Vlad retomasse o ritmo pesado.

Soltando um suspiro, afastou-se da cama, virou-se e foi na ponta dos pés até seus pertences. Tirou os sapatos, pegou a mala e a mochila e as levou para o sofá. O estofado rangeu sob o peso do seu corpo e ela congelou novamente, o ar travado nos pulmões. Ficou observando quando ele se mexeu, desta vez soltando um gemido baixinho enquanto rolava a cabeça de um lado para outro duas vezes.

Elena se levantou de um pulo e foi depressa até a cama. Será que ele estava sentindo dor? Será que estava tendo um pesadelo? Vlad virou a cabeça na direção dela, e a respiração dele acelerou. Sob as pálpebras, os olhos se moviam rapidamente. Elena estendeu a mão e, depois de vacilar por um momento e pensar duas vezes, pousou-a em sua testa, alisando o cabelo grosso para trás.

– Está tudo bem, Vlad – sussurrou ela, em russo.

Ele relaxou com seu toque, então ela repetiu o gesto e as palavras. Mas, em vez de mergulhar no sono outra vez, Vlad abriu os olhos. Estavam vermelhos e vidrados, mas ele não parecia confuso nem surpreso com a presença dela. Encarou-a nos olhos, piscando devagar, então disse:

– Quebrei a perna.

Elena passou os dedos pelos cabelos dele outra vez.

– Eu sei. Mas vai ficar tudo bem.

– Eu não posso perder o hóquei. Não posso perder isso também.

A dor no rosto dele e a palavra *também* partiram seu coração. Aquele homem maravilhoso merecia alguém muito melhor do que ela.

– Não vai perder. Você vai se recuperar e ficar mais forte do que nunca. Volte a dormir agora.

– Não quero – comentou ele, mas aquela era uma batalha perdida. Suas pálpebras já estavam se fechando novamente. – Não quero que você vá embora.

– Ainda vou estar aqui quando você acordar – respondeu ela, mas não sabia se ele tinha conseguido ouvi-la.

Vlad adormeceu de novo.

– Vlad.

Ele não queria acordar. O sonho tinha sido tão bom, tão vívido. Quase pôde sentir o toque das mãos dela e ouvir sua voz lhe garantindo que tudo ficaria bem. Ela prometera ficar, e ele queria ficar também, ficar naquele lugar onde sentia o toque dela.

– Vlad, está me ouvindo?

Luz e som irromperam na leve névoa, e, emitindo um gemido, ele abriu os olhos. O sol da manhã se projetava em uma longa e brilhante faixa sobre o chão. Ele estreitou os olhos e viu a silhueta de uma mulher ao lado da cama. Por um momento, foi tomado pela esperança de que talvez tivesse materializado a presença de Elena, mas, quando a mulher saiu da luz, percebeu que ela usava uniforme hospitalar e crachá de enfermeira. Sua esperança ficou tão entorpecida quanto a perna fraturada. O que quer que tivessem lhe dado depois de tirá-lo do rinque na noite anterior ainda fazia efeito.

– Bom dia – falou ela. – Pode me dizer como está sua dor?

– Tranquila – respondeu ele, a voz rouca. Sentia a boca pesada e um gosto azedo, e a garganta como se tivesse engolido areia.

– Que tal um pouco de água? – ofereceu a enfermeira, entregando-lhe um copo descartável com tampa e canudo.

Vlad ergueu a cabeça do travesseiro para tomar um longo gole de água de que tanto precisava.

– Obrigado.

Depois de colocar o copo de volta na mesa ao lado da cama, ela registrou alguma coisa no iPad e sorriu para ele de novo.

– A Dra. Lorenzo virá em breve para discutir o procedimento. Sua esposa deve voltar daqui a pouco. Ela estava exausta por ter passado a noite em claro, por isso pedi que descesse para tomar um café...

Seu cérebro estava lento, por isso Vlad levou um segundo para entender o que ela disse.

– Minha o quê?

A enfermeira ergueu os olhos do iPad.

– Sua esposa? Elena?

– M-Minha esposa não está aqui.

A enfermeira abriu um sorriso divertido.

– Não lembra que ela chegou ontem à noite?

Vlad balançou a cabeça e seu coração começou a bater forte. Não, tinha sido um sonho. Não? Mas um fiapo de memória o fez olhar na direção do sofá perto da janela. No chão, havia uma mala e uma mochila. A mochila *dela*.

Vai ficar tudo bem.

Um barulho na porta chamou sua atenção. Ele se apoiou nos cotovelos quando ela entrou com um copo de café, o punho abafando um enorme bocejo. O cabelo estava amarrado num rabo de cavalo frouxo, e ela vestia um moletom largo com a palavra MEDILL estampada no peito.

Ela parou de repente quando o viu, e o bocejo se tornou um sorriso simpático.

– Você está acordado – disse ela, em inglês.

Vlad tossiu, sentindo a garganta seca.

– Você está mesmo aqui?

A enfermeira riu e olhou para Elena.

– Ele não se lembra muito da noite passada. Acabei de comentar com ele que a cirurgiã vai passar daqui a pouco. Está precisando de alguma coisa?

A pergunta foi direcionada a ele, mas Vlad ainda encarava Elena, que respondeu por ele com um tímido "Não, obrigada".

A enfermeira saiu logo depois. Quando a porta se fechou, o clique foi tão alto quanto uma buzina de ar comprimido anunciando ao mundo que os dois estavam a sós. Vlad tentou falar duas vezes, sem sucesso, enquanto ela se aproximava da cama. Ainda não acreditava que estava mesmo acordado. Tudo aquilo poderia ser apenas uma alucinação para distraí-lo do pesadelo que era sua realidade. Talvez sua mente estivesse lhe pregando uma peça, enganando-o com a ilusão daquilo que ele mais desejava além do hóquei.

– Você está bem? – Elena colocou o café ao lado do copo com água dele e descansou a mão na grade de proteção da cama. – Tem alguma coisa que você esteja precisando?

Ele passou a língua pelos lábios secos e se reclinou novamente.

– Como você chegou aqui?

– Josh arranjou um voo para mim.

Josh havia comentado que iria ligar para a família dele. Não falou nada sobre Elena.

– Eu não entendo. Por que você está aqui?

A rispidez da pergunta, mais produto do espanto do que da intenção de Vlad, fez Elena entreabrir os lábios de surpresa.

– Josh achou... Quero dizer, nós não queríamos que você ficasse sozinho.

Era a última coisa de que ele precisava: a piedade dela.

– Lamento que ele tenha incomodado você. Não precisava ter vindo.

Ela ficou boquiaberta de novo.

– Ele não me incomodou. Eu pensei...

– Onde está meu celular?

Elena se sobressaltou novamente com o tom dele.

– E-Eu não sei. Acho que guardaram suas coisas no armário.

– Preciso checar minhas mensagens.

– Tenho certeza que as pessoas que mandaram mensagens para você vão entender por que ainda não respondeu.

– Meus pais...

– Posso ligar e atualizá-los sobre sua situação.

– É melhor eu fazer isso. Senão minha mãe vai se encher de esperanças.

– Ela deveria. Você vai ficar bem.

Frustrado, ele passou a mão no queixo.

– Sobre *nós*, Elena. Se ela souber que você está aqui, vai se encher de esperanças com relação a nós. Então só... só me deixe lidar sozinho com a minha família.

Ela reagiu como se ele tivesse esticado o braço através da grade de proteção e lhe dado um tabefe. Seus olhos se estreitaram e seus lábios se contraíram.

– Você tem razão. Me desculpe. Vou pegar seu celular e sair para lhe dar um pouco de privacidade.

Ela se virou no mesmo instante, dando a ele vontade de socar a própria cara. Aquilo fora cruel. Seus pais eram a única família que restava a Elena, e só porque os dois estavam se separando não significava que ela deveria ser apartada do convívio deles.

– Não foi o que eu quis dizer – corrigiu ele, tentando transmitir sinceridade na voz.

Ela abriu a porta do armário ao lado do banheiro.

– Guardaram todas as suas coisas aqui, eu acho. – Ela se agachou e puxou a bolsa de tactel abarrotada do chão do armário. – Você se importa se eu olhar aqui dentro?

– Elena, por favor, estou tentando pedir desculpas.

– Pelo quê? – Ela abriu o zíper e começou a revirar as roupas que ele havia usado no estádio antes do jogo e as outras coisas que tiraram do armário dele.

– Eles são sua família também.

– Não por muito tempo, não é? – Ela encontrou o telefone e puxou o cabo do carregador, que estava enroscado em uma meia, no fundo da bolsa. – Achei.

Ela enfiou tudo de volta na bolsa, fechou o armário e voltou para a lateral da cama. Sem encará-lo, plugou o aparelho em uma tomada acoplada à grade.

– Deve levar alguns segundos para dar uma carga.

Ela envolveu o próprio corpo com os braços em uma atitude que ele um dia achou defensiva e retraída. Agora, isso a fazia parecer pequena e insegura.

– Elena, olhe para mim.

Ela abriu um sorriso amarelo quando ergueu os olhos para ele.

– Eles sempre serão sua família. Sempre.

O queixo dela subiu e desceu em um único e evasivo aceno.

A tela do celular acendeu com um brilho branco quando o aparelho voltou à vida. Vlad digitou a senha e soltou um suspiro pesado ao ver a quantidade de notificações que havia perdido. Mais de trezentas mensagens tinham chegado durante a noite. Provavelmente metade delas era dos caras. Outra onda de culpa azedou ainda mais seu humor.

A porta se abriu. Uma mulher alta de uniforme hospitalar e jaleco branco entrou. Atrás dela, um rosto familiar: a fisioterapeuta da equipe, Madison Keff. As duas pararam diante do dosador de álcool em gel preso à parede para higienizar as mãos antes de avançar para o interior do quarto.

A médica se aproximou da cama com um largo sorriso.

– Que bom vê-lo acordado, Vlad. – Ela estendeu a mão à Elena. – Sou a Dra. Celia Lorenzo. Você deve ser a Sra. Konnikov.

– Konnikova – corrigiu Elena.

Em resposta à confusão da médica, Elena explicou:

– Na Rússia, as mulheres costumam feminizar o sobrenome do marido.

Era uma antiga tradição, e algumas pessoas nem faziam mais isso. Porém, a mãe dele fizera, assim como a mãe dela quando se casou com seu pai. Por isso Elena decidiu seguir a tradição. Na época, Vlad achou que aquilo significava alguma coisa. Que para ela o casamento deles era especial. Mas agora ele sabia a verdade. E a última coisa de que precisava, além da piedade dela, era um lembrete do quanto fora ingênuo.

Em seguida, Madison deu um passo à frente, estendendo a mão para Elena.

– Ainda não nos conhecemos. Sou Madison Keff, a fisioterapeuta do time.

Elena cumprimentou as duas mulheres.

– Onde está o técnico?

– O técnico...? – perguntou Madison.

– Isso. O técnico do time. Por que ele não veio?

– Porque ele está na estrada – respondeu Vlad, falhando em esconder o aborrecimento na voz. – Partiram esta manhã para o próximo jogo da rodada.

Porque tinham perdido na noite anterior. Se tivessem ganhado, o time já estaria classificado para a Copa Stanley. Precisariam vencer o jogo aquela noite ou seriam eliminados. Fosse como fosse, Vlad não estaria lá.

Ou porque era eficiente ou porque sentiu a tensão crescente no ar, a Dra. Lorenzo interveio:

– Vamos tratar da cirurgia.

Madison ligou a TV presa à parede, mexeu no iPad e de repente a tela ganhou vida com uma imagem estática do jogo. Era o instante imediatamente anterior à queda. Vlad não precisava ver aquilo para reviver a agonia. Jamais se esqueceria do momento em que toda sua carreira passara diante de seus olhos. Houve um estalo seguido de uma dor lancinante, então sua visão ficou turva e ele caiu. Talvez tivesse gritado, mas tudo que conseguiu ouvir foi o som da batida frenética do próprio coração.

O jogo continuou, mas o tempo parou quando ele tentou se levantar e não conseguiu.

O silêncio tomou conta da multidão, e o juiz finalmente parou o jogo. Os treinadores correram. Agacharam-se ao lado dele. Fizeram perguntas tentando localizar a origem da lesão.

Ele tinha visto isso ocorrer centenas de vezes com centenas de jogadores no curso de sua carreira, mas agora acontecera com ele. Era sua vez de se perguntar se aquele seria seu fim. Será que toda a sua carreira desmoronaria por um erro de uma fração de segundo?

Eles imobilizaram sua perna e o carregaram para fora do rinque em uma maca. Depois, tudo se passou em um borrão. Em algum momento, tiraram seu equipamento de proteção e cortaram sua calça. Quase no mesmo instante, felizmente, aplicaram uma injeção com um poderoso analgésico que entorpeceu até seus dedos dos pés. Depois o levaram à sala de raios X, fizeram uma ressonância magnética e voltaram com um olhar que deixava transparecer que a situação era tão feia quanto ele temia. Com o zumbido do sangue nos ouvidos e as batidas do coração, seu cérebro só conseguiu captar algumas frases e palavras-chave.

Tíbia fraturada.

Uma fratura simples, mas precisaria de cirurgia.

Em seguida, ele foi colocado em uma ambulância e o levaram para o Hospital de Ortopedia de Nashville. Seguiu direto para a cirurgia antes que pudesse sequer processar o que estava acontecendo.

E então o sonho que teve com Elena. Ela o acalentou, transmitindo paz com seu toque suave, sua voz, seu encorajamento. Só que agora ele sabia que não tinha sido um sonho. Ela estava mesmo ali. Mas, em vez de se sentir melhor, isso o deixava pior.

A médica se aproximou da tela e apontou com uma caneta.

– Achamos que a fratura inicial causada pela queda foi pequena – explicou ela. – O problema é que, quando você se levantou, acabou deslocando ainda mais o osso.

O vídeo começou. Em câmera lenta, Vlad se viu tentando ficar em pé antes de cair de novo no gelo, o rosto contorcido em agonia.

– Então eu só piorei as coisas – disse ele.

– Sim e não. – A Dra. Lorenzo deu as costas para a TV. – Ironicamente, sua recuperação demoraria mais se fosse uma fratura simples. Teríamos que engessar sua perna e esperar o osso cicatrizar, sem a possibilidade de exercer qualquer atividade que exigisse a sustentação de peso por doze semanas. Já com esse tipo de fratura implantamos um pino de metal no osso para segurá-lo no lugar. Acredite se quiser, você estará andando e se reabilitando muito mais depressa.

A Dra. Lorenzo checou o relógio.

– Tenho que me preparar para outra cirurgia. Volto aqui antes de ir embora.

Vlad nem esperou a porta se fechar para encarar Madison.

– Quando vou voltar a jogar?

– Você sabe que eu ainda não tenho como lhe responder isso.

– Por favor, Madison. Me dê uma ideia de quanto tempo vou ficar fora do gelo.

Ela contraiu os lábios e soltou um suspiro relutante.

– Se você fosse uma pessoa comum, levaria um ano para retomar a atividade normal. – Madison ergueu a mão diante do olhar que viu no rosto dele. – Mas você não é uma pessoa comum. É um atleta profissional na melhor condição física e que receberá cuidados 24 horas por dia, acompanhamento nutricional e um plano de reabilitação detalhado.

– Quanto tempo, então?

– Nossa meta é ter você de volta em outubro.

Vlad deixou a cabeça cair no travesseiro. Quatro meses. Ele pressionou a testa com o punho. *Por que isso está acontecendo?*

– Mas muita coisa pode rolar nesse meio-tempo – continuou Madison. – A maioria das pessoas com esse tipo de fratura não conseguiria sustentar o peso nessa perna por pelo menos um mês. Você? Esperamos que fique em pé por alguns minutos todos os dias a partir da semana que vem.

– O que acontece agora? – indagou Elena, com uma voz que se mostrou ao mesmo tempo calma e determinada.

Ela havia se aproximado dele enquanto Madison falava. Por mais que doesse admitir, ele achava reconfortantes sua presença e seu talento jornalístico para superar o pânico da situação e fazer as perguntas importantes.

– Ele vai passar mais essa noite aqui – respondeu Madison. – Salvo qualquer complicação, estará pronto para ter alta amanhã.

Elena emitiu um grunhido.

– Amanhã? Vocês não podem mandá-lo para casa amanhã.

– Vamos garantir que ele tenha tudo de que precisa – afirmou Madison.

– Mas foi uma cirurgia complicada. E se algo der errado?

– Elena – disse Vlad, tentando chamar a atenção dela, porque o olhar no rosto dela era o mesmo que vira quando, aos 18 anos, ele teve a estúpida ideia de pular nas águas congeladas do rio Om.

– Os fisioterapeutas estarão em contato todos os dias – prometeu Madison, com um sorriso paciente. – Provavelmente mais até do que Vlad gostaria. Vamos instalar na casa os mecanismos de mobilidade e as ferramentas de treino, e ele seguirá um plano de reabilitação detalhado. Se você tiver qualquer pergunta...

– É claro que tenho perguntas! Ele pode subir e descer escadas? Pode molhar a perna? Com que frequência o curativo precisa ser trocado? Precisa pôr gelo? Ele vai tomar analgésicos? E se ele cair?

Madison sorriu novamente.

– Eu sei quanto deve estar preocupada. Mas todas as suas perguntas vão ser respondidas, eu garanto. Confie na nossa equipe, estamos fazendo nosso trabalho, ok? – Ela mesma assentiu sem esperar a resposta de Elena e dirigiu sua atenção a Vlad. – Preciso agora é ter acesso à sua casa. A gente tem que deixar várias coisas lá antes de você chegar amanhã.

– Uma das minhas vizinhas tem a chave da casa. Ela pode abrir para vocês.

– Beleza. Avise a ela que iremos lá esta tarde. – Madison apertou o iPad contra o peito e se retraiu, como se suas próximas palavras fossem doer. – Não quero me intrometer, Elena, mas preciso saber se devemos contratar alguém para cuidar de Vlad por um tempo ou se você planeja ficar...

– Ela vai embora.

– Eu vou ficar.

Vlad desviou o olhar da expressão confusa e desconfortável de Madison e encarou Elena, boquiaberto.

– O que... o que você disse? – perguntou ele, em russo.

Elena retribuiu o olhar.

– Eu vou ficar e cuidar de você.

– *Por quê?* – Ele não tinha a intenção de soar tão incrédulo, mas foi o que aconteceu.

– Porque você precisa de mim – respondeu ela. Diante do silêncio dele, ela piscou e deu de ombros. – Quer dizer, você precisa de *alguém*.

Madison limpou a garganta. Não falava russo, mas obviamente entendia o tom na voz deles. O dela, por exemplo, transmitia o desejo de sair dali o mais depressa possível.

– Por que não deixo vocês a sós para discutirem essas questões e amanhã vocês me dizem o que decidiram?

Vlad mal dispensou um olhar a Madison, que saiu de fininho do quarto. Assim que ela se foi, ele correu a mão pelo cabelo.

– Elena, o que está fazendo?

– Você precisa de alguém que cuide de você neste momento.

– O time pode contratar alguém para ajudar.

– Não é necessário. Além disso, você ia preferir um estranho? Eu posso cozinhar para você e...

Ele interveio antes que ela fizesse uma proposta tentadora.

– E as suas aulas?

– Já acabaram. Apresentei minha monografia na semana passada.

A boca de Vlad se abriu e se fechou duas vezes, como se ele procurasse por alguma coisa, qualquer coisa, que a fizesse mudar de ideia. Qualquer coisa menos *eu preciso que você vá embora*, porque isso soaria tão cruel quanto o que ele tinha dito sobre sua família. Não queria magoá-la. Só queria se proteger de ser magoado. E isso com certeza aconteceria se ela ficasse.

– Vai dar muito trabalho. Não quero ser um fardo.

Os lábios dela se apertaram em sinal de contrariedade.

– Você está machucado, Vlad. Cuidar de você não é um fardo.

– Elena...

Ela ergueu a mão.

– Veja bem, sei que não nos falamos há muito tempo, e as coisas não andam bem entre nós, e eu odeio isso. Não quero que sejamos inimigos. Quero fazer isso por você. Estou lhe devendo essa.

Ele franziu as sobrancelhas.

– Me devendo? Do que você está falando?

– Você já fez tanto por mim. Um dia espero conseguir lhe retribuir o investimento na faculdade e todo o resto, mas por enquanto é isso que posso fazer.

Ele levou um choque, como se ela tivesse agarrado suas bolas.

– Quando foi que eu pedi que você me pagasse de volta?

– Nunca, mas só porque isso nunca passaria pela sua cabeça. Então me deixe fazer isso por você. *Por favor*. – Ela empalideceu de repente e se afastou da cama, os braços mais uma vez envolvendo seu corpo, como um escudo. – Quer dizer, a menos que… a menos que você não me queira aqui.

Querê-la ali? Era o que ele vinha *querendo* havia tanto tempo quanto podia se lembrar. Ansiara por aquele momento: ela, ao seu lado, prometendo ficar. Mas nunca quis que fosse naquelas circunstâncias. Não a queria ali temporariamente e, sem sombra de dúvida, não a queria ali porque ela sentia que era uma obrigação.

– Ah – murmurou ela. – Entendi. – Os braços dela agora pendiam frouxos na lateral do corpo, e os olhos estavam arregalados em espanto, como os de alguém que acabou de levar um soco.

A expressão cabisbaixa de Elena o partiu ao meio.

– Só não tenho certeza se é uma boa ideia, Elena.

– Certo – disse ela, forçando um sorriso. – Não, é claro. Eu… eu entendo. – Ela se virou rapidamente, os tênis emitindo um guincho em atrito com o chão, e cruzou o quarto em direção ao sofá onde estavam suas coisas.

– Elena, me desculpe…

Ela se agachou para fechar a mochila.

– Por quê? É culpa minha. Eu coloquei você em uma posição embaraçosa. Não devia ter vindo sem falar com você primeiro.

– O que você está fazendo? – perguntou ele. Ela parecia estar se preparando para ir embora naquele exato segundo e, droga, ele também não queria isso.

– É óbvio que você tem muito com que se preocupar – disse ela lentamente, como se escolhesse as palavras com cuidado. – Talvez fosse mais fácil se eu mesma destrancasse a casa para a equipe entrar em vez de você tentar localizar sua vizinha. Ainda tenho a chave. Depois posso passar a noite em um hotel e voltar para Chicago amanhã.

– Você não tem que ficar numa porcaria de hotel – rosnou ele. – Você tem um quarto em casa.

Elena se levantou, pendurou a mochila no ombro e esticou o puxador da mala. Ao som das rodinhas no piso, ela cruzou o quarto e parou ao pé da cama dele.

– Se estiver precisando de alguma coisa da casa, eu peço que alguém da equipe traga para você, ok?

Um pânico familiar cresceu no peito dele.

– Você já está indo? Você não tem que ir agora, Elena.

– Ou posso trazer para você amanhã. Passo aqui antes de ir para o aeroporto para dizer... – As palavras travaram na sua garganta, e ela pigarreou. – Para dizer adeus.

A porta do quarto se abriu novamente antes que ele pudesse responder. Vlad engoliu as palavras, amarrando a cara para quem quer que os estivesse interrompendo. O gerente de relações públicas do time enfiou a cabeça pela fresta da porta.

– Posso entrar?

Elena fixou os olhos nos de Vlad por uma fração de segundo antes de cumprimentar o visitante indesejado.

– Sim. Entre.

O relações-públicas alternou o olhar entre os dois, enfim captando a tensão que aparentemente se desenrolava ali.

– Hã, eu posso voltar depois.

– Poderia nos dar um minuto, por favor? – pediu Vlad.

– Não será necessário – cortou Elena, com um tom curto e grosso e os lábios comprimidos em uma linha fina. – Já estou de saída.

Ela começou a andar em direção à porta sem olhar para trás.

– Elena, espere... – Vlad tentou se sentar enquanto a chamava, mas a rigidez de sua perna o lançou de volta à cama soltando um *Argh*.

A porta se fechou com um clique silencioso e definitivo.

TRÊS

– Você vem de onde?

Elena olhou pela janela do banco de trás do Uber que chamou para pegá-la no hospital.

– Chicago.

O motorista, um homem mais velho com o cabelo já meio grisalho e um sorriso simpático, riu.

– Não, pergunto de onde vem originalmente. Seu sotaque.

Desde que chegara aos Estados Unidos, não se passava uma única semana sem que alguém lhe fizesse essa pergunta. Às vezes estava disposta a dar detalhes, mas aquele não era um desses dias.

– Rússia – respondeu ela, sem rodeios.

– Imaginei. Pensei que talvez fosse da Ucrânia ou algum lugar daquela região. De qual parte da Rússia?

– Moscou – mentiu ela, porque nem todo mundo sabia onde ficava Omsk, e, ao explicar que fazia parte da Sibéria, as pessoas sempre queriam saber se era mesmo muito frio, e ela não estava com paciência para esse tipo de papo furado agora.

– Legal – comentou o homem. – O que a traz a Nashville?

– Só vim visitar um amigo no hospital.

– Espero que esteja tudo bem.

Ela sorriu porque, para os americanos, essa era a coisa educada a se fazer.

– Sim. Ele vai ficar bem.

O motorista enfim devia ter captado sua relutância em conversar, porque aumentou o volume do rádio e se concentrou em dirigir. Elena voltou sua atenção ao redor. Não reconhecia muita coisa ali. Nos poucos meses em que tinha morado lá depois de se casar com Vlad, raramente saíam juntos para além do bairro onde ele morava.

Mas, quando o motorista do Uber pegou a saída seguinte, as coisas começaram a parecer mais familiares. Grandes árvores e amplos gramados nas ruas sinuosas protegiam os ricos e famosos da ralé que talvez vagueasse por ali sem permissão. Quando se juntou a Vlad nos Estados Unidos (o visto dela atrasou, por isso só foi para lá semanas depois do casamento), Elena esperava ver uma bela casa, uma vez que ele era um atleta profissional. Todo mundo sabia que os atletas americanos ganhavam muito dinheiro, e ele já estava jogando lá havia um ano. Mas, assim que Vlad embicou na longa entrada para carros toda margeada por árvores e ela viu pela primeira vez sua imponente casa de tijolos, Elena ficou de queixo caído e sua voz se reduziu a um arquejo. Uma garota de Omsk jamais poderia imaginar tamanha grandiosidade.

O efeito foi diferente agora, quando o motorista do Uber estacionou. A magia tinha acabado.

– Uau – disse o homem. – Que casa bacana. Seu amigo é famoso ou algo assim?

Era uma suposição óbvia. Nashville era o lar dos maiores astros da música country do mundo.

– Ele se saiu bem – respondeu Elena, abrindo a porta.

O motorista desceu e deu a volta no carro para tirar a bagagem dela do porta-malas. Quando ele a colocou no acesso pavimentado, Elena agradeceu e colocou a mochila no ombro. Assim que o motorista foi embora, ela lhe deu uma gorjeta pelo aplicativo e então subiu os degraus de cimento até a pequena varanda. A porta da casa era preta e flanqueada por duas longas vidraças. Na primeira vez que estivera ali, Elena ficou apreensiva de olhar para dentro quando Vlad destrancou a porta.

Seu estômago revirou e se contraiu quando ele lhe deu passagem para entrar. Seus sapatos ecoavam no piso lustroso da entrada cavernosa, enquanto os dele faziam um ruído leve e suave atrás dela.

– Bem-vinda ao lar. – *A voz dele era como um glacê de mel, quente, doce e suave.*

Em sua visão periférica, ela o viu erguer a mão como se pretendesse tocá-la. Então se esquivou.

Elena afastou a lembrança e abriu a porta. Pouca coisa havia mudado. A mesa decorativa de antes continuava lá, ainda servindo de depósito para os trocados, as correspondências e outras miudezas que se acumulavam nos bolsos dele ao longo do dia. Puxando a mala, Elena caminhou em direção à ampla escadaria que dividia o saguão. À frente ficava a cozinha. À esquerda, a enorme sala de estar com uma lareira e uma parede coberta por estantes de livros. À direita estava a sala de jantar com portas francesas, que davam para um pátio coberto. Em sua primeira noite ali, tantos anos antes, ele encomendara o jantar e arrumara a mesa com velas. Ela se serviu e foi comer no quarto.

– Quem diabos é você?

Elena soltou um gritinho e levou a mão ao peito. No fim do corredor, uma mulher carrancuda de cabelos grisalhos estava de pé, com as mãos na cintura e um cachorro gigante ao seu lado. O terra-nova preto soltou um latido estrondoso e disparou num galope para cima de Elena, que mal teve tempo de erguer as mãos para se proteger do ataque antes de o cão saltar e plantar as patas em seus ombros. Ela colidiu com o corrimão da escada ao cambalear sob o peso dele. Depois de mais um latido alto, o cachorro passou a língua comprida na lateral do rosto dela.

– Eu *perguntei*: quem diabos é você e o que está fazendo na casa do Vlad? – intimou a velha.

– Pode, por favor, chamar seu cachorro? – implorou Elena.

Ela adorava cachorros. Todos eles. Na verdade, preferia os cães à maioria dos humanos. Mas sua cabeça inteira cabia na boca daquele, e ela não tinha certeza se a lambida significava *Eu te amo* ou *Eu vou te devorar*.

– Não é *meu* cachorro – respondeu a mulher.

– De quem é, então? – perguntou Elena.

Será que Vlad havia arranjado um cachorro e não tinha lhe contado? Ela pensava que a rejeição no hospital a havia magoado, mas não lhe contar que tinha adotado um animal de estimação seria esfregar um *vai se ferrar* na sua cara.

– Não vou responder nenhuma pergunta antes de saber quem você é – retrucou a mulher. – Você é uma dessas *stalkers*? Uma dessas fãs lunáticas que correm atrás de atletas famosos ou algo assim? Como foi que conseguiu entrar aqui? – Em seguida, ela falou por cima do ombro: – Chame a polícia, Linda.

Elena de repente se libertou do estado de choque.

– Acho melhor não – interveio ela, e afastou o cachorro gentilmente, que voltou a ficar com as quatro patas no chão e abanou o rabo peludo. Elena deu um tapinha hesitante na cabeça do animal e se desviou dele para encarar a intrusa no final do corredor. – *Eu* é que vou chamar a polícia.

A velha riu com deboche.

– Por quê? Temos o direito de estar aqui.

– Sério? Eu também.

– Mentira. Quem é você?

Elena cruzou os braços.

– Eu sou a *mulher* dele.

Nesse instante, duas outras mulheres correram até onde a velha estava e pararam ao lado dela. Tinham expressões idênticas de *Ai, meu Deus*.

– *Elena?* – indagou a mais velha, a voz falhando.

– Puta merda – disse uma das outras.

Seria a tal Linda? Elena percebeu, ao analisar mais de perto, que ela parecia uma versão mais jovem e menos intimidadora da mais velha. A terceira mulher, uma cinquentona esbelta metida em calças de ioga, de batom chamativo, soltou um gritinho de susto e tapou a boca com a mão livre.

– Não posso acreditar – grunhiu a mais velha. – Como você tem coragem… de aparecer aqui desse jeito? Ele sabe que você está aqui?

Elena respirou fundo, indignada.

– Sim, Vlad sabe que estou aqui. Passei a noite no hospital com ele.

– Mentira – acusou a velha.

– Mãe! – A mais nova lançou um olhar reprovador. – Pare.

– Como é que é? – retrucou a outra, ríspida. – Você espera que eu seja simpática depois de tudo que ela fez Vlad passar? – Ela apontou o dedo em riste para Elena. – Você não faz ideia de como ele ficou nesses últimos meses.

Uau. Aquela mulher a odiava muito, muito mesmo. O que Vlad devia ter contado para elas?

Provavelmente a verdade.

Elena engoliu a autorreprovação. O cachorro, como se sentisse seu desconforto, se aproximou e se sentou encostado em suas pernas. Ela teve que segurar firme o corrimão para não cair.

– Ignore minha mãe – disse a mais simpática, que se aproximou e estendeu-lhe a mão. – Eu sou Linda. É um prazer finalmente conhecer você.

Elena encarou com ceticismo os dedos longos da mulher antes de aceitar o aperto de mão.

– Esta é minha mãe, Claud – apresentou Linda, fazendo um gesto relutante para a mãe rabugenta. Depois, acenou com a cabeça para a mulher com calça de ioga. – E esta é Andrea.

– Somos vizinhas de Vlad – revelou Andrea. – Quando soubemos do que aconteceu a ele, decidimos passar aqui para ajudar a deixar a casa em ordem. Estávamos limpando a geladeira.

Elena enfiou as mãos sob as axilas.

– É muita gentileza de vocês, mas eu posso cuidar de tudo.

Claud fungou, fazendo um ruído desagradável.

Linda olhou para o alto como se rogasse por paz e disse:

– Mãe, por favor.

O cachorro, cujo dono ainda não tinha sido identificado, latiu e se recostou mais nas pernas de Elena.

– Somos as Solitárias – disse Andrea.

– As... o quê? – perguntou Elena.

– É assim que nos chamamos porque nossos maridos morreram.

Elena pigarreou.

– Que... pena.

– Tecnicamente – esclareceu Andrea –, já tínhamos nos divorciado quando meu ex-marido morreu.

– Meus sentimentos.

Andrea deu de ombros.

– Começamos a vir aqui quase todos os dias para tomar café com Vlad quando ele estava em casa, e agora ele é um membro do nosso pequeno clube. Trocamos receitas, fofocamos sobre os vizinhos, coisas assim.

– Entendi.

Na verdade, não. Elena não entendeu nada. Cada palavra que saía da boca delas tecia uma teia cada vez mais densa em seu cérebro. Uma dor de cabeça estava começando a latejar em suas têmporas. Elena pressionou uma delas com os dedos enquanto tentava dar sentido à situação.

– Mas por que exatamente Vlad faz parte do clube?

– Porque ele também está sozinho, graças a você – respondeu Claud, em um tom desaforado.

– Mãe – chiou Linda. – Pare.

Elena se empertigou.

– Tenho certeza de que ele vai ficar agradecido por vocês terem passado aqui para ajudar, mas preciso me organizar porque a equipe do time dele deve vir entregar alguns equipamentos...

– E depois você vai abandoná-lo, né? – disse Claud.

– Mãe! – repreendeu Linda. – Vlad não ia gostar do que você está fazendo.

– Ele tem um coração grande demais para pensar em si mesmo. – Claud acrescentou, baixando a voz: – E o que Michelle vai pensar?

Elena piscou quando o nome de outra mulher a atingiu de repente.

– Michelle?

– Outra integrante do clube – esclareceu Andrea, depressa. Bem depressa. – Exceto que o marido dela não morreu. Eles se divorciaram porque ele a traiu, então a gente meio que desejava que ele tivesse morrido.

Elena esfregou as têmporas.

Claud apontou o dedo em acusação novamente.

– Por que você voltou? Ficou com medo de ele não ser mais capaz de jogar e de você acabar sem nada?

O oxigênio sumiu dos pulmões de Elena de uma vez. As palavras de Claud acertaram em cheio as piores inseguranças e a maior vergonha de Elena.

– Vamos – disse Linda, puxando a mãe pelo cotovelo. Depois se dirigiu a Elena: – Me desculpe. Ela é superprotetora.

– Eu também sou.

– Se fosse mesmo, você iria embora daqui – retrucou Claud.

Mais uma vez, a mulher acertou bem no alvo. E, mais uma vez, Elena sabia que ela tinha razão. Mas Elena ainda tinha orgulho suficiente para não dar a Claud a satisfação de saber quanto ela a havia magoado. Nem para lhe dizer que, de fato, iria embora em breve porque Vlad, como a própria Claud, parecia não querê-la mais ali.

Elena endireitou a coluna.

– Pode pensar o que quiser a meu respeito, mas estou aqui por um único motivo: ajudar Vlad. Não posso obrigá-la a acreditar em mim. Agora, se me derem licença, por favor, tenho muito que fazer para receber meu marido em casa.

– É claro – disse Linda, calmamente. – Por favor, diga a Vlad que estamos orando por ele.

– Pode deixar. – Elena esticou a mão e afagou a orelha do cachorro.

– A propósito, a comida dele está na despensa da cozinha – avisou Linda, apontando para o cachorro.

– Ele é do Vlad? – perguntou ela, antes de perceber que não saber isso simplesmente provava o ponto de vista de Claud de que ela era uma porcaria de esposa.

– Não – respondeu Andrea. – É do pessoal do outro lado da rua, mas ele meio que adotou Vlad também. Se ele latir para a porta é porque quer sair.

Mais teias.

– O cachorro de outra pessoa vem passear aqui?

Linda deu de ombros.

– Tem uma gata que sempre aparece também. Vlad mandou instalar uma portinhola na garagem, assim ela pode entrar e sair quando quiser.

É claro que ele fez isso. Era típico de Vlad.

Linda agarrou o braço da mãe e começou a puxá-la em direção à saída.

– Avise se pudermos ajudar com alguma coisa – comentou ela.

– Obrigada.

Andrea parou ao lado de Elena.

– Foi um prazer conhecer você. De verdade – disse ela com uma risadinha. – Você é tão bonita quanto ele sempre disse que era.

Com as bochechas em chamas, Elena cruzou os braços e observou as três mulheres partirem. Quando saíram, ela olhou para o Cachorro do Vizinho – este seria o nome dele por enquanto – e afagou a cabeça do animal. O cachorro latiu e abanou o rabo. Pelo menos *ele* não tinha nenhuma ideia preconcebida dela.

Suspirando, Elena ergueu a mochila e agarrou a alça da mala. O Cachorro do Vizinho a seguiu calmamente enquanto ela subia as escadas e atravessava o longo corredor do andar de cima. Seu quarto era o último à direita, bem em frente ao de Vlad. A porta estava fechada e, ao abri-la, o silêncio soou como uma acusação. Estava tudo igual, exatamente como havia deixado. E, embora nada fosse dela de verdade – nem a colcha de caxemira estampada nem a cômoda branca ou os abajures em ambos os lados da cama –, ela se lembrava de cada objeto. Como uma criança que visita a tia depois de muitos anos e acaba dormindo no quarto em que ficou da última vez. Tudo era familiar, porém estranho.

Elena deixou suas coisas no chão, ao lado da cama. Alguém limpara o cômodo havia pouco tempo. O carpete exibia marcas recentes de aspirador de pó, e não havia um grão de poeira na TV, na escrivaninha ou na cômoda. Até mesmo o banheiro estava impecável. Uma espiada embaixo da pia revelou que todos os seus artigos de higiene ainda estavam lá, à sua espera. O xampu, o condicionador, o creme depilatório e o sabonete líquido com aroma de madressilva. Deixara tudo lá quando foi para a faculdade, e Vlad os guardou para seu eventual retorno. Ela pegou o sabonete, abriu a tampa e inalou o perfume. Fechou-o e guardou antes que aquilo trouxesse muitas lembranças à tona.

Voltou para a cama e cedeu à fraqueza em seus joelhos, assim como fizera na primeira noite. Era a cama mais confortável que já tinha experimentado. Macia e grande, com travesseiros suficientes para sufocar alguém acidentalmente. Ou, como descobrira, para abafar o som do choro. Ela havia chorado muito naquela noite. Depois, ao acordar no escuro, com os olhos inchados e a cabeça latejando, jurou que nunca mais choraria outra vez. E isso não acontecera mais até seis meses antes, quando ficou diante de Vlad, mais sexy do que qualquer homem tinha o direito de estar em um smoking, e afirmou que o deixaria.

Mesmo agora, não conseguia esquecer o jeito como ele olhara para ela no casamento. Tão cheio de esperança e alegria. Só que por pouco tempo. Ela o magoara. O homem que a salvara. O homem que tinha sido seu melhor amigo de infância.

O Cachorro do Vizinho pulou na cama e afundou a cabeça no colo de Elena. Ela enterrou os dedos na grossa pelagem preta. Ele suspirou satisfeito e fechou os olhos. Vlad sempre quisera um animal de estimação, mas sua agenda de viagens tornava isso impossível porque não poderia deixar o cachorro sozinho. Outra coisa que ela havia roubado dele.

De repente, o toque estridente do telefone a fez pular no colchão. Era um número desconhecido de Nashville.

– Alô?

– Sra. Konnikova? Aqui é Tess Bowden. Sou uma das fisioterapeutas do Vipers. Chegaremos em alguns minutos com o equipamento de reabilitação. Está tudo pronto para nos receber?

– Sim, estou aguardando vocês.

– Ótimo – disse a mulher. – Estamos a uns dez minutos daí.

Elena saiu do quarto com o Cachorro do Vizinho bem atrás dela e se viu fitando a porta aberta do quarto de Vlad. Dava para contar nos dedos de uma das mãos quantas vezes havia entrado ali – o que era um fato muito triste sobre a realidade do seu casamento. No início, evitava entrar lá porque era constrangedor. Depois, porque se tornou muito doloroso. Cada vez que punha os pés no espaço particular dele, o tamanho da decepção de Vlad fazia pesar mais a aliança em seu dedo.

Agora, a tentação se mesclou à curiosidade, impulsionando seus pés para a frente até chegarem à soleira. Uma olhada ao redor mostrou que muito pouco mudara desde a última vez em que estivera ali. A mesma cama king-size ficava no centro do cômodo, coberta com o mesmo edredom azul-marinho liso. As mesas de cabeceira combinando pareciam até aparadores de livros, com uma luminária de cada lado. Ela não tinha o direito de bisbilhotar as coisas dele, mas um impulso voyeurístico venceu qualquer respeito que tivesse pela propriedade alheia. Avançando alguns passos, conseguia ver a porta do grande banheiro aberta à esquerda. Ela parou para olhar lá dentro. Ver os itens de higiene pessoal ao longo da pia era como ter uma visão dos rituais íntimos diários de Vlad. Uma toalha tinha sido dobrada sem muita preocupação e pendurada ao lado da pia. Elena sentiu um calor no peito ao imaginá-lo ali, enrolado em uma toalha enquanto passava a navalha pelo ângulo bem definido do maxilar. Uma prática tão comum. Uma prática tão viril. Uma tarefa que mulheres do mundo inteiro observavam seus maridos fazerem todo santo dia, exceto Elena. Jamais testemunhou o marido se ocupar daquele específico ato de cuidado com a aparência.

Ela desviou o olhar depressa, engoliu em seco e se aproximou da cama. Apenas um dos lados estava desarrumado ou parecia estar sendo usado regularmente, e o alívio que a inundou com esse pensamento foi tão repentino quanto humilhante. Uma olhada rápida pelo quarto não revelou evidências de que uma mulher – uma *Michelle* – costumava passar a noite ali. Elena voltou ao banheiro e analisou outra vez os itens sobre a pia. Só havia produtos de uso masculino. Nada de loções, lixas de unha, elásticos de cabelo ou embalagens de absorvente.

Mas, ao sair do banheiro, um brilho dourado chamou sua atenção. Aproximou-se da cômoda. E ali em cima, desprezada como a correspondência do dia anterior, estava a aliança de casamento dele.

– *Você é minha melhor amiga, Elena. Quero cuidar de você. Vamos para os Estados Unidos. Você pode recomeçar e construir uma vida nova.*

– *Não estou entendendo. Do que você está falando?*

Vlad tirou um par de alianças do bolso da calça jeans. Uma delas era simples, uma aliança de ouro masculina. A outra, um círculo de diamantes que cintilava sob a luz do poste da rua. A vida passou em câmera lenta diante de seus olhos quando ele se ajoelhou.

– *Estou pedindo você em casamento.*

Ela ficou tão atônita que não conseguiu falar, e ele interpretou o silêncio como rejeição. As bochechas dele ficaram vermelhas e quentes quando ele se levantou.

– *Me desculpe. Foi uma estupidez. Esqueça o que eu disse. Ou só pense no assunto. Eu...*

Ela sussurrou a resposta:

– *Sim.*

Revivera aquele momento muitas vezes. Imaginou como as coisas teriam sido diferentes se tivesse recusado o pedido. Se tivesse tido a presença de espírito de reconhecer seu próprio desespero vulnerável e a generosidade fervorosa dele pelo que realmente eram: uma combinação tóxica destinada à combustão. Elena aceitara que na época havia tomado a única decisão possível, mas também tinha desejado milhares de vezes voltar atrás e mudar sua atitude, para se impedir de fazer escolhas egoístas que inevitavelmente iriam magoá-lo. Não repetiria o erro. Talvez Claud estivesse certa. Talvez a melhor coisa que pudesse fazer por Vlad fosse deixá-lo o quanto antes.

Elena olhou para a aliança, ainda envolvendo confortavelmente o dedo em que Vlad a colocara tantos anos antes. Ela tirou a joia e, depois de um momento de hesitação, colocou-a ao lado da dele.

Uma batida à porta sinalizou a chegada dos funcionários da equipe. Ela saiu do quarto, o Cachorro do Vizinho logo atrás, e fechou a porta.

– O Campeonato Oeste termina amanhã com o Nashville Vipers ou o Vancouver Canucks garantindo uma vaga na Copa Stanley, mas o Vipers vai encarar a batalha sem seu melhor jogador de defesa, Vladislav Konnikov, que está se recuperando no hospital de Nashville de uma cirurgia na tíbia, fraturada no jogo de sexta-feira à noite. Nossas fontes no time afirmam que seu retorno ainda é incerto. O Vipers vai escalar Adam Lansberg para substituir Konnikov...

Vlad desligou a TV, mergulhando o quarto na escuridão, exceto pelas luzes do estacionamento lá fora. As sombras refletiam seu humor. Durante todo o dia, havia rogado por privacidade em meio ao fluxo constante de funcionários do clube, enfermeiros e outros profissionais clínicos. Mas, agora que estava no silêncio, ansiava pela distração porque, no instante em que sua mente se desconectou, começou a reproduzir o barulho das rodinhas da mala de Elena se afastando pelo corredor.

Ele tinha dito a Elena que a mãe se encheria de esperanças se soubesse que ela estava lá – o que era verdade. A mãe diria que esse era um sinal de que estava certa o tempo todo e que Elena só precisava de tempo para se recuperar do que havia acontecido com o pai para que então pudesse amar Vlad plenamente. Sua mãe com certeza daria alguma interpretação ao fato de Elena ter jogado tudo para o alto e entrado em um avião no meio da noite para ficar a seu lado no hospital, passar os dedos no seu cabelo e garantir a ele que ficaria tudo bem.

Mas não foi por isso que Vlad mandou Elena embora. Não eram apenas as esperanças da mãe que o preocupavam. Eram as dele. *Ele* veria como um sinal o fato de ela ter entrado em um avião no meio da noite. Pelo menos no caso da mãe, Vlad poderia culpar seu eterno otimismo, já que era uma romântica incorrigível. Era professora de literatura da Universidade Estadual de Omsk e especialista no grande poeta russo Alexander Pushkin. Sempre que ele vacilava, a mãe tinha uma citação de Pushkin na ponta da língua para encorajá-lo a aguentar firme, a acreditar no futuro de seu casamento.

Mas ver Elena evidenciara pelo menos uma coisa: ele não podia mais evitar os pais. Jamais ficara tanto tempo sem ligar para casa. Nem lembrava ao certo quando tinha sido a última vez. Abril? O problema é que se tornara doloroso demais continuar mentindo, principalmente para a mãe, então Vlad os evitou, assim como fizera com os amigos. Contar a ela a verdade – que ele e Elena estavam se divorciando – seria uma tortura. Mas já estava na hora.

Vlad clicou no nome da mãe na lista de contatos, levou o telefone ao ouvido e se preparou para o impacto.

– Finalmente.

Vlad estremeceu. Era um feito de excelência linguística o modo como a mãe conseguia transmitir todo um espectro de emoções humanas pronunciando uma única palavra seca.

– Me desculpe, mãe. Tenho estado ocupado aqui e...

– Tão ocupado que não pode avisar seus pais que está bem? A única pessoa que nos deu notícias foi Josh.

– Eu sei...

– E sabe como descobrimos que você tinha se machucado? Um jornalista ligou para cá, Vlad. Pedindo um comentário. Nem sequer sabíamos!

– Me deixe falar com ele – disse o pai ao fundo. Então, um momento depois, sua voz retumbou claramente: – Se você já não estivesse machucado, eu quebraria sua outra perna.

– Pai, me desculpe. Não deu tempo de ligar.

– Faz *meses* que você não liga.

– Me deixe falar com ele de novo. – A mãe voltou ao telefone, dessa vez com um tom levemente mais suave: – Como você está? Sentindo dor?

– Agora não. Na verdade, não sinto nada. – Na perna, pelo menos. Seu peito estava se corroendo por dentro.

– Josh falou que você vai começar a reabilitação em uma semana.

– Sim, espero que sim.

A mãe fez uma pausa, e ele pôde ouvir o cérebro dela trabalhando.

– Você vai precisar de alguém para te ajudar.

– O time vai arranjar alguém...

– Não seja ridículo. Elena vai fazer isso. Ela já está quase formada.

E pronto. A conversa acabou chegando a Elena, como ele sabia que aconteceria.

– Mãe...

– Você já ligou para ela? Ela deve estar preocupada.

Vlad jogou a cabeça nos travesseiros e fechou os olhos.

– Mãe, me escute...

– Por favor, me diga que você ligou para ela. Como você quer ter um casamento normal se sempre a mantém a léguas de distância?

Vlad arregalou os olhos.

– Do que a senhora está falando?

A mãe soltou um muxoxo desdenhoso.

Vlad apoiou a mão para subir o corpo na cama.

– Foi *ela* que se mudou para Chicago. A senhora me disse para deixar que ela fosse.

– Sim, mas nunca falei que ela deveria acreditar que não era bem--vinda de volta.

Vlad queria bater a mão na cabeça para ter certeza de que seus ouvidos estavam funcionando bem. A mãe estava jogando a culpa *nele* pela situação do seu casamento? Ela nunca havia falado assim com ele. Nunca.

– Tudo que sempre fiz foi dar o espaço que você disse que ela precisava.

– Você tem razão. Isso foi tudo que você fez. Então ligue para ela agora, Vlad. Diga que precisa dela *agora*. Antes que seja tarde demais.

Vlad teve que pigarrear duas vezes para formar as palavras seguintes:
– Já... já é tarde demais.
– Não se você ligar para ela.
– Mãe, a senhora não está me escutando.

O silêncio da mãe foi tão esmagador quanto a trombada de um defensor contra os muros do rinque. Ele podia imaginá-la em pé na cozinha, a mão inquieta mexendo no colar de pérolas que sempre usava. Fora um presente do seu pai no décimo aniversário de casamento dos dois, e Vlad nunca a vira sem ele.

A boca dele secou subitamente.
– Mãe, Elena e eu...
– Não.
– Estamos nos divorciando.
– Por quê, Vlad? – indagou ela, em um tom que o destruiu.

Ele fechou os olhos, culpado.
– A senhora sabe por quê.
– Não sei, não. Vocês foram feitos um para o outro. Você sempre foi...
– Ela vai voltar para a Rússia – soltou ele, interrompendo a mãe.
– O quê? – perguntou ela, com fervor. – Como assim?
– Ela quer voltar e ser repórter, como o pai.
– Não. Isso não pode ser verdade. Ela se casou com você justamente para sair da Rússia.

Pois é, e esse foi o único motivo, o que era um problema.
– Acho que ela mudou de ideia.
– E suponho que você não tenha feito nada para tentar impedi-la.

Pronto. De novo a insinuação de que tudo era culpa dele. Vlad engoliu em seco para se livrar da irritação.
– É claro que tentei.
– Tentou mesmo? Porque parece que você se limitou ao seu velho hábito de se fechar e se afastar.
– O que isso quer dizer? Que hábitos são esses de me fechar e me afastar?
– Você é como um urso assustado quando está com medo, Vlad. Você afugenta as pessoas e vai se esconder. Como é típico dos ursos.

Ele resistiu ao desejo de rugir como um urso.

– Ela vai me deixar.

– Deixar você? É assim que você entende?

– Como diabos eu devo entender?

– Se abrisse seus olhos, talvez visse que você a deixou há muito tempo.

– E-Eu não acredito que estou ouvindo isso. É a senhora que vem me dizendo para aguentar firme, para dar tempo a ela, para…

– Você já disse a ela que a ama?

Foi a vez dele de ficar em silêncio.

– Pelo visto não – disse ela.

– Falei que, quando ela terminasse a faculdade, eu queria ter um casamento de verdade com ela.

– Não é a mesma coisa que dizer que a ama.

– Não adianta. Não quando o amor é unilateral – contestou Vlad.

Puta merda! Ele deu um tapa na própria testa e conteve um grunhido. Tarde demais. A mãe deu o bote como uma pantera:

– Ah, Vlad. Você a ama *mesmo*.

– Não foi isso que eu disse.

– Mas foi o que quis dizer.

De que valia negar?

– Não faz diferença.

– Faria, se você se declarasse para ela.

Ele abriu os olhos e virou a cabeça, fixando o olhar na janela.

– O que faz a senhora pensar que isso mudaria alguma coisa?

– Vlad, o amor muda tudo.

– Só nos livros.

E ele estava de saco cheio dos livros. Dos contos de fadas. Do romantismo de Alexander Pushkin. Das expectativas surrealistas. Uma vez até chegara a pensar que poderia escrever seu próprio livro, porém não mais. Não encarava seu manuscrito havia meses. Estava de saco cheio de tudo aquilo.

– Espero de verdade que você não acredite nisso – retrucou a mãe, seu tom tão pesado com a decepção como ele jamais ouvira.

– Diga ao papai que eu disse tchau.

– Vlad…

Ele desligou.

QUATRO

Elena acordou na manhã seguinte ao som de um miado melancólico.

Depois de piscar confusa por alguns segundos, ela se sentou e se livrou dos cobertores. Viu uma gata encolhida no chão em frente ao quarto de Vlad, enfiando as patas no minúsculo espaço entre a porta fechada e o carpete.

– Sinto muito, gatinha. Ele não está em casa.

A gata rolou ao ouvir a voz de Elena.

– Venha – disse ela. – Vou dar comida para você.

A gata malhada de pelos longos a seguiu escada abaixo até a cozinha. Já devia saber onde Vlad guardava a ração e os petiscos, porque começou a miar para a porta da despensa. Elena a pegou no colo e verificou a coleira em busca de uma plaquinha de identificação, mas não havia nenhuma.

– Parece que vamos ter que nos contentar com Gata do Vizinho por enquanto – comentou ao colocá-la no chão.

A Gata do Vizinho pelo visto não estava nem aí para como era chamada desde que Elena lhe servisse uma tigela de ração.

De acordo com o relógio no micro-ondas, eram quase nove horas – bem mais tarde do que Elena estava acostumada a acordar. Decidiu culpar o fato de ter levado horas para conseguir pegar no sono, e não o fato de que a cama era muito mais confortável do que se lembrava. Era incrivelmente macia, como dormir em cima de um travesseiro gigante de penugem. Não estivera em seu melhor estado de espírito para aproveitá-la durante os poucos meses em que morou com Vlad, porém agora seria um inferno voltar para o bloco de concreto que era seu futon. Mas já passava da hora de resolver como e quando iria voltar. Ainda não tinha comprado passagem nem sabia se conseguiria um voo. Se não conseguisse, ficaria em um hotel perto do aeroporto. Vlad deixou claro que não a queria em casa quando voltasse, e ela não ia se aproveitar da generosidade dele. Nem mesmo se sentia confortável em atacar a geladeira para preparar um café da manhã ou um chá. Aquela era a casa dele, o espaço dele. Ela era, sempre fora, uma visita.

Elena se sentou em uma das banquetas de couro que contornavam a longa ilha no meio da cozinha. Havia deixado o notebook na bancada antes de ir para a cama na noite anterior e agora o ligou para pesquisar um voo. Quando o site de viagens pediu que selecionasse a data da volta, ela clicou no botão "só de ida" e inspirou fundo, trêmula, ao se dar conta de que aquela era a última vez que estaria ali. Ao sair naquela manhã, nunca mais voltaria. E, embora soubesse havia meses que teria que enfrentar aqueles últimos momentos – a última vez na casa, a última vez que veria Vlad –, o peso da realidade fez seu estômago queimar. Havia coisas que ainda não dissera a ele, coisas que desejava que soubesse e entendesse. Mas talvez isso fosse tão egoísta quanto a decisão de se casar com ele. Vlad obviamente estava pronto para seguir em frente. Ela não tinha o direito de sobrecarregá-lo com suas desculpas.

Escolheu um voo que partia de Nashville tarde da noite rumo a O'Hare. Depois, porque não confiava em si mesma para não começar a chorar, ela tratou de ir se arrumar. Tomou um banho rápido e, depois de se vestir, deixou a toalha molhada na lavanderia do segundo andar. Refez depressa a mala com seus poucos pertences e voltou ao quarto dele para pegar uma muda de roupa, que iria deixar no hospital a caminho do aeroporto. Vasculhar as gavetas de Vlad parecia invasão de privacidade, por isso ela pegou as primeiras peças que viu: um moletom, uma bermuda e uma cueca. Em seguida, pegou uma escova e uma pasta de dentes no banheiro. No armário, encontrou uma sacola de pano e guardou tudo ali dentro.

A ordenada fileira de roupas penduradas em um lado do closet a fez parar por um momento. A organização, o esmero, despertou uma pontada de saudade que não tinha o direito de sentir. Aquela não era sua casa. Mas parecia algo íntimo ver os paletós dele, alguns ainda dentro do saco plástico de lavagem a seco. Ela deslizou os dedos pela manga de um deles, um azul-marinho mais escuro que devia ficar incrível em contraste com o tom azeitonado da pele dele. Tinha visto fotografias de Vlad entrando no estádio vestido em um desses ternos e com os óculos escuros para se proteger dos flashes. Às vezes, assistia aos jogos e ficava maravilhada – *Esse é o meu marido* –, mas, na verdade, ele nunca foi.

E agora era hora de dizer adeus.

A Gata do Vizinho estava dormindo ao pé da escada. Elena se agachou e lhe fez um carinho.

– Cuide dele, está bem?

Seu coração queria se demorar ali, olhar ao redor mais um pouco. Mas seu cérebro lhe dizia para ir logo. Ela dirigiu um dos carros dele – um espaçoso SUV – e o deixaria no hospital para que alguém pudesse levar Vlad para casa. De lá, chamaria um Uber para levá-la ao aeroporto.

A guarda não a questionou desta vez, mas ela se sentiu como um animal de zoológico em exibição ao sair do elevador no quarto andar, arrastando a mala atrás de si. Um pequeno círculo de pessoas em agasalhos com a logo do time estava ao lado do posto de enfermagem, ouvindo um homem com ar de autoridade que usava paletó esportivo e gravata. Todos se viraram ao mesmo tempo e a encararam com uma curiosidade descarada. Madison estava entre eles, e Elena acenou para ela como se fossem velhas amigas.

– Diga a ele que daqui a pouco vou lá para discutir o plano de reabilitação – pediu Madison.

Elena assentiu, mas não parou. Eles acompanharam cada passo seu pelo corredor em direção ao quarto de Vlad e quando parou diante da porta fechada. Seria melhor bater? Com os olhos do pessoal abrindo um buraco em suas costas, ela rapidamente bateu com o nó dos dedos na porta e a abriu antes que Vlad pudesse responder. Preparou-se para qualquer coisa que ele pudesse dizer, mas o encontrou apático, fitando a TV na parede, o controle remoto na mão livre do acesso intravenoso.

Vlad desligou o aparelho ao vê-la.

– Oi – disse ele, pressionando a mão na cama para ajeitar o corpo, mas com todo o cuidado para não mexer a perna ferida suspensa pela cinta.

Ele estava um pouco mais coberto hoje. A camisola hospitalar escondia seu peito, mas tufos de pelos escuros ainda escapavam pela gola. E, em vez de desvalorizar a sensualidade de seu corpo musculoso, o fino tecido com estampa de diamante o tornava mais atraente. Parecia que os bíceps iam rasgá-lo se ele os flexionasse. Porém, Vlad não fazia o tipo exibicionista. Seu corpo era uma máquina com um propósito: o hóquei. E era tão alheio ao seu físico estonteante quanto ao seu jeito de sorrir, que podia fazer uma pessoa querer se recostar nele só para absorver um pouco do seu calor. Ele nunca se dava conta de sua beleza, nem mesmo quanto as mulheres o achavam atraente. Elena sempre se sentiu sortuda por saber que a qualidade mais sexy do marido era a bondade.

Elena deixou a mala ao lado da porta e desviou o olhar da pele exposta ao se aproximar da cama.

– Pensei em trazer umas coisas para você antes de ir embora – disse ela em russo. – Roupas e escova de dentes.

– Obrigado.

Ela colocou a sacola na mesinha ao lado da cama.

– A chave do carro está aí também. Espero que não se importe de eu ter vindo dirigindo. Pensei que alguém poderia levá-lo de carro para casa.

Ele agradeceu novamente, observando o rosto dela de um jeito que fez seu sangue esquentar e seu cérebro embaralhar.

Ela mordeu o lábio.

– Dormiu bem essa noite?

As olheiras diziam que não, mas Vlad assentiu.

– Sim. E você?

– Bem.

– Achou tudo o que precisava lá em casa?

– Sim. – Elena enfiou as mãos nos bolsos, desesperada por qualquer coisa que disfarçasse aquele clima desconfortável. Não costumava ser assim entre eles, esse papo furado entrecortado por períodos de silêncio pesado. Mas o homem que uma vez fora seu melhor amigo parecia um estranho. Ainda assim, era melhor suportar esse estranhamento do que a sutil agressividade com que ele a tratara ontem. – Conheci suas amigas.

– Que amigas?

– As Solitárias. – Ela cutucou o piso com a ponta do tênis. – Estavam na sua casa ontem quando cheguei. Acho que a mais velha não gosta muito de mim.

Vlad passou a mão agitada pelo cabelo e perguntou com um suspiro:

– O que Claud disse?

– Não lembro exatamente, mas foi algo do tipo "Você é uma vadia sem coração que deveria ser atropelada por um trem".

Vlad franziu as sobrancelhas e fechou a cara.

– Ela disse isso?

– Não com essas palavras, mas teve essa intenção. – Ela deu de ombros e adotou o que esperava ser um sorriso autodepreciativo. – Ei, se eu morresse, pelo menos você seria um verdadeiro membro do clube delas.

Sua tentativa de fazer piada errou o alvo.

– Elena, nunca mais diga uma coisa dessas.

Ela se retraiu outra vez sob o olhar observador dele. Passou a mão no rosto para se livrar de uma coceira inexistente enquanto pensava no que dizer.

– Você não está usando sua aliança – comentou ele.

Ela enfiou a mão no bolso de novo.

– Você estava com ela ontem – continuou ele, a voz baixando uma oitava.

– Eu vi a sua em cima da cômoda. Já que você não estava usando... – Ela deu de ombros. – Pensei em deixar a minha ao lado dela.

– Eu só a tiro para jogar, Elena. Estou sempre usando.

– Hum. – Seu coração martelava em um ritmo confuso. Por que ele estava lhe contando isso?

Uma batida rápida os interrompeu.

– Posso entrar? – A cabeça de Madison despontou no vão da porta.

– Sim, claro – respondeu Elena, agora em inglês, afastando-se de Vlad com as mãos ainda nos bolsos.

Madison entrou e cumprimentou Vlad. Em seguida, deu uma olhada em sua incisão e depois apresentou os outros fisioterapeutas que a acompanhavam: dois estagiários de graduação tão entusiasmados que mal esperavam para começar a torturá-lo com circuitos de flexão e agachamento.

Terminadas as apresentações, Madison sorriu e disse:

– Aposto que você está doido para sair daqui.

– Você nem faz ideia – respondeu Vlad.

– Elena, já que está aqui, você vai ficar ou...?

A sensação azeda de vazio retornou ao seu estômago.

– Não, vou voltar para Chicago.

– Você pode ficar – disse Vlad em russo, e, a princípio, Elena não sabia se tinha ouvido direito. Mas, ao encará-lo, a expressão dele confirmava. Um tom rosado subiu até suas bochechas, o que o fez parecer um menino encabulado. – Se... se você ainda quiser.

– Mas você disse...

– Eu fui um babaca ontem.

Com o coração acelerado, ela lançou um olhar para Madison, que estava conversando baixinho com os outros dois. Apesar de nenhum deles entender sua conversa com Vlad, Elena se sentiu agradecida por eles terem tentado lhes dar alguma privacidade. Ela se aproximou da cama.

– Eu não estou entendendo. Você... você quer que eu fique?

Vlad respondeu com um simples aceno de cabeça.

Um quentinho em seu peito começou a derreter a solidão fria que lentamente vinha transformando seu coração em gelo.

– Comprei uma passagem para esta noite. Não sei se posso cancelar.

– Só não entre no avião.

– Mas o dinheiro... eu sempre dei tanta despesa para você.

Ele adotou uma expressão magoada.

– Eu não ligo para o dinheiro, Elena. Se você quer mesmo ir embora, então vá. Mas estou pedindo que fique. Você quer ficar ou não?

Como naquele dia, tantos anos antes, em que ele se ajoelhou diante dela com duas alianças brilhantes, ela hesitou antes de responder. E assim como naquele dia um sorriso se abriu em seu rosto, e quando ela finalmente encontrou a voz, sussurrou:

– Sim.

As feições dele relaxaram, como se tivesse prendido a respiração com a expectativa. Vlad assentiu e engoliu em seco, com força.

– Está bem.

Ele olhou para Madison e mudou para o inglês.

– Elena vai ficar.

– Ótimo – disse Madison, escancarando um sorriso estranhamente vitorioso, como se soubesse desde o início que isso aconteceria ou, pelo menos, esperasse por isso. – Que tal discutirmos juntos o plano de reabilitação?

Antes que pudessem falar, Madison puxou uma única folha da pasta que segurava.

– Isto é só um resumo, vai mudar conforme necessário, mas é isso que pretendemos nos próximos meses. – Madison entregou o papel a Vlad. Elena se aproximou da cama para ler por cima do ombro dele.

O plano estava dividido semana a semana, e isso foi praticamente a única coisa que Elena entendeu. Instruções simples como gelo e elevação eram descritas por termos clínicos e siglas. *Seis semanas usando um imobilizador articulado. Gelo para reduzir a dor e a inflamação. Treino de marcha com muletas, SSP.*

Ela olhou para cima.

– O que quer dizer SSP?

Madison e Vlad responderam ao mesmo tempo:

– Sem sustentação de peso.

– Nos próximos dias você precisa pegar leve – avisou Madison. – É óbvio que pode se levantar para usar o banheiro, tomar banho, e dar uma esticada, mas, na maior parte do tempo, precisa ficar em repouso e manter a perna elevada acima do nível do coração.

Exercícios de mobilidade patelar. Elevação de perna reta em cadeia cinética aberta com movimentos multiplanares. Semana dois, iniciar o exercício de propriocepção enfatizando o controle neuromuscular.

– Ele deveria mesmo saber o que tudo isso significa? – perguntou Elena, sem tentar esconder o crescente alarme na voz.

– É para isso que estamos aqui. – Madison sorriu.

Vlad coçou o maxilar distraidamente, o arranhar das unhas nas suíças grossas chamou a atenção de Elena. Hipnotizada, ela observou a pulsação da veia que trilhava um caminho da mão até o antebraço. Como se percebesse, Vlad de repente a encarou. Seus olhares se cruzaram, e ela sentiu um pulsar no peito. A realidade do espaço limitado que estavam prestes a compartilhar se fez presente no ar entre os dois.

Elena desviou os olhos e se deparou com Madison os observando com um brilho curioso e divertido no olhar, e sentiu suas bochechas esquentarem.

– E quanto à alimentação? Você vai passar uma dieta especial para ajudá-lo a se recuperar ou eu posso preparar o que ele quiser?

– Muitas frutas, legumes e verduras, além de proteína – respondeu Madison. – E, claro, nada de glúten.

– Por que nada de glúten?

– Recebi o diagnóstico de intolerância ao glúten no ano passado – respondeu Vlad rapidamente em russo.

– Você não me contou isso.

– Eu ia contar, mas...

Mas ela partiu seu coração antes disso.

Madison pigarreou.

– Bem, vamos deixar vocês a sós agora, assim podem se arrumar para ir para casa. Entraremos em contato amanhã, mas liguem à noite se precisarem, está bem? – falou ela com a cadência rápida de alguém ansioso para ir embora. Em seguida praticamente empurrou os dois estagiários em direção à porta.

– Não faço ideia de como preparar comida sem glúten – disse Elena, mordiscando o lábio. – Vou ter que pesquisar sobre como adaptar receitas.

– Não precisa ser nada sofisticado.
– Mas quero cozinhar todos os seus pratos favoritos da Rússia.
Vlad ajeitou os travesseiros para se sentar mais ereto.
– Tem certeza de que não se incomoda em fazer isso?
– Tenho certeza. – Ela engoliu em seco e abraçou o próprio corpo. – Mas posso lhe perguntar uma coisa?
Ele assentiu, hesitante, como se temesse a pergunta.
– Por que você mudou de ideia?
Ele levantou um ombro, fingindo indiferença.
– Você tinha razão. Vai ser bom não ter um estranho em casa.
Foi uma resposta irônica, uma vez que ela se sentia uma estranha perto dele. Mas talvez esse tempo juntos fosse exatamente do que precisavam para corrigir isso, para que, quando ela afinal fosse embora, eles se separassem, pelo menos, como amigos. Era o melhor que poderia esperar, e mais do que merecia, mas não iria desperdiçar a oportunidade de acertar as coisas entre eles.

CINCO

Horas depois, Elena manteve um ritmo constante de tagarelice nervosa durante todo o trajeto para casa, mas Vlad estava traumatizado demais para dar respostas com mais do que uma única palavra.

O hospital lhe dera alta com um par de muletas, alguns analgésicos e um aviso severo para pegar leve nos dias seguintes. Não lhe deram nada, no entanto, para lidar com a realidade de sua decisão precipitada de pedir que Elena ficasse. No que diabos ele estava pensando?

Na verdade, ele não estava pensando. Esse era o problema. Estava apenas reagindo. A expressão arrasada no rosto de Elena ao dizer para Madison que logo voltaria a Chicago despertara um lado dele que havia muito pensava estar morto. Era o mesmo lado que o convencera a pedi-la em casamento. O lado que acreditou na mãe quando ela lhe assegurou que Elena acabaria encontrando o caminho de volta para ele. O lado que uma vez lera todos os romances em que pôde pôr as mãos para aprender a fazer isso acontecer.

Vlad deve ter feito algum barulho, porque Elena rapidamente lançou um olhar para ele.

– O que foi? Está doendo? Quer que eu encoste o carro?

– Não. Eu estou bem. – O que era a maior mentira que já havia contado. Estava tudo, *menos* bem. O carro ficava pequeno demais com ela ali, e ele tinha consciência de que precisava desesperadamente de um banho. Algo que não seria capaz de fazer sozinho.

– Está com fome? – perguntou ela.

– Agora não.

– Posso preparar o jantar quando chegarmos em casa ou talvez pedir alguma coisa. Você sabe se deve tomar os remédios depois de comer?

– Não sei.

– Vou descobrir. Fiz uma bela limpeza ontem, então a casa deve estar em ordem para você. Quer dizer, já estava limpa. Só arrumei sua cama e tirei todos os tapetes dos banheiros para você não tropeçar. Vou fazer uma lista de compras hoje à noite.

Ela continuou falando em ritmo acelerado, rápido demais para dar tempo de ele responder. Mas estava claro que ela não esperava que ele de fato contribuísse para a conversa. Era seu jeito de lidar com a tensão dentro do carro. Enquanto ele olhava pela janela e resmungava, ela dava voz aos seus pensamentos.

Elena mal respirou antes de encostar na entrada para carros.

– Quer que eu estacione na garagem para você entrar por lá?

– Deve ser mais fácil pela frente.

Ela desligou o motor e saltou. Vlad abriu a porta, mas ela ralhou, mandando-o não se mexer. As muletas estavam no banco de trás, então ele esperou que ela as pegasse antes de tentar sair. Usando uma muleta como alavanca, ele girou a perna imobilizada para fora e se levantou devagar, jogando o peso na perna boa.

Elena lhe entregou a outra muleta, cercando-o e mordendo os lábios enquanto ele a acomodava sob a axila.

– Cuidado – disse ela, estendendo os braços para o caso de ele cair, o que seria inútil. Se Vlad caísse, levaria os dois para o chão. – Eu fecho a porta.

Vlad avançou alguns passos com a ajuda das muletas, abrindo caminho para ela. A porta do carro se fechou atrás dele, então Elena correu para o seu lado e as perguntas frenéticas recomeçaram.

– Precisa de ajuda? Vou abrir a porta. Consegue subir os degraus da varanda?

– Estou bem, Elena. Mas ajudaria muito se você abrisse a porta.

Ela disparou como se fosse uma patinadora e subiu pulando os poucos degraus da varanda. Usou sua chave para destrancar e abrir a porta antes de se virar e voltar correndo até ele.

– Então, eu... Quer que eu ajude?

– Eu consigo subir.

– Certo. Está bem. Eu só... Eu não sei o que fazer.

Vlad fez uma pausa em sua caminhada lenta.

– Olhe para mim.

Os olhos arregalados de Elena piscaram para ele. Algo se desalojou em seu peito, e ele desejou que os analgésicos pudessem anestesiar seu coração.

– Eu aviso se estiver precisando de alguma coisa, ok? Você não tem que ficar me rodeando.

– Ok. – Ela recuou. – Me desculpe.

– Não precisa se desculpar. Eu agradeço a ajuda.

Ela assentiu de leve, o que causou a Vlad mais danos à sua cavidade peitoral. Aquela mulher iria matá-lo lentamente apenas com sua presença. Era esse o objetivo dela? Era por isso que ela estava ali? Para acabar com o que restava de sua patética carcaça?

– Pode trazer minha sacola?

– Sim – respondeu ela, meneando a cabeça de forma muito mais entusiasmada dessa vez. – Posso, sim.

Ele subiu os degraus com a ajuda das muletas enquanto ela ia buscar a sacola de tactel e, quando finalmente passou pela porta, ela já estava atrás dele, rodeando-o de novo.

– Muito bem. Você prefere ir direto para o quarto ou se sentar no sofá um pouco?

Ele avançou em direção à escada.

– Minha cama é melhor. Tem mais espaço para elevar minha perna.

– Certo. Claro. Foi uma pergunta idiota.

Ele pulou para o primeiro degrau, e ela o acompanhou de perto. Ao chegar lá em cima, Vlad estava ofegante e suado.

– E agora? – perguntou Elena atrás dele.

– Agora vou pôr gelo por um tempinho.

– Vou buscar assim que acomodarmos você na cama.

Só de ouvi-la pronunciar a palavra *cama* o fez querer grunhir. Com exceção do quarto do hospital – que não contava de fato –, eles não ficavam juntos em um quarto havia anos. Mesmo antes, compartilharam o cômodo por meros instantes. E não pelo motivo que os casais costumam compartilhar. Aquilo ia ser uma tortura.

No minuto em que ele se sentou no colchão, Elena se posicionou entre suas pernas estiradas para pegar as muletas.

– Vou encostá-las aqui – disse ela, inconsciente do efeito que causava nele só por estar ali de pé. – Assim você consegue alcançar.

– Obrigado – grunhiu ele.

Vlad pegou um travesseiro atrás de si para pôr debaixo da perna. Elena avançou.

– Deixa que eu faço isso.

Ela se curvou por cima dele, e ele devia ter soltado outro gemido de tortura, porque ela saltou para trás de repente.

– Ai, meu Deus, eu te machuquei?

– Não. Só estou tentando me acomodar – respondeu ele, a voz arranhada como patins enferrujados em um lago congelado.

– Encoste-se para ajeitarmos sua perna – pediu ela.

Ele obedeceu, mais para se afastar dela, já que suas mãos estavam ganhando vontade própria. Depois ergueu a perna, e ela afofou o travesseiro para ele repousá-la ali.

– Está bom assim? – indagou ela, olhando para ele.

Vlad engoliu em seco.

– Obrigado.

– Ok. Vou buscar o gelo.

Ela saiu apressada do quarto, e Vlad deixou a cabeça cair contra a cabeceira. Não iria conseguir sobreviver. Eles tinham chegado em casa havia cinco minutos, e sua mente já se ocupava de pensamentos que definitivamente não o ajudariam na recuperação.

Nem de sua perna nem de seu coração.

Elena retornou um momento depois, como se tivesse subido os degraus de dois em dois. Trazia um saco plástico cheio de cubos de gelo e uma fina toalha de cozinha.

– Colocamos o gelo por cima da órtese ou direto na pele?

– Na pele – respondeu ele, sentando-se. – Eu posso abrir o velcro...

Ela afastou as mãos dele.

– Deixe que eu faça isso. Preciso aprender.

– Não devo precisar de ajuda para pôr gelo na minha perna. – Ele tentou injetar um pouco de leveza no tom, mas falhou. A voz saiu estressada.

Elena se empertigou e se desculpou. De novo.

– Você está certo. Estou te irritando, não é?

– Não. – Vlad pegou o gelo e o deixou ao lado do quadril. – Elena, escute.

Ela engoliu em seco e cruzou os braços na mesma pose defensiva que havia adotado no hospital no dia anterior, como se tivesse medo do que estava prestes a ouvir. Não dava para culpá-la. Ele tinha sido mesmo um babaca.

– Você não tem que fazer cada coisinha por mim.

– Ok. Certo. Me desculpe.

– E não precisa pedir desculpas o tempo todo.

– Certo. – Ela riu, soltando uma lufadinha de ar, nervosa.

– E me prometa que vai me contar se isso começar a lhe dar trabalho demais.

– Eu prometo. Mas não vai. – Com um sorriso confiante, ela apontou com a cabeça em direção à porta. – Vou pegar o resto das suas coisas no carro. Precisa de algo específico?

– Não. Eu estou... eu estou bem.

Ele não expirou até ouvi-la abrir a porta da frente. Cometera o maior erro de sua vida ou... Não havia um *ou*. Apenas cometera o maior erro de sua vida.

O gelo logo deixou a pele de seu quadril dormente, então ele se inclinou para abrir o velcro e repousar o gelo sobre a incisão. Esse movimento foi o suficiente para lembrá-lo que estava sem tomar banho havia tempo demais, e não tinha a menor chance de pedir a Elena que o ajudasse com isso. Ele ia bater o pé – o bom – quanto a isso.

Seu celular estava em cima da mesinha de cabeceira, e embora temesse fazer a ligação, era o que lhe restava. Colton atendeu no primeiro toque.

– Puta que pariu, cara. A gente está pirando. Você manda uma única mensagem e depois some?

– Me desculpe, mas...

– Tivemos que caçar informação sobre você na ESPN, porra! Eu estava agora mesmo ao telefone com Mack. Já íamos invadir esse maldito hospital.

– Não estou mais lá.

– E onde diabos você está?

– Em casa.

– Quem te levou para casa? Alguém da equipe? Meu Deus, cara. A gente teria ido te buscar.

– Não foi ninguém da equipe.

– Por que você está excluindo a gente desse jeito?

– Colton, por favor...

– Você não pode mais dar um gelo assim na gente, cara. Somos sua família, e sabemos que precisa de nós, então por que está...

– Porque Elena está aqui!

Silêncio. Do tipo ensurdecedor.

Colton fez uma cena dramática ao pigarrear.

– Eu... O que você disse?

Vlad estufou as bochechas e deixou o ar sair devagar.

– Elena está aqui. Ela veio para ajudar. Foi ela que me trouxe para casa.

– Tipo, ela veio para passar o dia ou...?

– Ela vai ficar por um tempo e cuidar de mim.

Dessa vez, no silêncio que se seguiu, Vlad quase pôde ouvir as engrenagens girando no cérebro de Colton e seus lábios se curvando em um grande sorriso que dizia que ele já estava vendo coisas que não existiam.

– Ora, ora, ora.

– É apenas temporário.

– Se você diz.

– É, sim. Mas ainda preciso da sua ajuda com uma coisa.

No primeiro andar, a porta principal se abriu e se fechou novamente. Ele não tinha muito tempo.

– Qualquer coisa, cara – respondeu Colton. – É só dizer.

– Você pode me dar um banho?

Colton riu e depois ficou sério.

– Desculpa, entendi que você quer que eu te ajude com o banho.

Vlad grunhiu e se recostou no travesseiro.

– Foi isso mesmo que eu disse.

– Mas pensei que sua mulher estivesse aí.

Ela estava, e, pelo que parecia, estava na cozinha agora.

– Não posso pedir que Elena faça isso.

– Por que não?

– Você sabe por quê!

– Por causa do divórcio? Acho pouco provável que ela vá se importar, considerando as circunstâncias.

E, pela segunda vez naquela noite, Vlad deixou escapar algo de que se arrependeria:

– Porque ela nunca me viu pelado!

Silêncio de novo. Mais longo dessa vez. E muito mais indignado.

– Ok, e só para constar, eu também não. Mas, mais importante, por que exatamente sua mulher nunca te viu pelado?

– Por favor, Colton. Não dá para explicar por telefone. – Os passos suaves de Elena soaram na escada. – Só... Por favor. Você poderia vir aqui amanhã cedo?

Colton sussurrou vários ruídos que soaram como palavrões. Depois, enfim, retornou ao telefone.

– Estarei aí. Mas não vou sozinho.

Ele desligou antes que Vlad pudesse contestar, mas também logo antes de Elena entrar no quarto. Trazia uma garrafa d'água, um prato com frutas cortadas e as informações que Madison havia passado para eles.

– Sei que você disse que não está com fome, mas acho melhor comer alguma coisa. Eu estava lendo as bulas dos analgésicos e lá diz que os comprimidos podem causar enjoo se tomados de estômago vazio. – Ela parou de repente. – M-Me desculpe. Você está no telefone?

Vlad colocou o celular no colo.

– Eu estava falando com Colton.

– Posso voltar depois.
– Não precisa, não. Ele já desligou.
– Está tudo bem?
– Os rapazes vêm amanhã de manhã.
– Ah – murmurou ela, piscando rápido. – Ok. Isso é bom. Eles com certeza querem te ver.
– Eles vão me ajudar a tomar banho – disse ele, sem pensar.
As bochechas dela ganharam um tom rosado de compreensão.
– Não quis impor isso a você – justificou Vlad.
Ela colocou as frutas na mesa de cabeceira.
– Não, é claro. Eu entendo.
– Só pensei que poderia ser embaraçoso, já que, você sabe...
O tom rosado ficou da cor do uniforme do Detroit Red Wings, e ele praguejou consigo mesmo. Não havia necessidade de ser específico, como se ela não soubesse tão bem quanto ele que o máximo de intimidade a que chegaram foi um único beijo no dia do casamento.
Ela se afastou da cama com movimentos rígidos.
– É muita consideração sua. Provavelmente seria embaraçoso para nós dois. E eu preciso ir ao mercado amanhã de qualquer forma, então talvez eu faça isso enquanto eles estão aqui.
– Boa ideia.
Ela se afastou ainda mais.
– É melhor você comer e depois tentar dormir um pouco. Sei que não dormiu muito na noite passada. Vou desfazer minha mala, então podemos assistir ao jogo.
Ele pigarreou.
– Não é necessário.
– Você realmente precisa dormir um pouco.
– Não, quer dizer, o jogo. Não vou assistir. – Vlad desviou o olhar dela e das perguntas inevitáveis. Se Elena desse voz a essas perguntas, ele não seria capaz de responder. Não com coerência. Não de uma maneira que ela pudesse entender. Mas isso era algo que não conseguiria fazer. Não conseguiria ver seu time jogar sem ele.
– Vlad...

– Nada de jogo.

Um momento se passou antes de ela assentir.

– Muito bem. Nada de jogo. Daqui a pouco venho ver como você está.

Ela saiu, deixando pegadas no carpete. Embora estivesse apenas do outro lado do corredor, Elena se sentia a um milhão de quilômetros de distância, o que era ridículo. Parecia que estivera a um milhão de quilômetros dele desde sempre, e absolutamente nada a respeito disso havia mudado só porque estava ali agora. Ele se esforçou para ouvir os ruídos vindos do quarto dela, assim como fizera todas as noites durante os quatro meses em que ela tinha morado com ele ao chegar aos Estados Unidos. Cada abrir e fechar de gaveta, cada rangido do colchão, cada respingo de água no banheiro. Para sua psique, eram como unhas arranhando uma lousa.

O sorriso que ela lhe deu antes enchera seu quarto de luz, mas agora o cômodo estava às escuras de novo. O fato de o sorriso dela já ser uma fonte de vitamina D emocional era tudo de que Vlad precisava para saber por que aquela não era uma boa ideia. Em breve, ela iria embora para sempre, e seria como se o sol tivesse se apagado por completo. Resistira a esse tipo específico de inverno antes. Não seria capaz de sobreviver outra vez.

Já que teria que enfrentar isso, ele precisaria de uma distração, mais do que a simples tarefa diária de recuperar o corpo. Algo em que pudesse mergulhar para evitar a realidade de sua situação. Pela primeira vez em meses Vlad abriu a gaveta da mesa de cabeceira e pegou as páginas de seu manuscrito.

Passou o polegar sobre o título, *Me prometa*.

Sua história com Elena estava no último capítulo. Se não poderia ter seu próprio final feliz, talvez pudesse pelo menos escrever um.

Me prometa

Março de 1945

Nona Base Aérea
Erlangen, Alemanha

– Está quase acabando, não é?

Tony Donovan tragou seu último Lucky Strike e depois apagou a bituca incandescente no bico da botina tamanho 42. Ela derreteu uma folha da grama congelada antes de se extinguir com um último sopro de fumaça.

Quase acabando. Vinham dizendo a mesma merda desde o Dia D. *Botamos eles pra correr, rapazes. A Alemanha já era. Só mais alguns dias. Não restou nada dos boches além de velhos e garotos.*

Normalmente, as declarações eram proferidas com entusiasmo. Mas o motorista de seu jipe, o soldado Rogers, assumiu um tom de resmungo decepcionado, como uma criança que temia perder os fogos de Ano-Novo. Tony entendia até certo ponto. O garoto tinha 18 anos – um sujeito nervoso e impaciente que entrou na fila para se alistar no minuto em que atingiu a idade legal exigida. Em vez de integrar a cabeça de ponte de seus fervorosos sonhos heroicos, ele se viu tendo que lidar com o fardo da inglorisosa tarefa de guiar de um lado para outro um correspondente de guerra esgotado que já tinha visto mais combates do que metade do Exército americano.

A empatia de Tony acabava aí. O soldado Rogers não fazia ideia do que havia sido poupado. O som, o cheiro e as imagens da guerra assombrariam para sempre o sono de Tony. O horror do que um homem era capaz fazer com a própria espécie. Ele testemunhara o suficiente para saber que ninguém nunca devia ter que presenciar aquilo. Mesmo assim, Tony daria qualquer coisa para trocar sua caneta por um rifle.

Porém, já que a caneta foi a única arma que recebeu permissão de usar, ele havia jurado no início da guerra que a empunharia até o fim. E agora estava prestes a embarcar no que poderia ser uma de suas missões mais perigosas. Com as forças dos Aliados avançando pela Alemanha nazista a partir do oeste e o Exército russo abrindo caminho pelo leste, espalhavam-se rumores de que os prisioneiros dos campos de concentração estavam sendo evacuados pelas SS em toda a Alemanha e Polônia. Os prisioneiros – em sua maioria, aviadores americanos e britânicos – estavam sendo forçados a marchar em duras condições para lugares desconhecidos. Os relatórios de mortes de prisioneiros por exaustão e fome chegavam aos poucos. Ele precisava seguir viagem, mas sua maldita fotógrafa estava atrasada.

Só que não era uma fotógrafa qualquer.

Anna Goreva.

Não havia um soldado na campanha europeia que não tivesse ouvido falar dela. Bonita e corajosa, uma vez ela distraiu com um simples sorriso o motorista do próprio jipe, a tal ponto que ele caiu com o carro em uma vala. Algumas pessoas encararam a história como boato, mas Tony sabia que era verdade. Ele estava no banco de trás daquele jipe.

Quando seu chefe lhe informou que ela o acompanharia naquela missão, Tony tentou argumentar, mas fora em vão.

– Você precisa de alguém que fale russo e já tenha estado na frente de batalha – justificara seu editor, George Burrows. – Agora você tem. Vá logo. Ela vai encontrá-lo em Erlangen.

Tony enfiou as mãos nos bolsos do casaco e bateu os pés para enganar a familiar ferroada do frio. Devia ter lutado mais. Devia ter sido mais franco sobre suas preocupações. À semelhança do ar frio, a memória da despedida deles um ano antes doía como um tapa na cara.

Uma rajada de vento derrubou a bolsa da mão dela. A bolsa se abriu a seus pés, e ela se lançou para pegar os vários pedaços de papel que flutuavam. Um pousou no bico da botina dele. Ele o pegou antes dela e virou para ver. O rosto gentil de um aviador americano o encarou. Anna arrancou a foto das mãos dele e a enfiou de volta na bolsa.

– Quem é ele?

– Ninguém.

– Acho que você não carregaria a foto de um zé-ninguém dentro da bolsa.

A linguagem corporal dela a entregou. Era mais que um amigo. Alguém importante. Tony se viu obrigado a relaxar o maxilar.

– É um de seus amantes?

– Isso não é da sua conta.

– Não é? – O ciúme se alastrou dentro dele, abrasador e irracional. Não tinha o direito de reivindicar nada. Tinham compartilhado apenas um único beijo apaixonado, resultado de quase terem sido atingidos por um morteiro alemão. – Sou seu chefe, Anna. A última coisa de que preciso é de uma mulher com fetiche por soldados querendo lançar sua própria ofensiva de charme por toda a Europa...

– Como ousa? – Ela plantou as mãos no peito dele e o empurrou. Ele cambaleou mais pela surpresa do que pela força dela. – Como se atreve a me julgar quando sabe muito bem que você é perfeitamente apto para servir? Estou fazendo tudo o que posso pela guerra. E você?

– Tony.

O som de seu nome vindo daquela inesquecível voz sedutora o trouxe de volta e o pôs em rota de colisão com os olhos castanhos inocentes e a boca em perfeito arco de cupido que ele esperava nunca mais ver de novo.

– Você está atrasada.

– Tive que ir ao salão arrumar o cabelo por causa da minha ofensiva de charme pela Europa. – O sarcasmo escorreu como veneno ao mencionar para ele suas próprias palavras.

Ela estendeu a mão enluvada ao soldado Rogers.

– Anna Goreva.

O pobre garoto ficou vermelho e gaguejou como se tivesse acabado de conhecer uma jovem estrela de Hollywood. Jesus Cristo.

– Vá buscar o jipe e volte para nos pegar – ladrou Tony.

Enquanto o soltado se afastava a passos lentos, Anna o encarou friamente.

– Vejo que sua personalidade não melhorou desde a última vez em que trabalhei com você.

Ele se aproximou dela, o mais perto que conseguiu.

– Vamos deixar uma coisa clara, Anna. Eu não queria você nesta missão, então, se quiser permanecer nela, faça exatamente o que eu digo.

– Não.

– *Não?*

– Estou aqui porque *você* precisa de *mim*. Eu falo russo. Você não. – Ela inclinou o quadril para o lado e ergueu a sobrancelha. – Desta vez, vamos fazer as coisas do meu jeito.

SEIS

Três coisas na vida apavoravam Vlad.

Ter uma caganeira sem um banheiro por perto.

Atropelar um animal.

E *isto*: acordar e encontrar os amigos em volta de sua cama, de braços cruzados e expressões idênticas de "resistir é inútil".

Estava prestes a sofrer uma intervenção do clube do livro.

Vlad se sentou, encostando-se na cabeceira, e se preparou para o ataque. No último segundo, agarrou um travesseiro e o abraçou.

– Onde está Elena?

– Ela deixou um bilhete no balcão dizendo que foi ao mercado – respondeu Noah.

– O que é bom – acrescentou Malcolm –, porque seria melhor ela não estar por perto para ouvir o que temos a lhe dizer.

Vlad engoliu em seco.

– Você não faz ideia de como estamos putos – revelou Mack. – E como nunca ficamos putos com você, estamos putos até com isso.

– Me desculpem...

Malcolm o interrompeu com o dedo em riste e uma única e intimidadora sobrancelha arqueada.

– Primeiro, vamos dar um banho em você, porque... *caramba*. E depois você vai contar *tudo*.

Vlad assentiu. Não havia sentido em argumentar.

Malcolm olhou para Colton e Del e então indicou com o queixo.

– Ajudem ele a ir até o banheiro. Vou abrir a torneira.

Colton e Del se posicionaram um de cada lado e ajudaram Vlad a sair da cama. Colton deu uma cheirada e fez uma careta enquanto o apoiavam.

– Meu Deus, cara. Você está fedendo mesmo.

Vlad fez uma careta.

– Sou jogador de hóquei e há dois dias não tomo banho.

– Caramba – comentou Del, fingindo ânsia de vômito. – E eu que pensei que os jogadores de beisebol é que fediam.

Gavin pairava logo atrás.

– Na verdade, ouvi dizer que as sedes dos clubes de beisebol são muito mais fedorentas do que as de qualquer outro esporte profissional.

Malcolm soltou uma risada debochada.

– Quem diabos lhe disse isso?

Gavin deu de ombros.

– Um repórter me falou certa vez.

– Sem chance – retrucou Vlad, a voz tensa ao se soltar dos dois para passar pela porta do banheiro. – Equipamento de hóquei fede como um gambá.

Malcolm abriu o registro da banheira, então Gavin teve que erguer a voz para ser ouvido.

– É, m-mas os jogadores de beisebol ficam tostando no sol por horas.

Colton soltou Vlad com cuidado na borda da banheira. Yan continuou a conversa e se dirigiu a Malcolm:

– E os jogadores de futebol americano?

Ele deu de ombros.

– A gente fede tanto que nem urubu aguenta.

– Rapazes, acreditem, vocês estão todos no mesmo nível – concluiu Colton. – Podemos só dar um banho no Vlad, por favor?

– Não precisam me dar banho – resmungou Vlad. – Só me ajudem a entrar e sair da banheira.

– Sem chance. – Gavin sorriu. – Quero lavar seu cabelo. – Ele fez um gesto como se esfregasse o couro cabeludo com a ponta dos dedos. – Toda essa exuberância espessa e brilhante.

– Vai se foder – rosnou Vlad.

– Ok, seu bunda fedida – disse Colton. – Precisamos te levantar e tirar sua roupa.

Vlad agarrou a mão estendida de Colton e jogou o peso do corpo em uma perna só. Equilibrando-se, tirou a camiseta e a jogou no chão. Alguém assobiou e Vlad rosnou novamente.

– Agora a cueca – disse Colton. – É só arriar e acabar logo com isso.

Depois de algumas manobras desajeitadas, ele conseguiu baixar a cueca com uma das mãos e se sentar. Gavin deu um passo à frente e terminou de despi-lo. Então Vlad girou na borda da banheira e mergulhou o pé da perna boa na água. Mais uma vez se apoiando nos amigos, ele se levantou para poder entrar. Mas, antes de ele se abaixar, Yan assobiou.

– Porra, cara. Você poderia fazer uma moeda quicar com essa bunda.

Vlad olhou por cima no ombro.

– Por que você jogaria uma moeda na minha bunda?

– É uma expressão, seu pé no saco – retrucou Colton. – Quer dizer que você tem uma bela bunda.

– É claro que eu tenho. Sou jogador de hóquei. Tenho bunda de hóquei. – Ele se agachou com a ajuda deles para poder se sentar na banheira.

– O que é bunda de hóquei? – perguntou Gavin.

– De tanto patinar – resmungou Vlad, afundando-se mais na água. – A gente desenvolve mais as coxas e os glúteos em comparação ao resto do corpo. Fica difícil comprar calças.

Del assentiu.

– Na verdade, já ouvi dizerem isso.

– Que seja – concluiu Colton. – Podemos falar sobre esses pelos? Você tem que dar um jeito nisso.

Vlad rosnou para ele.

– O que tem de errado com meus pelos?

– Não deveriam estar por toda parte.

Vlad fez um gesto abrangendo todo seu corpo.

– Eu fui feito assim. Sou grande e tenho muito pelo.

Colton deu de ombros.

– Só estou dizendo que depilar o peito de vez em quando não seria má ideia.

Malcolm deu um tapa de leve na cabeça dele.

– Pare com isso, Colton. Você não deve criticar o corpo alheio.

– Não estou criticando. É só que o cara tem o peito peludo.

– Está criticando, sim. Um homem não pode controlar a quantidade de pelos que tem no corpo, assim como uma mulher não pode escolher ter perna fina ou grossa quando nasce. Todos os corpos são lindos.

Vlad apertou os olhos e agradeceu a Deus por Elena não estar por perto para ouvir aquilo.

– Ok, sua bunda magnífica já está na banheira – disse Malcolm. – Faça seu lance aí, Gavin.

– Eu posso lavar meu próprio cabelo – resmungou Vlad.

Mack apontou o dedo para ele.

– Cala a boca e deixa a gente cuidar de você.

Gavin se ajoelhou ao lado da banheira.

– Alguém me passa o xampu.

Vlad ouviu o rangido do boxe de vidro do chuveiro, em seguida Del entregou a Gavin um frasco azul de xampu e outro de condicionador.

– Cara, essa porcaria barata vai ressecar seu cabelo – avisou Mack enquanto Gavin despejava uma dose generosa na cabeça de Vlad. – Você devia usar um condicionador razoável pelo menos uma vez por semana.

– Eu não uso condicionador – retrucou Gavin, afundando os dedos no cabelo molhado de Vlad como se estivesse sovando uma massa. Vlad fechou os olhos porque aquilo na verdade até que era relaxante.

– E o seu cabelo está ressecado. – Mack apontou para Gavin. – Ficaria melhor se você cuidasse dele.

– Nem todos somos abençoados com um cabelo como o seu e o do Vlad – argumentou Gavin.

– E o do Noah – acrescentou Vlad. – Ele tem cabelo bom.

– Valeu, cara – disse Noah. – Isso significa muito para mim.

– E o do Malcolm também. É grosso e macio.

– Eu uso uns produtos caros – esclareceu Malcolm. – Mack está certo. Esqueça essas coisas de supermercado. Compre no salão. Seu cabelo é uma belezura. Você deveria cuidar dele.

– Incline a cabeça para trás para eu enxaguar – ordenou Gavin, pegando o chuveirinho acoplado à torneira. Malcolm abriu o registro e, um momento depois, a água morna foi derramada na cabeça de Vlad.

– Pronto – disse Gavin ao se levantar. – Vamos ficar de costas para você se lavar, depois te ajudamos a sair.

Vlad pegou o sabonete e começou a se lavar enquanto os caras estavam virados para o outro lado. Quase todos eles também eram atletas profissionais, por isso conheciam as regras. Nada de ficar olhando enquanto se lavava as partes íntimas.

– Acabei – avisou Vlad, quebrando o silêncio. – Podem me ajudar a sair?

Noah puxou a tampa do ralo para escoar a água quando Vlad se apoiou na perna boa e se sentou na borda da banheira novamente. Colton pegou um braço e Malcolm o outro para ajudá-lo a se levantar. Gavin estava esperando com uma toalha, que enrolou na cintura de Vlad.

A toalha começou a cair, então Colton a puxou e a prendeu mais firme.

– Agora, sim, seu bundinha – disse ele, dando um leve tapa em uma das nádegas.

Vlad o encarou por cima do ombro.

Colton deu de ombros.

– Era o que minha avó costumava falar quando me dava banho. Me enxugava e dizia *Agora, sim, seu bundinha*.

Del balançou a cabeça.

– Passamos tempo demais falando da bunda do Russo.

– Valeu a pena – afirmou Yan.

Malcolm indicou o quarto com o queixo.

– Vamos colocá-lo de volta na cama.

Desajeitados, Malcolm e Colton apoiaram Vlad, um de cada lado, enquanto os outros arrastavam os pés atrás deles. Depois de acomodado, a toalha molhada ainda amarrada na cintura e a perna machucada sobre um travesseiro, Vlad abraçou o próprio corpo.

– Pronto – disse Colton. – Você não está mais fedendo. Agora trate de contar por que diabos sua mulher nunca de te viu pelado.

Vlad fez uma pausa. Respirou fundo. Desviou o olhar enquanto procurava palavras que eles conseguissem entender.

Um momento depois, encarou-os novamente.

– Elena e eu... nós temos um casamento de conveniência.

Eles reagiram como Vlad esperava. Um momento de silêncio atônito seguido por uma troca de olhares e depois...

– Puta que pariu! – Mack passou a mão pelo cabelo perfeito.

– Está falando sério, cara? – Essa veio de Colton.

Del e Gavin adotaram poses idênticas: queixo caído, mãos pendendo frouxas ao lado do corpo e olhos que diziam *mas que porra*. Malcolm puxou a barba comprida e Noah emitiu um ruído como se alguém tivesse falado mal da sua coleção de Lego.

Yan balançou a cabeça.

– Não entendi. O que isso quer dizer?

– O que você acha? Você leu os manuais. Já lemos uma centena de livros sobre casamento de conveniência.

– É, nos romances de época – corrigiu Mack. – Está dizendo que ela se casou com você pelo seu dinheiro?

Vlad sussurrou um palavrão.

– Não. – Ele deixou a cabeça cair para trás, subitamente cansado e desejando apenas fechar os olhos e dormir por uma semana. Talvez a fadiga fosse um mecanismo de defesa. A maneira de o corpo se proteger do massacre emocional de enfim estar contando a verdade. – Não foi pelo dinheiro – respondeu, virando a cabeça para encará-los. – Ela precisava sair da Rússia. Eu a pedi em casamento para que ela pudesse vir para os Estados Unidos.

Os rapazes processaram a informação com lufadas e longas trocas de olhares.

Malcolm se sentou na beirada da cama.

– Mas... isso não é ilegal? Pensei que casamentos falsos para conseguir o *green card* fossem contra a lei.

– Não é um casamento falso – retrucou Vlad irritado, as defesas se armando e os pelos da nuca se eriçando. – Isso é quando alguém se casa com um estranho para evitar ser deportado. Elena era minha melhor amiga. Nós nos conhecemos desde crianças. Pessoas já se casaram com muito menos do que isso, então o nosso era de verdade. Só que... não em todos os sentidos. Não do jeito que eu sempre quis. – Seu rosto ardeu com a humilhação.

– Então, só para ficar claro... – começou Colton.

Vlad grunhiu. Sabia o que estava por vir, por isso respondeu antes que Colton sequer terminasse a pergunta:

– Não. Nunca transamos.

– Vocês estão casados há seis anos! – disse Colton, engasgando.

– E ela morou em Chicago a maior parte desse tempo – retrucou Vlad, sem entusiasmo.

– Tudo bem, mas nem a distância, o assunto nunca surgiu?

Malcolm cofiou a barba.

– Talvez você devesse começar do começo.

Começo? Vlad nem mesmo tinha certeza de quando isso tudo tinha começado. Será que deveria voltar lá atrás e explicar que os pais dele e os de Elena tinham sido amigos na universidade? Que depois que a mãe morreu, ela e o pai se mudaram de Moscou para Omsk e moraram a poucos quarteirões da casa de sua família? Ou será que a história deles começou quando, aos 16 anos, Vlad percebeu que seus sentimentos por ela deixaram de ser amizade para ser algo mais? E que, quando ela aceitou seu pedido, ele sentiu como se tivesse acabado de ganhar na loteria. Ia se casar com a mulher mais linda de toda a Rússia.

Mas aquilo não passava de uma mentira.

– O pai dela era jornalista – disse Vlad, finalmente. – Ele não era muito presente, e, como a mãe morreu quando ela tinha 9 anos, Elena passou a ficar muito tempo na minha casa. Talvez mais do que na dela. Ela acabou criando laços com a minha família. – Ele respirou fundo para continuar. – O pai dela fez muitos inimigos denunciando a corrupção na indústria e no governo. Poucos meses antes do casamento, ele estava trabalhando em uma reportagem e desapareceu.

A gravidade da declaração sugou todo o ar do quarto.

– Meu Deus. – Malcolm respirou fundo. – O que aconteceu com ele?

– Ainda não sabemos. Mas, depois do desaparecimento do pai, Elena ficou sozinha e assustada. Tinha minha família, claro. Ela é como uma filha para os meus pais. Mas não tem mais ninguém. Nem irmãos, nem avós. Ela precisava de um novo começo.

Eles trocaram olhares silenciosos, preenchendo as lacunas da trama.

– Eu tinha acabado de encerrar minha primeira temporada aqui. Voltei a Omsk para tentar ajudar ou só para ver como ela estava. Minha mãe... ela sabia que eu amava Elena... e sugeriu que eu... que eu a pedisse em casamento. Se fôssemos casados, ela conseguiria o visto para morar nos Estados Unidos como minha esposa. Assim ela poderia recomeçar a vida.

– E ela aceitou? – perguntou Del.

– *Sim.* – *Elena deu um passo à frente e lançou os braços ao redor de sua cintura.*

O ar escapou de seus pulmões em uma expiração, e Vlad mais do que depressa retribuiu o abraço.

– *Vai ficar tudo bem agora, Lenochka* – *sussurrou ele, usando o apelido dela.* – *Vai ficar tudo bem.*

– A gente se casou logo em seguida. Foi uma cerimônia bem íntima, só com a minha família. Achei que ela viria comigo imediatamente, mas houve um atraso na aprovação do visto dela. Talvez por causa de seu pai, mas isso nunca foi explicado. Precisei voltar para os Estados Unidos para o início da pré-temporada, então vim sem ela a princípio. Elena veio um mês depois. – Agora tudo ficava mais difícil. – Mas quando por fim chegou aqui, ela... As coisas não foram fáceis. Ela chorava muito, se trancava no quarto. Não conversava nem se abria comigo. Parecíamos dois estranhos. Quando falou que queria fazer faculdade em Chicago, como eu poderia dizer não? Pensei que seria bom para ela. Era óbvio que estava infeliz aqui comigo, e seu visto não dá permissão para trabalhar. Pensei que só precisasse de espaço. Pensei que, se eu fosse paciente, ela acabaria voltando e poderíamos começar nossa vida juntos oficialmente. Eu estava errado. No dia do seu casamento, ela me disse que quer voltar para a Rússia e ser jornalista como o pai.

– Eu não entendo – retrucou Mack, balançando a cabeça. – Durante todo esse tempo, vocês dois nunca conversaram sobre o futuro? Sobre como esse casamento seria?

– Existem muitos mal-entendidos entre mim e Elena.

– Que absurdo – retrucou Mack, irritado. – Mal-entendidos podem ser resolvidos com uma simples conversa. Vocês tiveram muito tempo para isso. Alguma coisa me diz que não é isso que está acontecendo aqui.

– As pessoas deixam os mal-entendidos perdurarem quando têm medo de falar sobre eles – disse Malcolm, balançando a cabeça com aquele seu jeito irritante de *a gente sacou qual é a sua*. – Ou quando estão com muito medo de ouvir a verdade.

– Mesmo que isso tenha sido verdade em certo momento, agora é tarde demais – concluiu Vlad.

Os caras trocaram longos olhares. Ele conhecia aquele gesto. Já participara de trocas de olhares como aquelas. Os caras começavam a ler algo nisso tudo, o que significava que iriam tentar fazê-lo ler algo naquilo tudo, mas seria um erro porque não havia nada para ler ali. E mesmo que houvesse, ele já tinha pulado para o fim do livro, e não era um final feliz. Uma coisa de que precisaria se lembrar repetidamente nas semanas seguintes.

Uma lágrima rolou pelo seu rosto.

– Eu sei o que vocês estão pensando, meus amigos, mas o clube do livro não tem como resolver essa situação. Não há manual para isso.

– É por isso que você está evitando a gente, não é? – indagou Noah.

Vlad voltou os olhos para baixo.

– Era humilhante demais para mim. Eu não conseguia contar a verdade.

– Mas é isso que a gente faz no clube do livro, cara – disse Malcolm. – E sei que você não fez por mal, mas estou me sentindo um pouco traído agora.

Yan fez bico.

– Mesmo depois de tudo por que passamos, depois de abrirmos nosso coração durante todo esse tempo, você não contou o que estava acontecendo no seu próprio casamento?

– Me desculpem – pediu Vlad. – Eu não queria sobrecarregar vocês. Não com todos os problemas que estavam enfrentando.

Isso, pelo menos, era verdade. As coisas que esses homens sofreram nos últimos anos (desde os problemas conjugais de Gavin ao esforço de Mack e Liv para ficarem juntos e à luta de Noah e Alexis para transformar amizade em amor) sempre fizeram seus próprios problemas parecerem pequenos.

– Como pode dizer uma coisa dessas? – Mack se agachou ao lado da cama para se olharem olho no olho. – Nós somos uma família, Vlad.

– Somos irmãos – completou Malcolm, colocando a mão no ombro de Mack. – Estaremos sempre aqui por você.

– Eu t-teria me divorciado se não fosse por você – disse Gavin, sua gagueira emergindo com a emoção. – A-Acha mesmo que eu não largaria qualquer coisa para fazer o mesmo por você?

Os olhos de Vlad se nublaram com as lágrimas. Ele podia ter cometido muitos erros na vida, mas conhecer aqueles caras, juntar-se a eles no esforço de se tornarem homens melhores, tinha sido a decisão mais acertada que já tomara.

– Me desculpem – pediu Vlad, a voz embargada. – Eu devia ter contado para vocês. Mas não teria feito diferença.

– Eu não acredito nisso – disse Del.

Vlad balançou a cabeça.

– É tarde demais.

– Não é tarde demais – retrucou Mack. – Você não aprendeu isso ainda?

– Russo – começou Yan, com reverência –, pense nisso. Você está vivendo o romance dos livros na vida real.

Vlad franziu o cenho.

– Não estou, não. O romance dos livros tem final feliz. Minha história, não.

– Você não tem como saber – contestou Noah. – Acredite, quando vocês me recrutaram para o clube, eu achava que era uma fantasia absurda pensar que Alexis e eu poderíamos ficar juntos um dia. Mas vocês fizeram isso acontecer.

Vlad riu com deboche e desviou o olhar.

– Não é a mesma coisa.

Noah se agachou ao lado de Mack.

– Por que não?

– Porque você e Alexis se amavam. Tinham os mesmos objetivos. Mack suavizou a voz.

– Você acha que você e Elena não?

– Tenho certeza.

– Então por que ela está aqui agora? – perguntou Yan.

– Porque ela se sente na obrigação. Disse que quer *me pagar* por tudo que já fiz por ela. Como se nosso casamento fosse apenas um acordo comercial.

Vlad enxugou os olhos com a base das mãos, mas outra lágrima logo rolou pelo rosto. E depois outra. E de repente tudo veio à tona. Escondeu o rosto nas mãos e deu vazão a toda a emoção que vinha reprimindo havia meses. Os amigos se juntaram ao seu redor em um grupo silencioso e solidário, esperando Vlad se recompor. Geralmente, era ele que abraçava e deixava que alguém chorasse em seu ombro. Não havia se preparado para quando fosse sua vez. Mas foi bom. Sentia muita falta deles.

Malcolm por fim se afastou e deu uma tapinha na perna dele.

– Você tem que encontrar um jeito de seguir em frente. Tem que encontrar algum tipo de equilíbrio. Não pode continuar assim. A gente não vai deixar.

Mack se levantou.

– E se é mesmo verdade que não há esperanças, você vai precisar de uma distração enquanto ela estiver aqui.

Vlad olhou de relance para a mesa de cabeceira, onde seu manuscrito jazia organizado em uma pilha. Havia se esquecido de guardá-lo de volta na gaveta na noite anterior, mas pelo menos tinha virado as páginas para baixo para esconder as palavras. Infelizmente, aqueles caras não deixavam nada escapar.

– O que você está olhando? – perguntou Colton, a sobrancelha erguida.

– Nada. – Vlad se voltou depressa para o grupo. A insegurança fez seu coração disparar. Jamais contara a uma alma viva sobre seu livro.

– É óbvio que está preocupado com alguma coisa – disse Mack. – O que é isso?

– *Nada*.

Del cruzou os braços.

– Você acabou de admitir que mentiu para nós durante anos. Vai continuar fazendo isso?

Droga. Vlad bateu a cabeça na cama várias vezes. Que diferença ia fazer? Já se sentia humilhado mesmo. O que era um peido para quem já estava cagado? Ele inspirou fundo e, ao expirar, confessou:

– Estou escrevendo um livro.

– Você o quê? – rebateu Colton.

Vlad grunhiu.

– Estou escrevendo um romance.

Pela segunda vez naquela manhã, um silêncio confuso baixou no quarto. O temor dele se intensificou enquanto os rapazes mais uma vez conversavam com o olhar.

– Está decidido – disse Mack, enfim, escancarando um sorriso.

– Fechou. – Colton riu. – Eu estou dentro, com certeza.

Vlad apertou a coberta.

– Ah, merda. Do que vocês estão falando?

– Eu também, cara – comentou Del, apertando a mão de Colton. – Vai ser demais.

Vlad abraçou o travesseiro novamente como defesa.

– O que é que vamos fazer?

Colton plantou as mãos na cintura.

– Vamos ajudar você a terminar seu livro, bundinha.

Vlad tossiu. Pequenas explosões em seu cérebro fizeram pontos dançarem diante de seus olhos e o sangue rugir em seus ouvidos. Se balançasse a cabeça com um pouco mais de força, acabaria torcendo o pescoço. Não. Sem chance. Definitivamente não iriam ajudá-lo a escrever um livro.

Mas seus protestos foram inúteis.

– Nem perca seu tempo recusando nossa ajuda – disse Colton, erguendo as sobrancelhas de modo sugestivo. – Já estou até pensando nas cenas de sexo.

Noah riu com deboche.

– Não vamos deixar você chegar nem perto das cenas de sexo. Já trabalhei nas configurações de segurança do seu computador. Você é pervertido pra caralho.

– Ei! – disse Colton, apontando o dedo. – Não tire sarro do gosto das pessoas.

Vlad engoliu em seco.

– Como é que podem me ajudar a escrever um livro? Vocês nunca escreveram um.

– Mas já lemos um milhão – respondeu Del. – Sabemos o que os leitores querem e esperam de uma história. Isso conta, certo?

– Meus amigos, por favor...

– Olha, cara – disse Malcolm. – A gente sentiu sua falta. Você vem nos evitando e guardando segredos. Está na hora de nos deixar participar.

Vlad engoliu em seco.

– Se eu deixar...

Eles gritaram em uníssono, empolgados. Vlad ergueu a mão e fez uma careta.

– *Se*, eu disse. Se eu deixar, o papo vai ser *só* sobre o meu livro.

Colton deu de ombros, com um ar inocente.

– É claro. Sobre o que mais seria?

– Estou falando sério. Se qualquer um de vocês quiser aproveitar a oportunidade para tentar salvar meu casamento, vou acabar com isso.

Todos levantaram a mão direita como se fizessem um juramento.

– Só sobre o livro – disse Yan. – Juro.

Pela primeira vez na vida, Vlad não tinha certeza se confiava nos amigos.

SETE

Ao chegar, duas horas depois, Elena estacionou o carro na garagem, mas não entrou em casa imediatamente. Os rapazes ainda estavam lá, então não haveria como evitá-los, por isso ela precisou de alguns minutos para reunir suas forças.

A primeira e única vez que tinha visto os amigos de Vlad foi através do brilho das lágrimas quando saiu correndo do casamento de Mack e Liv. Duvidava que fossem acolhê-la bem hoje. Mas a visita não importava para ela, e sim para Vlad. Então, se tivesse que aguentar mais uma rodada de ceticismo e hostilidade de outro grupo de amigos dele, que assim fosse. Elena sugou o oxigênio em duas inspirações profundas e saltou do carro.

A porta da garagem levava a uma despensa, que por sua vez dava na cozinha. Ao entrar, encontrou seis homens ao redor da ilha. Eram sete ao todo – dois negros, um latino e quatro brancos – e juntos pareciam posar para o ensaio de um calendário sexy. Sussurravam como conspiradores, mas, quando ela pigarreou, deram um pulo e se afastaram um do outro, parecendo culpados.

Ela ergueu o queixo.

– Bom dia. Obrigada por terem vindo. Eu sou Elena.

Suas palavras foram seguidas por um silêncio pesado, mas logo todos os rapazes começaram a se apresentar ao mesmo tempo. Ela acabou confundindo todos os nomes, já que eles circulavam pela cozinha. Malcolm. Mack. Colton. Del. Gavin. Yan. Noah. Reconhecia a maioria deles, embora só os tivesse visto de longe no casamento de Mack.

– Como está Vlad? – perguntou ela.

– Dormindo como um bebê – respondeu Colton. – Ele tomou um analgésico e caiu no sono no meio de uma frase.

– E o banho? Ele não molhou a incisão, certo?

– Certo – respondeu Mack.

– E ele não fez esforço na perna?

– Nem um pouco – retrucou Del, lançando um olhar pelo cômodo para comunicar *algo* aos amigos.

– Ele comeu antes de tomar o comprimido?

Noah assentiu.

– Tomou chá, e eu levei uns muffins sem glúten para ele. – Ele apontou para o saco de papel sobre a bancada, que estampava a logo de um estabelecimento chamado ToeBeans Café. – Minha noiva é a dona. Tem mais, se você estiver com fome.

Ele provavelmente só tinha oferecido por educação, mas ela não esperava por isso, então demorou um momento para responder:

– Obrigada – disse ela, por fim.

– Então, podemos ajudá-la a trazer as compras? – indagou Yan.

– Não precisa, mas obrigada.

– Que nada, deixa com a gente – disse Mack, indicando a garagem com a cabeça.

Os outros o seguiram, e uma tarefa que Elena teria levado dez viagens para fazer foi finalizada em duas. Ela desempacotava conforme eles chegavam com as sacolas.

– Uau – comentou Colton, inspecionando as compras. – Assim, tipo, você rapou as prateleiras de produtos sem glúten do mercado?

Elena adotou uma expressão encabulada.

– Quero preparar os pratos favoritos dele, mas não tinha certeza do que comprar para adaptar minhas receitas, então meio que comprei um pouco de tudo.

Os rapazes trocaram mais daqueles olhares não muito sutis que a fizeram se retrair.

– Então... – começou Mack, enfiando as mãos nos bolsos de trás. A pose era casual demais para sequer parecer natural. – Vlad contou que você está quase terminando a faculdade.

Ela se deteve com um pacote de biscoitos de água e sal sem glúten nas mãos.

– Hã, sim. Isso mesmo. Estou concluindo minha especialização.

– Parabéns! – disse Noah.

– E está planejando voltar para a Rússia – comentou Colton, em um tom neutro, cuidadoso. Sem acusar.

– Sim – respondeu ela. – Para ser jornalista.

– Precisamos de bons jornalistas, agora mais do que nunca – afirmou Noah.

– Sim, eu concordo.

Ela pegou três pacotes de biscoito e os guardou na despensa. O silêncio fora do pequeno espaço se tornou insuportável, como se uma umidade densa tivesse baixado na cozinha. Não precisava sair do cômodo para saber que provavelmente estavam se entreolhando e comunicando coisas a seu respeito.

– Vlad contou sobre o seu pai – mencionou Malcolm quando ela reapareceu. – Sentimos muito. Não fazíamos ideia.

A culpa a forçou a olhar para baixo.

– Ele guardava muitos segredos de mim. Para me proteger.

– Que bom que você está aqui agora para cuidar de Vlad – cortou Del. – Quanto tempo planeja ficar?

– Até ele não precisar mais de mim.

Eles fizeram aquilo de novo: trocaram olhares expressivos, como se lessem os pensamentos um do outro. Isso estava começando a irritá-la.

– Bem... – disse Mack, empertigando-se. – Vamos deixar você em paz agora.

– Obrigada mais uma vez por terem vindo – disse ela.

– Alguns de nós vêm amanhã para ajudá-lo com o banho de novo – avisou Colton.

Del deu um tapinha na lateral da cabeça dele ao saírem. Os outros se despediram dela e saíram da cozinha em fila. Apenas Malcolm ficou para trás.

Ele enfiou as mãos no bolso da frente.

– Vlad é um dos melhores homens que já conheci.

O coração dela bateu forte.

– Eu também acho.

– Ele esteve do nosso lado durante alguns dos momentos mais difíceis de nossas vidas. Estaremos com ele também.

– Fico feliz. Ele tem sorte de ter amigos como vocês.

– Na verdade, nem sei se nós o merecemos.

Para o horror de Elena, lágrimas turvaram sua visão. Ela desviou o olhar depressa.

– Sei exatamente o que você quer dizer.

Malcolm a observou por mais um momento e então disse que a veria no dia seguinte. Assim que o ouviu sair, ela se agarrou à bancada da cozinha e se debruçou. Eles a odiavam pelo que tinha feito a Vlad. Claro, foram educados com ela, mas era óbvio que, assim como as Solitárias, não tinham grande consideração por ela. Elena queria não se importar com nada daquilo e, de fato, nem deveria. Estava indo embora. Mas, apesar de aliviada por Vlad ter um grupo tão sólido de amigos, estar rodeada por eles a fez se sentir sozinha. Ela era esposa dele, mas aqueles homens eram sua família.

Ela terminou de guardar as compras depressa e subiu para dar uma olhada em Vlad. Como os rapazes relataram, ele dormia um sono profundo. Uma manta cobria quase toda a parte de baixo do corpo, porém, mais uma vez, o peito largo estava exposto ao seu olhar sedento. Subia e descia em ritmo constante a cada respiração. Os dedos de Elena coçaram com um desejo repentino e insano de tocá-lo. De sentir os pelos ásperos do peito dele sob suas mãos macias. De se aconchegar ao lado dele e pressionar o ouvido onde o coração batia forte e compassado.

Um rubor quente subiu por seu pescoço, e Elena saiu do quarto, fechou a porta e se encostou ali. Precisava superar essa, essa... luxúria. Tinha muito que fazer além de ficar ali parada, devorando-o com os olhos. Havia comprado comida suficiente para preparar vários dos pratos favoritos dele naquela semana. Para ela, nada era capaz de distraí-la e reconforta-la mais do que cozinhar. Por isso, voltou à cozinha e se jogou no trabalho.

Queria fazer *solyanka* para o almoço, um caldo grosso e salgado com linguiça, picles e endro e estrogonofe de carne para o jantar. Também já queria começar a preparar o *pelmeni* para o jantar do dia seguinte. A massa era mais um dos pratos favoritos de Vlad. A mãe dele costumava rechear com batatas, cogumelos e cebolas, mas todas as receitas sem glúten que ela encontrou recomendavam deixar a massa descansar de um dia para outro. Era bem trabalhoso, mas ela cozinharia a noite toda se necessário para tudo ficar perfeito para Vlad. A distração seria bem-vinda também. Qualquer coisa para afastar seus pensamentos do deleite que ele sem dúvida havia se tornado.

Por que ele ainda mexia tanto com ela? Claramente, sua libido não havia captado a realidade. Talvez estivesse sofrendo de abstinência sexual, mas, se fosse o caso, teria a mesma reação diante de qualquer homem bonito que encontrasse ou qualquer homem que demonstrasse interesse por ela. Mas não. Vlad era o único que a fazia sentir um friozinho na barriga, e ela jamais se esqueceria da primeira vez que isso aconteceu. Aquele primeiro sopro de consciência feminina, aquela fisgada que lhe roubara o ar e transformara o menino em homem, o amigo em... algo mais. Ela tinha 16 anos, e ele, 18, e, como milhões de vezes antes, ele tinha tirado a camiseta para pular no rio. Mas, ao contrário das vezes anteriores, ela o *viu*. Ela o viu de verdade. O menino desengonçado da infância partira e, em seu lugar, surgira alguém que fazia seu coração bater mais forte.

E seu coração ainda batia forte. Talvez fosse assim para sempre. Talvez fosse essa a cruz que teria que carregar. Sua penitência.

Elena balançou a cabeça para se livrar da lembrança e se pôs a cozinhar. Uma hora depois, a sopa estava no fogo e a massa para o *pelmeni*, pronta, quando ouviu um latido do lado de fora.

Ela espiou pela quina da parede da cozinha. O Cachorro do Vizinho pressionava o focinho no vidro à direita da porta. Assim que a viu, ele abanou o rabo e soltou outro latido entusiasmado. Elena foi até lá.

– Hã, vá para casa, amiguinho.

– Pode deixá-lo entrar.

Elena se virou e encontrou Vlad no topo da escada, apoiando todo o peso nas muletas.

– O que você está fazendo de pé? – perguntou ela, correndo escada acima, saltando dois degraus por vez. – Devia ter me chamado.

– Senti cheiro de *solyanka* – respondeu ele, a voz ainda rouca com os resquícios do sono. Vestira uma camiseta e um short de basquete. O cabelo estava amassado de um lado, como se ele tivesse pegado no sono enquanto ainda estava molhado.

– Está quase pronta. Eu levo para você. Volte para a cama.

– Quero ficar aí embaixo.

Elena o amparou enquanto ele descia com as muletas. O cachorro latiu de novo ao avistar Vlad.

– Deixe ele entrar – disse Vlad, indicando a porta com a cabeça.

Elena a abriu, e o Cachorro do Vizinho correu para dentro.

– Sua perna! – alertou ela.

Vlad simplesmente estalou os dedos, e o cachorro se sentou em sinal de obediência.

– Bom menino – elogiou Vlad, olhando para Elena em seguida. – Precisa de ajuda na cozinha?

– Eu é que deveria estar ajudando *você*. Vamos para o sofá.

O Cachorro do Vizinho acompanhou os passos de Vlad quando ele atravessou o corredor e virou à esquerda na sala de estar. O espaçoso cômodo era pouco mobiliado, porém aconchegante. O longo sofá modular cinza ficava diante de uma grande lareira, flanqueada por duas poltronas aveludadas e amplas janelas com vista para o quintal. Um pufe de couro também servia como mesa de centro, e na parede acima da lareira havia uma enorme TV de tela plana.

– Sente-se – ordenou Elena. – Vou empurrar o pufe para você apoiar a perna. Quer gelo?

– Agora não – grunhiu Vlad, recuando até os joelhos encostarem no sofá. Depois, equilibrando-se nas muletas, ele se abaixou bem devagar até se sentar. Elena rapidamente empurrou o pufe para ele repousar a perna. Vlad afundou nas almofadas e esfregou os olhos. O Cachorro do Vizinho descansou a cabeça em seu joelho bom para ganhar uma coçadinha.

Vlad agradeceu.

– Por quanto tempo eu dormi?

– Umas duas horas.

– Não me lembro de ver meus amigos indo embora.

– Eles disseram que você apagou.

Ele coçou a barba grossa.

– Parece que estou bêbado.

– E você desceu desse jeito? – O canto da boca dele se curvou em um sorriso de desculpas, e o coração dela bateu forte. – Vou pegar um pouco de sopa para você.

Elena correu de volta para a cozinha antes que ele pudesse perceber as reações que estava causando nela. Serviu uma tigela de caldo quente e encheu um copo de leite, em seguida levou tudo para a sala e colocou na mesinha ao lado do sofá.

– É melhor eu trazer uma bandeja para você.

– Não precisa – disse Vlad, pegando a tigela. – Eu quase sempre como desse jeito aqui em casa.

– Isso não é muito russo da sua parte.

Ele ergueu um ombro.

– É muito sem graça comer sozinho à mesa.

A imagem evocada continha tanta solidão que Elena sentiu um incômodo no peito. Vlad comia sozinho com o cachorro de outra pessoa a seus pés.

Ele tomou uma grande colherada, e um gemido escapou de seus lábios.

– Puta merda, Lenochka.

Desta vez, o coração dela parou. *Lenochka* era o apelido carinhoso pelo qual Vlad e os pais dele costumavam chamá-la quando eram jovens. Era um diminutivo comum para Elena na Rússia, mas seu próprio pai nunca a chamara assim. Fazia anos que não o ouvia.

– Está bom? – perguntou ela, a voz estranhamente metálica.

– Mais do que bom. Vou comer a panela toda.

Era exatamente a resposta que estava esperando, por isso não conseguiu esconder o sorriso satisfeito ao se sentar na outra extremidade do sofá.

– Bem, guarde espaço para o jantar. Estou preparando estrogonofe de carne para hoje à noite, e amanhã vou fazer *pelmeni*.

– Vai me deixar mal-acostumado. – Ele balançou a cabeça, mas sem muita convicção. – *Pelmeni* dá muito trabalho. Você não precisa fazer isso.

Ela deu de ombros.

– Eu quero fazer. Você precisa comer bem para se recuperar logo, e eu gosto de cozinhar.

– Sei que gosta. – Ele deu outra colherada bem cheia e então a encarou. – Você já comeu?

– Ainda não.

– Pegue um pouco e se sente comigo. – Então ele acrescentou depressa: – Se você quiser.

– Eu... Sim. Está bem. Já volto.

Elena se serviu de uma porção menor e voltou ao seu lugar no sofá. Depois de cruzar as pernas sob o próprio corpo, ela atacou. Os sabores explodiram em sua boca. Apimentado, doce e azedo. Poderia ter feito a sopa para si mesma em Chicago, mas as lembranças que esse prato evocava eram poderosas demais. Como ela sentia agora.

– Essa foi a primeira coisa que sua mãe me ensinou a cozinhar.

Ele olhou para ela de relance.

– Foi?

– Toda vez que ela preparava, eu comia tanto que ela finalmente se ofereceu para me ensinar a fazer. – Ela sorriu olhando para a tigela. – Depois disso, passei a preparar a sopa para meu pai quase uma vez por semana. Acho que ele até enjoou, mas, como não queria me magoar, acabava comendo.

Vlad ficou tenso ao lado dela.

– Ele é que devia ter cozinhado para *você*.

– Eu teria morrido de fome. Ele mal sabia fritar um ovo.

– Era só aprender, como um pai normal faria.

Ela mexeu a sopa.

– Meu pai nunca teria sido assim.

– Podia ter sido se tivesse tentado.

A aspereza implacável no tom de Vlad dedilhou um acorde familiar de ressentimento, e a desarmonia que zumbiu entre eles foi como uma velha canção. Vlad nunca escondera a raiva que sentia do pai dela por não ter sido muito presente quando ela era criança, porque nunca entendera a importância do trabalho dele. Essa era uma das razões pelas quais ela não queria que Vlad soubesse que estava tentando finalizar o trabalho do pai. Ele nunca, jamais, seria capaz de compreender por que aquilo era importante para ela.

O raspar das colheres no fundo das tigelas era o único som na sala agora súbita e desconfortavelmente silenciosa.

– Que tal vermos TV? – sugeriu ela.

Vlad pegou o controle remoto e ligou o aparelho. Estava sintonizado em um canal local de esportes, passando uma prévia do jogo daquela noite dos Nashville Legends, o time pelo qual Gavin, Yan e Del jogavam.

– Você costuma ir aos jogos deles? – perguntou Elena, grata pela chance de mudar para um assunto mais seguro.

– Quando minha temporada termina, sim – respondeu Vlad. – Assisti a alguns com o resto do pessoal no verão passado.

– Eles costumam ir aos seus?

– Claro. Damos muita força uns aos outros.

Ele provavelmente não tinha a intenção de dar uma alfinetada nela, porque Vlad não era um homem grosseiro por natureza, mas doeu mesmo assim. Como se lessem a mente de Elena, os comentaristas esportivos de repente mudaram de assunto e começaram a falar do time de Vlad.

– *Pela primeira vez na história do time da liga profissional, o Nashville Vipers venceu a final do Campeonato Oeste e conquistou uma vaga na Copa Stanley. Na noite passada, o Vipers derrotou o Vancouver Canucks por 4 a 3 no sétimo jogo da série da federação.*

Elena pegou o controle remoto.

– Não tem problema – comentou Vlad, cobrindo sua mão com a dele. O toque inesperado dedilhou uma melodia totalmente diferente dentro dela, que retirou a mão com discrição antes que acabasse se entregando. Vlad não parecia ter notado. Seus olhos estavam fixos na TV.

– *O Vipers enfrenta o New York Rangers no primeiro jogo da Copa Stanley às sete horas da noite de sábado em Nova York. Será uma vitória agridoce para o time e seus torcedores, já que estarão sem seu melhor jogador de defesa, Vlad Konnikov.*

Elena olhou para Vlad. Ele estava estranhamente imóvel, exceto pelo sobe e desce descontrolado do pomo de adão sob a barba desgrenhada que escurecia seu pescoço.

– *A assessoria do clube informou que ele já está em casa, se recuperando de uma cirurgia para restituir a tíbia...*

O toque da campainha quase fez Elena pular no assento, e a sopa respingou em sua mão. Ela sussurrou um palavrão, colocou a tigela na mesinha ao seu lado e se levantou.

– Vou atender.

Ela se preparou para o caso de serem as Solitárias de novo, mas, quando espiou pelo vidro lateral, viu apenas uma pessoa lá fora.

Uma mulher muito bonita.

Elena abriu a porta devagar, e a mulher abriu um sorriso brilhante. Ela esqueceu por um momento que deveria devolver o sorriso. Era russa, portanto sorrir para estranhos era uma característica dos americanos que ainda não se tornara natural para ela.

– Posso ajudá-la? – perguntou Elena, meio atrasada.

O sorriso da mulher embotou.

– Ah, me desculpe: Você é Elena?

– Sim.

– É um grande prazer finalmente conhecê-la – disse a mulher. – Eu sou Michelle, vizinha do Vlad. As Solitárias me contaram que você tinha voltado.

Ai, Deus. Aquela mulher sofisticada era a misteriosa Michelle? Ela vestia uma combinação estilosa de jeans branco e blusa preta sem mangas, e o cabelo liso estava preso em um rabo de cavalo perfeito – um penteado que Elena nunca conseguiria fazer com as ondas naturais de seu cabelo.

– Sim. Voltei – falou Elena, afinal. Então, ao perceber que a mulher esperava ansiosamente ser convidada para entrar, ela abriu passagem. – Quer entrar?

– Não quero atrapalhar vocês. Só queria deixar esta torta para o Vlad. Eu pretendia vir antes, mas achei melhor esperar até que ele se acomodasse.

Elena pegou a torta das mãos estendidas de Michelle.

– É sem glúten? – perguntou ela, num impulso.

Michelle piscou.

– S-Sim. Sei que ele é intolerante a glúten.

– Ele está almoçando na sala – informou Elena, tentando driblar a voz monocórdia com um sorriso havia muito esquecido.

Michelle assentiu educadamente e gesticulou.

– Depois de você.

As sandálias chiques da mulher estalavam no chão, e Elena de repente se sentiu tão cafona quanto sabia que parecia em seu short, casaco de moletom e chinelos. Ela ficou tentada a pedir que Michelle tirasse os sapatos, mas pelo visto Vlad não seguia a tradição russa com tanto rigor quanto ela. Nenhuma das Solitárias nem seus amigos haviam tirado os sapatos.

Elena entrou na sala primeiro. Vlad olhou por cima do ombro.

– Quem era?

Antes que pudesse responder, Michelle apareceu atrás dela. Vlad olhou de novo, surpreso.

– Michelle? – indagou ele, pigarreando. – Oi.

A inquietação inundou o estômago de Elena. Por que essa tal Michelle o deixava tão nervoso?

– Ela trouxe uma torta para você.

Vlad deu uma olhada rápida na torta e depois de volta para Michelle, que contornava o sofá para ficar de frente para ele.

– Obrigado – agradeceu Vlad. – É muita gentileza sua.

Michelle entrelaçou as mãos diante do corpo.

– Lamento muito que tenha se machucado. As meninas e eu estávamos assistindo ao jogo quando aconteceu. Elas estão muito preocupadas com você.

– Meninas? – perguntou Elena.

Michelle sorriu para ela. Será que aquela mulher nasceu com um sorriso grudado na cara?

– Minhas filhas – explicou Michelle. – Elas adoram ver Vlad jogar hóquei. Ele nos deu ingressos no início do ano para um dos jogos locais, e as meninas *ainda* falam disso.

Vlad pigarreou novamente.

– Que bom que você veio. – Ele pareceu se lembrar da tigela em sua mão. – Quer almoçar? Elena fez uma das minhas sopas favoritas.

Não para ela. O pensamento surgiu com uma ferocidade surpreendente, junto com uma súbita vontade de jogar a torta de Michelle no lixo.

– Não, obrigada – respondeu Michelle rapidamente. – O cheiro está maravilhoso, mas as meninas já estão voltando da casa do pai, então acho melhor eu ir embora. Só quis passar aqui para ver como você está.

– Estou b-bem – gaguejou Vlad. – Deu tudo certo na cirurgia.

– Está sentindo alguma dor?

– Não, ainda não. Mas talvez sinta quando o efeito da morfina começar a passar.

Cada manifestação de nervosismo era como uma agulha perfurando os nervos de Elena. Era ridículo. Que diferença fazia se uma mulher bonita e simpática havia trazido uma torta caseira para Vlad? Michelle encontrou o olhar de Elena, e lá estava aquele sorriso de novo. Genuíno demais para ser digno de confiança. Elena tinha mesmo puxado ao pai.

– Você tem tudo de que precisa? Posso ajudar em alguma coisa? – perguntou Michelle.

A resposta correta talvez fosse algo do tipo *É muita gentileza sua*, mas tudo que Elena conseguiu dizer foi:

– Estamos bem por enquanto.

– Bom, se precisarem, estou a apenas alguns quarteirões daqui. – Michelle ergueu os ombros enquanto inspirava profundamente. – Vou deixar vocês em paz agora. Por favor, não hesitem em ligar.

– Eu te acompanho até a porta – disse Elena.

– Não é necessário. Eu sei o caminho. Você já está com as mãos ocupadas.

A etiqueta ditava que Elena deveria acompanhá-la mesmo assim. Em vez disso, o ciúme a levou direto para a cozinha. Colocou a torta na bancada ao lado da massa do *pelmeni*. Todo o seu entusiasmo tinha murchado.

– Elena.

Com um suspiro sobressaltado, ela se virou. Vlad estava bem ali, apoiado em suas muletas. Ela estava tão perdida nos próprios pensamentos que não o tinha ouvido se aproximar.

Ela alisou a frente do moletom.

– Michelle parece muito legal.

– Ela é uma amiga da vizinhança – falou ele, cuidadosamente, como se pudesse ver através dela.

– Foi legal da parte dela preparar isso para você. – Elena indicou a torta. – Quer um pedaço? Volte para lá e se sente. Eu levo para você.

Vlad a encarou sem piscar antes de assentir. As muletas batiam num ritmo suave e arrastado enquanto ele voltava para a sala. Assim que ele saiu, Elena se debruçou na bancada e inspirou bem fundo. Como dizia uma expressão de que gostava bastante, precisava botar a cabeça no lugar. Desejar Vlad? Estremecer ao seu toque? Corar de ciúme de uma mulher que lhe preparara uma torta? Ela não tinha o direito de sentir nada daquilo. Estava lá para ajudá-lo a se recuperar, nada mais, porque não poderia haver nada mais. E se ela fosse sobreviver àquele período junto com ele, tinha que se lembrar, quantas vezes fosse necessário, de que aquela situação era temporária. Quando Vlad estivesse recuperado, só haveria uma coisa em seu futuro.

Elena pegou o celular no bolso. Antes que mudasse de ideia, escreveu uma mensagem:

Você disse para te chamar se eu precisasse de alguma coisa. Podemos conversar?

OITO

Elena acordou cedo na manhã seguinte porque queria fazer *syrniki* para o café da manhã. As panquecas russas eram mais uma das comidas favoritas de Vlad e mais um dos muitos pratos que ela aprendeu com a mãe dele.

Tomou um banho e prendeu o cabelo molhado em um coque no alto da cabeça antes de vestir apressada sua única roupa ainda limpa: shorts de corrida e uma camiseta branca lisa. Antes de descer, ela deu uma espiada em Vlad. Ele dormia coberto apenas com o lençol. A Gata do Vizinho estava enroscada ao lado dele.

– Sapeca – sussurrou Elena.

A gata piscou e esticou as patas antes de se afundar ainda mais no peito de Vlad.

Elena acabara de separar todos os ingredientes para o café da manhã quando alguém tocou a campainha. Pelo visto não era a única que tinha levantado cedo. Colton e Noah estavam parados do outro lado da porta, ambos sorridentes.

– Vlad ainda está dormindo – disse ela, deixando-os entrar. – Mas estou começando a preparar o café.

Colton esfregou as mãos.

– Eu estava esperando que você dissesse isso. O que está fazendo?
– *Syrniki*. É tipo uma panqueca com queijo na massa.
– Panqueca com queijo? Vou comer até não poder mais.
Noah entregou a ela um saco de papel igual ao do dia anterior.
– Um presente da Alexis, minha noiva.
Elena deu uma espiada e viu uma variedade de bolinhos.
– Uau, por favor, agradeça a Alexis por mim.
– Você tem café pronto? – perguntou Colton, escondendo um bocejo com o punho.
– Hã, não.
– Eu faço – ofereceu-se ele.
Outro carro encostou na entrada da garagem. Elena espiou pela janela.
– Mack e Malcolm chegaram – comentou Noah, seguindo Colton em direção à cozinha.
Elena abriu a porta novamente e, como esperado, os dois vinham caminhando calmamente pela calçada.
– Vocês dois também vieram dar banho no meu marido?
– É o ponto alto do nosso dia – brincou Mack. – O cara tem uma bunda que não dá para esquecer.
– Hum... – Elena fechou a porta.
– Ignore – aconselhou Malcolm, que depois se inclinou e beijou a bochecha de Elena.

Ela ficou sem reação, em descrença atônita, enquanto ele seguia Mack até a cozinha. No dia anterior, Elena tinha se convencido de que os amigos de Vlad a odiavam, e agora ganhara um beijo na bochecha e bolinhos de presente? Elena queria bater a mão na cabeça, porque mais uma vez sentiu como se teias crescessem em sua mente. Como se tivesse caído de paraquedas no segundo ato de uma peça.

Voltou para a cozinha e encontrou Colton enchendo a cafeteira com água. Mack estava sentado no chão com a Gata do Vizinho no colo.
– Não sabia que vocês tinham uma gata – comentou ele ao erguer os olhos para Elena.
– Não temos. Hã, quer dizer, Vlad não tem. Essa gata não é dele.
Mack parou de afagar os pelos da gata por um instante.

– De quem é?

– Eu não sei. Toda hora aparecem animais aqui.

Noah deu uma risadinha.

– Claro que aparecem.

Elena começou a trabalhar na massa da panqueca – não se fazia *syrniki* com o tipo de massa líquida a que os americanos estavam acostumados –, mas outra batida à porta provocou uma breve interrupção. Ela olhou para os rapazes. Mack deu de ombros.

– Estamos todos aqui. Gavin, Del e Yan têm um jogo agora cedo, por isso não vêm.

Elena engoliu em seco. Aquilo só poderia significar uma coisa. Ela voltou até a porta lentamente, como se pisasse em pedrinhas. Desta vez, o rosto do outro lado a cumprimentou com o que ela presumia ser uma eterna carranca. Elena lutou contra o desejo de se benzer ao abrir a porta.

– Bom di...

Claud abriu caminho para entrar.

– Onde ele está?

– É ótimo ver você também, Claud. Vlad ainda está dormindo.

– Vá acordá-lo – ordenou a mulher.

Linda soltou um suspiro longo e cansado.

– Peço desculpas por ela. De verdade. Ela é ranzinza de manhã.

Elena ergueu a sobrancelha.

– Só de manhã?

Andrea entrou por último com um prato nas mãos.

– Fiz uma quiche.

– Você sabe o que é uma quiche? – perguntou Claud.

– Sim, eu sei o que é uma quiche. Cresci na Rússia, não na lua. – Ela voltou a atenção para Andrea. – Obrigada. Estou preparando o café da manhã, mas tenho certeza de que Vlad vai gostar disso também.

– De quem são os carros lá fora? – indagou Claud enquanto iam para a cozinha. Ela parou de repente ao ver Colton, Malcolm e Noah ao redor da ilha. Mack ainda estava no chão com a gata. – Eu conheço você – disse ela, apontando para Colton. – Você é aquele cantor de música country que anda com Vlad. Cat Whaler ou coisa assim.

Mack e Noah riram com o rosto enfiado na caneca de café. Colton inclinou a aba de um chapéu imaginário e piscou.

– Cat Whaler, ao seu dispor.

– Odiei sua última música. É vulgar.

– Minha intenção é agradar, madame.

– Mãe! – exclamou Linda, correndo até ela. – Seja gentil.

– Não ligue para ela – disse Elena a Colton. – Ela só está brava porque alguém transformou o cabelo dela em serpentes.

Malcolm e Mack trocaram um sorrisinho.

– Café? – ofereceu Elena, para ninguém em particular.

– Obrigada – respondeu Linda. – A gente se serve.

– Bem, *eu* sou Andrea Sampson – apresentou-se, estendendo a mão a Colton depois de deixar a quiche na bancada. – E sou uma grande fã sua.

Colton pegou a mão dela e roçou os lábios nos nós dos dedos.

– É um prazer, minha linda.

– Não dê muita corda – debochou Claud. – Ela levou uma cantada no Silver Sneakers ontem à noite e agora está se achando a Brigitte Bardot.

– Quem é Brigitte Bardot? – perguntou Noah.

Claud assobiou entre os dentes ao aceitar uma xícara de café de Linda. Depois se jogou em uma das banquetas da ilha e murmurou algo sobre os malditos millennials.

Elena voltou para a massa de panqueca e começou a moldá-la em bolinhos.

– O que é Silver Sneakers?

– Um programa de aeróbica para pessoas que acordam com as juntas rangendo – explicou Linda.

– Ei, uma vez fiz uma aula dessas sem querer – disse Colton. – Me deu uma baita canseira.

– Como você fez uma aula de aeróbica sem querer? – perguntou Malcolm.

– Eu me enganei com os horários. Pensei que estava indo para a aula de abdominal. Fiquei confuso quando vi todas aquelas senhoras. Mas fiquei com vergonha de sair.

– Senhoras? – debochou Claud.

– É um elogio – continuou ele. – Elas correram em círculos ao meu redor. Para falar a verdade, tenho uma queda por mulheres mais velhas desde então. – Ele piscou de novo para Andrea, que se envaideceu e sorriu.

Elena levou as panquecas para o fogão e aqueceu uma frigideira com óleo. Claud grunhiu.

– O que você está fazendo?

– *Syrniki* – respondeu Elena. – Panqueca russa com queijo. Você sabe o que é uma panqueca?

Claud murmurou baixinho, e Elena podia jurar que seus pelos se eriçaram.

Elena ajeitou as panquequinhas na frigideira e tampou. Levava cerca de cinco a sete minutos de cada lado para ficarem fofinhas. Enquanto cozinhavam, ela abriu a geladeira e pegou creme azedo e mirtilo para a cobertura. Provavelmente apenas ela e Vlad comeriam aquilo. Na despensa, encontrou açúcar e melado para os outros.

– Então, Elena... – disse Noah, em um tom que transmitia algum tipo de discurso pré-planejado. – Estávamos todos conversando e gostaríamos de ajudar o máximo possível. Talvez montar um cronograma de refeições ou ajudar com os compromissos da reabilitação...

Claud fungou.

– Por que está tratando disso com ela? Ela vai embora daqui a alguns dias.

Elena ergueu a tampa da frigideira e virou as panquecas.

– Não vou, na verdade. Vou ficar enquanto ele precisar de mim.

Claud cuspiu feito um trator enferrujado.

– Você não pode ficar!

– Por que não? – Elena tampou a panela outra vez. Mais cinco minutos, e estariam prontas.

– Porque... porque... você não pode. Ele precisa seguir a vida e não pode fazer isso com você aqui.

Elena se virou depressa para que ninguém pudesse ver a reação em seu rosto.

– Mãe! – advertiu Linda.

– Nossa, essa foi totalmente cruel – interveio Colton, em um tom doce e dissimulado.

Elena se ocupava em pegar os pratos no armário quando ouviu Mack se levantar.

– Me parece que cabe a Vlad decidir se quer que Elena fique ou não – argumentou Mack –, e ele concordou.

– Você pelo menos sabe cozinhar, garota? – resmungou Claud.

Elena lançou a Claud um olhar do tipo "é sério?" por cima do ombro.

– Qualquer um sabe fazer panquecas – rebateu a mulher, com desdém.

– Cozinho desde que minha mãe morreu, quando eu tinha 9 anos – respondeu Elena, deixando a pilha de pratos na ilha para que todos pudessem pegar um. – A mãe de Vlad me ensinou a cozinhar tudo que ele gosta. Por acaso você sabe fazer *pirozhki*? Ou talvez *kholodets*, ou costeletas *Pozharsky*?

Enquanto ela falava, os rapazes fizeram aquilo de conversar trocando olhares.

Elena voltou ao fogão e apagou o fogo. Depois arrumou todo o *syrniki* em uma travessa.

– Fiquem à vontade para comer conosco – disse ela, colocando a travessa ao lado dos pratos. – Vou acordar Vlad.

A Gata do Vizinho a seguiu escada acima. A porta do quarto de Vlad ainda estava entreaberta de quando ela foi dar uma olhada nele depois de acordar. Ela entrou no quarto na ponta dos pés e o encontrou na mesma posição, que era a mesma posição em que o deixara na noite anterior. Deitado de costas, a perna apoiada sobre o travesseiro, a cabeça levemente virada para a esquerda.

– Vlad – sussurrou ela, aproximando-se de mansinho. A respiração dele nem se alterou. – Vlad – disse ela mais alto, inclinando-se mais para perto. Ele virou a cabeça para o outro lado com uma inspiração profunda. Droga. Elena apertou o ombro dele e deu uma leve sacudida. – Vlad.

Ele abriu os olhos de repente.

– O quê? O que aconteceu?

Elena deu um pulo.

– Me desculpe. Machuquei você?

Ele passou a mão no rosto.

– Não. Estou bem. Que horas são? – Ele focou no rosto dela e ergueu as sobrancelhas. – O que aconteceu?

– Seus amigos estão aqui.

Ele estreitou os olhos.

– Eles disseram algo inapropriado?

– O quê? Não. Mas acho que vai haver uma guerra de comida com as Solitárias.

– Estão *todos* aqui?

– Sim, e eu juro que Claud rogou uma praga em mim.

Vlad curvou o canto da boca em um sorriso cansado e esfregou as suíças, que da noite para o dia haviam oficialmente se tornado uma barba selvagem e desgrenhada. No entanto, a aparência rústica era compensada pela suavidade cansada de seus olhos. A Gata do Vizinho pulou na cama, esfregou-se nele e começou a ronronar. Elena não podia culpá-la. Se pudesse se aconchegar em Vlad, é provável que também ronronasse.

Vlad coçou distraidamente as orelhas da gata.

– Ela tem nome? – perguntou Elena.

– Angel. Ela mora do outro lado da rua.

– Ela estava na sua cama esta manhã.

Um forte bocejo o fez abrir a boca, e ele esticou os braços acima da cabeça ao se sentar.

– Ela é uma boa menina – disse ele. – Uma das minhas favoritas.

Como se Vlad um dia tivesse encontrado um animal de que não gostasse.

Ele girou as pernas para fora da cama e deu um aceno tímido em direção ao banheiro.

– Eu preciso, hã...

Ah, claro. Questões de banheiro. No mundo todo, outros casais se mostravam totalmente desinibidos em relação aos chamados da natureza, mas as bochechas de Elena ficaram em chamas, como se ela tivesse acabado de enfiar a cabeça em um forno a lenha. Ela lhe entregou as muletas e ficou por perto enquanto ele ajeitava uma delas sob a axila.

– Vou esperar aqui fora.

Ele evitou seu olhar.

– Claro.

Ela deu as costas enquanto Vlad andava até o banheiro. Ele usou o pé da muleta para fechar a porta. Momentos depois, ouviu-se o barulho da descarga e então da água escorrendo na pia. Um minuto depois Elena percebeu que ele estava escovando os dentes.

Virou-se quando a porta se abriu de novo e o viu sair com um aspecto ao mesmo tempo grosseiro e vulnerável. Um desejo insano e avassalador de abraçá-lo quase a impeliu a deixar seu porto seguro junto à porta do quarto, mas, em vez disso, ela se afastou para ele passar. Acompanhou-o até a escada, e então ele a deixou fingir que ajudava enquanto descia numa perna só. Não porque ele precisasse mesmo de ajuda, mas provavelmente porque ela havia gritado com ele no dia anterior por tentar descer as escadas sozinho.

Quando ele entrou na cozinha, os rapazes se levantaram e o cumprimentaram com abraços e *como é que tá?* e *você está um lixo* – o que não era verdade. Ele estava o oposto de lixo.

As Solitárias repetiram os cumprimentos com atitudes muito mais simpáticas. Claud até desfez a carranca.

Andrea e Linda se levantaram e praticamente correram até ele. Elas o abraçaram, e Elena encontrou os olhos dele por cima do ombro de Linda. Vlad lhe dirigiu um sorriso preguiçoso, e por um momento Elena se distraiu com a afetuosa familiaridade.

– O café da manhã está pronto – anunciou ela, voltando ao fogão. – Quer um pouco de chá?

– Estou bem por enquanto. Não tenha pressa.

Ele se sentou à ilha. Mack e Noah o acomodaram e pegaram outra banqueta para que pudesse elevar a perna. Elena foi depressa até o freezer e tirou um dos saquinhos de gelo que enchera na noite anterior. Enquanto ele abria as tiras de velcro, ela pegou uma toalha e voltou para o seu lado.

– Como está hoje? – Ela se inclinou sobre ele para examinar a incisão. Parecia avermelhada, com hematomas verdes e roxos ao redor. Em seguida, o encarou. – É normal ficar assim?

– É normal ter hematomas. – Vlad pegou o gelo e sorriu para ela.

– Tem certeza? Talvez seja melhor tirar uma foto e enviar para Madison.
– Se estiver pior à noite, podemos fazer isso – concordou ele calmamente.
– Talvez devêssemos ter colocado gelo de novo ontem.
– Está tudo bem, Elena. Não se preocupe.

O silêncio na cozinha de repente se tornou óbvio. Elena ergueu os olhos e viu que todos os observavam com expressões confusas. Todos exceto Claud, que parecia furiosa.

– O que foi? – perguntou Elena.
– Nada – respondeu Colton, rápido. Muito rápido. Seu olhar cruzou com o de Malcolm, e então os dois desviaram. Aquelas malditas conversas silenciosas estavam ficando irritantes demais.
– Vocês estavam falando em russo – explicou Noah, por fim.
– Ah, sim. A gente costuma fazer isso. – Trocavam de idioma de forma tão natural que ela mal percebeu. – Desculpem. Vamos tentar ficar só no inglês quando vocês estiverem por aqui.
– Acho isso fofo – comentou Andrea.

Claud murmurou algo baixinho, e o olho de Elena começou a tremer. Ela se virou para Vlad e mudou para o russo de novo.

– Você ouviu isso? À meia-noite, vou explodir em furúnculos pulsantes.

Vlad pressionou o punho contra a boca para abafar uma risada.

Elena apontou para o prato de panquecas.

– Quem está com fome?

Colton esfregou as mãos.

– Minha nossa, eu estou.
– Peguem um prato – disse ela. – Espero que seja suficiente. Posso fazer outra leva, se precisar. Também temos a quiche que Andrea trouxe...

Sentir a mão de Vlad em suas costas pôs um fim brusco à sua tagarelice nervosa. Ela o encarou, e ele lhe lançou um olhar caloroso que a fez derreter por dentro.

– É suficiente, Lenochka. Pegue um pouco e coma.

Ela assentiu porque era a resposta mais segura em que pôde pensar, a única coisa que não iria revelar que a sensação dos dedos dele em sua coluna a havia deixado sem ar. Elena rapidamente serviu o prato dele e o colocou à sua frente com um garfo.

– Parece delicioso – murmurou ele, em russo. – Não precisava ter feito isso.

– Não sabia se ainda ficaria bom com a farinha sem glúten.

– Parece perfeito.

– Creme azedo ou melado?

Ele ergueu uma única sobrancelha. Certo. Ela sabia a resposta. Elena passou o creme azedo para ele e esperou que despejasse uma quantidade generosa em cima das panquecas. A cozinha ficou em silêncio novamente e, ao erguer os olhos, ela percebeu que todos os observavam com nojo.

– Ele acabou de colocar creme azedo nas panquecas? – indagou Colton, o garfo a meio caminho da boca.

– Os russos colocam creme azedo em tudo – disse Vlad, acrescentando um punhado de mirtilo. – É assim que comemos *syrniki*.

– É assim que comemos tudo – corrigiu Elena.

Colton enfiou um pedaço enorme na boca.

– Isso está incrível.

Elena se serviu e se sentou ao lado de Vlad.

– Ficaria melhor com *tvorog*, mas não encontrei no mercado.

– O que é *tvorog*? – questionou Mack, de boca cheia.

– É um tipo de queijo russo. Não dá para fazer o verdadeiro *syrniki* sem ele, então tive que substituir por ricota.

– Não vendem isso no mercado? – perguntou Andrea.

– Geralmente não, pelo menos não nos Estados Unidos – respondeu Elena. – Alguns mercados estrangeiros até têm, mas é bem raro. Precisa ser servido fresco e estraga rápido.

– Talvez eu conheça um lugar que tem – disse Colton.

Vlad tossiu, e Elena observou quando ele fixou os olhos em Colton e tomou parte em uma daquelas conversas silenciosas. Ele pareceu ter sido repreendido, porque no fim apenas deu de ombros e desviou o olhar.

Andrea de repente suspirou de forma dramática.

– Seja como for – disse ela –, eu preciso de conselhos.

Claud revirou os olhos.

– Aqui vamos nós.

– O que foi? Estou precisando desabafar. E é isso que costumamos fazer durante o café da manhã. Conversamos sobre as coisas.

– Sou todo ouvidos, minha linda – disse Colton.

Andrea deu um sorriso recatado para ele, mas depois suspirou de novo.

– Não sei o que fazer com Jeffrey. Ele quer mesmo, sabem, levar as coisas adiante. Só não sei se estou pronta para isso.

Claud bufou.

– Você quer dizer que não sabe se está pronta para ele descobrir a verdade sobre seus peitos.

Mack tossiu dentro da xícara de café, e Colton abriu um sorriso.

– De repente fiquei interessadíssimo nessa conversa.

Andrea cruzou os braços, provavelmente para exibir os peitos em pauta na discussão.

– Pela última vez, não há nada de errado em aumentar os seios.

– Ah, eu concordo plenamente – interveio Colton.

Elena deu uma olhada de relance para Vlad. Ele não parecia incomodado nem surpreso com o assunto. Pelo visto, os peitos de Andrea eram um tópico comum nas conversas de café da manhã.

– Eu só... ainda sou muito ressabiada por causa do Neil – revelou ela, e se dirigindo a Elena e aos rapazes: – Meu ex-marido.

– Ah – murmurou Elena.

– Quer dizer, eu me importo com Jeffrey. De verdade – continuou Andrea. – Mas e se ele for só mais um Neil? Fomos tão perfeitos um para o outro durante tantos anos e então... simplesmente esfriou.

– Antes ou depois de ele morrer? – perguntou Elena.

Vlad soltou um grunhido e tossiu para encobrir outra risada.

– É aí que mora seu problema – disse Claud, apontando para Andrea. – Você ainda está esperando um príncipe encantado que vai te deixar boba e radiante pelo resto da vida. Você deveria procurar alguém com quem ainda vai estar disposta a transar mesmo depois de ele lhe mostrar as imagens da sua colonoscopia.

Malcolm cuspiu o café.

– Esse é o problema de muitos jovens hoje em dia – continuou Claud. – Vocês acham que casamento é uma aventura romântica interminável. Não é nada disso. É uma parceria. Um acordo legal, e é um aborrecimento tão grande sair dele que o casal decide permanecer junto mesmo quando tem vontade de bater no outro com uma abobrinha gigante...

Elena abriu a boca, mas Linda abanou as mãos para ela.

– Não pergunte.

– ... porque pedir o divórcio é um tremendo pé no saco.

Noah bateu no peito para se livrar do último ataque de engasgo.

– Bem, estou empolgado para me casar.

– Não deveria estar empolgado. Deveria estar *pronto* para se casar. Há uma enorme diferença. A maioria das pessoas fica empolgada com uma festa de casamento, mas não pensa no que acontece depois ou no que o matrimônio realmente significa. – Claud se inclinou para a frente. – Sabem o que minha mãe me disse no dia do meu casamento?

– "Dobrem males e aflição"? – citou Elena.

Vlad prendeu outra risada.

– Ela disse: "Claudia, sei que você está feliz agora e que é difícil imaginar o quanto as coisas ficarão ruins. Mas chegará o dia em que você estará sentada diante dele enquanto tomam café da manhã e tudo em que você vai pensar é *por quê?*, mas depois você vai superar e tudo voltará ao normal." *Isso* é casamento. Segurança e estabilidade com um *em que diabos eu estava pensando?* de vez em quando.

Elena direcionou um olhar mordaz a Vlad e sussurrou:

– "O céu nos deu o hábito..."

A risadinha dele saiu como um sopro de ar surpreso antes de ele terminar o verso:

– "Bom substituto da felicidade."

– Sua mãe tinha razão. Há uma citação de Pushkin para tudo.

– Quem é Pushkin? – perguntou Colton.

Vlad balançou a cabeça e limpou a boca.

– Eles são uns selvagens, Elena.

Elena suspirou dramaticamente e apoiou o cotovelo na bancada.

– E lá vamos nós...

Vlad se encostou na cadeira, ainda balançando a cabeça.

– Alexander Pushkin é só o poeta mais famoso e importante em toda a história da Rússia.

Elena adotou um sussurro teatral:

– A mãe dele é professora de literatura da Universidade de Omsk e dá um curso sobre Pushkin.

– *Quem é Pushkin?* – repetiu Vlad. – Ele é para a Rússia o que Shakespeare é para a Inglaterra.

– Cá entre nós, acho que decoramos todos os poemas dele. A mãe de Vlad nos fazia analisar por horas cada palavra, cada tradução. – Com um tom de voz matronal, Elena continuou: – "Literatura é vida, e Pushkin é o coração pulsante."

Vlad abriu um sorriso largo e cheio de dentes que mostrou o minúsculo espaço entre os dois incisivos centrais.

– Você falou igualzinho a ela.

– Caramba, rapazes – comentou Mack. – Faz muito tempo que não vemos o Russo sorrir assim, hein?

– De fato – concordou Malcolm, assentindo com um ar todo zen. – De fato.

Eles fizeram aquilo de conversar com os olhos de novo.

– Bem – disse Linda, de repente –, já invadimos demais seu espaço. É melhor irmos embora.

Claud fez cara feia.

– Mas eu ainda não acabei.

Linda agarrou o braço da mãe.

– Já acabou, sim.

– O café da manhã estava incrível – elogiou Andrea. – Podemos ajudar a arrumar tudo?

– Não – respondeu Elena, abanando as mãos para a bagunça. – Eu cuido disso.

– Antes de irem – disse Colton –, temos uma ideia com a qual as senhoras talvez queiram nos ajudar.

Vlad franziu as sobrancelhas, como se não confiasse no que ia sair da boca do amigo.

– Como Vlad não pode jogar com o time durante a Copa Stanley...

Elena olhou de relance para Vlad a fim de avaliar sua reação. Ele não demonstrou nenhuma. Estava totalmente imóvel.

– ... pensamos que seria legal fazer uma festa aqui no sábado, para assistirmos juntos ao primeiro jogo do Nashville.

A garganta de Vlad ficou tensa ao engolir em seco com força. Pelo visto, ele não sabia da novidade. Ele amassou o guardanapo, formando uma bola compacta. Elena nem mesmo tinha certeza de que ele percebeu que fizera aquilo.

– Uma festa com Colton Wheeler? – disse Andrea, entusiasmada. – Contem comigo.

Colton deu uma piscadela.

– Não deixe de trazer o Jeffrey.

Andrea piscou de volta.

– Quem?

– Estávamos pensando que todos poderiam trazer uma comida – voltou Mack ao assunto. – Sei que tanto Liv quanto Alexis estão na expectativa de que Elena prepare um prato autêntico da Rússia.

Elena não respondeu à sugestão de Mack. Estava muito absorta em observar a reação de Vlad. Não sabia dizer se ele estava bravo ou... *Ah, Vlad*. O lábio inferior dele começou a tremer. Ele limpou a garganta e pegou as muletas.

– Me deem licença um minuto.

O silêncio acompanhou sua saída da cozinha. Seu andar em um pé só com a ajuda das muletas ficava cada vez mais suave à medida que ele avançava pelo corredor.

– Esse homem é puro demais para este mundo – comentou Andrea.

– A gente arruma aqui – disse Noah a Elena, ainda seguindo o amigo com os olhos. – Vá ver se ele está bem.

Elena o encontrou apoiado nas muletas, olhando fixo através das portas francesas da sala de jantar. A Gata do Vizinho se enrolou em torno da perna boa, ronronando para ele. Quando Elena apareceu a seu lado, Vlad baixou o rosto para enxugar com uma das mãos suas bochechas úmidas.

– Você tem amigos incríveis – sussurrou ela.

– Eu sei.

– Por um minuto, parecia uma verdadeira refeição russa.

– Barulhenta e caótica?

– Exatamente. – Ela inclinou a cabeça. – Você está bem com a ideia da festa?

Ele mordeu o lábio.

– Não, eu... eu quero. Eu preciso disso.

– Ótimo. Acho que vai ser divertido. Vou fazer uma tonelada de comida, e todos nós podemos vestir sua camisa.

O lábio inferior dele tremelicou novamente, e foi como ver seu velho amigo depois de uma prolongada ausência. Seu gigante gentil. Seu abraço em pessoa. O homem que ela nunca mereceu e nunca mereceria. Dessa vez, quando o desejo de abraçá-lo surgiu, ela não tentou reprimir. Passou os braços em torno da cintura dele e pressionou sua bochecha contra o peito largo. A respiração dele travou e os músculos enrijeceram.

– Faz muito tempo que você não me abraça. – A voz de Vlad soava grossa e rouca.

– Você parecia estar precisando.

Ele encostou a testa no topo da cabeça dela e inspirou fundo.

– Eu estava mesmo.

Um momento depois, o ruído de alguém pigarreando os separou. Elena deu um pulo para trás e encontrou Vlad olhando para ela, a expressão indecifrável.

– Obrigado – disse ele.

– Pelo quê?

– Por estar aqui.

Colton apareceu no canto.

– Muito bem, seu bundinha. Vamos. Hora do banho.

Elena observou Vlad e os amigos irem para o segundo andar, a Gata do Vizinho marchando logo atrás. Assim que estavam fora do alcance, ela soltou o suspiro pesado que vinha segurando. Ele não era o único que precisava de um abraço, mas pelo menos foi capaz de se afastar sem sentir o chão ruir debaixo de si. De repente ela ficou zonza, a cabeça girando.

Não podia fazer isso de novo. Não se quisesse sair dali com alguma parte do coração intacta.

Me prometa

A casa tinha sido abandonada, assim como todas as outras. Cascas partidas e vazias de outros tempos, quando crianças se amontoavam ao redor das mesas de jantar e das lareiras sem a menor ideia do inferno que estava por vir.

Anna havia passado incontáveis noites em casas como esta. Lugares que antes irradiavam luz e calor agora não passavam de abrigos escuros e frios para os cansados. Pelo menos naquela havia uma cama de verdade. Cobertores e travesseiros havia muito tinham sido saqueados, mas Anna não podia reclamar. O colchão era macio, e não ficava no chão. Aceitaria a cama, mesmo sabendo que não dormiria de verdade. Já quase não dormia mais. Como alguém poderia dormir em um mundo como aquele?

Dois anos. Era o tempo que estava na Europa. Depois do ataque a Pearl Harbor, seus chefes no *Seattle Times* nem sequer consideraram seu pedido de enviá-la além-mar como correspondente. *Você já tem sorte de ter um emprego, querida.* Então, quando a United Press emitiu uma convocação para jornalistas que falassem russo, ela se candidatou usando apenas suas iniciais. Não era a única mulher a cobrir a guerra, mas havia tão poucas que a maioria dos homens não sabia como tratá-las. Apenas Tony a tratara como uma verdadeira jornalista.

No início.

Suas acusações, que não diferiam de tantas outras que já haviam sido proferidas contra ela, magoavam mais do que jamais poderia admitir. Trabalhar em parceria com ele agora era bastante adequado. Uma missão desalmada ao lado de um homem sem coração.

Passos pesados do outro lado da porta a fizeram prender a respiração. Não por medo, mas por tensão. Depois de duas semanas na estrada, ela e Tony ainda não tinham estabelecido uma trégua. Ela o ouviu inspirar profundamente e, em seguida, expirar de forma derrotada.

– Eu sei que você está aí fora, Tony. O que quer? – indagou Anna, baixinho.

A porta se abriu lentamente. Ela mal conseguia distinguir seu corpo alto na escuridão.

– Acordei você? – perguntou ele, ríspido.

– Não. – Ela suspirou e se sentou. – Eu durmo tanto quanto você.

Ele cruzou os braços na frente do peito largo.

– Você precisa descansar, Anna. Vamos sair cedo.

Era o tipo de galanteio cotidiano que homens como ele manifestavam sem pensar, mas aquilo sempre fazia Anna se sentir fraca. Como se precisasse de proteção. Uma mulher como ela não podia se permitir ser tratada daquele jeito. Todos na guerra haviam feito suposições a seu respeito no minuto em que desembarcara na Europa, todas equivocadas e baseadas nos velhos conceitos do que uma mulher deveria ou não ser, fazer ou dizer. Ela era bonita, então presumiam que era um peso morto. Era sedutora, então a acusavam de ser promíscua. Era corajosa, então diziam que era imprudente.

– *Você* não está dormindo – rebateu ela. – Os homens precisam descansar menos do que as mulheres?

Tony soltou um suspiro longo e cansado.

– Nem tudo o que digo é para atacá-la, Anna. Só quero garantir que você esteja preparada para o que provavelmente vamos encontrar amanhã.

Uma vala comum aberta às pressas. Foi o que os moradores do vilarejo contaram. Restos mortais de prisioneiros de guerra americanos e britânicos que tentaram fugir, mas foram capturados e executados.

– Eu sei bem disso.

Ele hesitou, e ela mais sentiu do que viu seus olhos sobre ela. A voz de Tony, quando ele enfim falou de novo, estava baixa e rouca.

– Sou inapto.

Um rubor quente subiu até as bochechas dela quando a compaixão transformou seu sangue em lama. Aquilo significava que sua admissão nas Forças Armadas fora negada por motivos médicos.

– Tenho sopro no coração – esclareceu ele. – Tentei me alistar três vezes depois do ataque a Pearl Harbor. Na última, fui pego usando um nome falso. Quase fui preso, então é por isso...

Anna se levantou.

– Tony...

Ele se afastou do batente. Suas botinas rasparam no chão ao se virar para sair. Anna reagiu sem pensar, e atravessou o cômodo.

– Espere. Sinto muito.

– Pelo quê? – perguntou ele por cima do ombro.

– Você sabe. Fui grosseira, insensível e desrespeitosa antes. Sei bem que um correspondente de guerra é tão importante para a luta quanto um soldado na frente de batalha, e também sei como é ver as pessoas fazendo suposições equivocadas a seu respeito.

Tony se virou e enfiou as mãos no bolso do casaco.

– Eu reagi mal. Vamos apenas esquecer isso.

A frustração transbordou quando ele se afastou em direção ao outro quarto.

– Jack Armstrong – disse ela, num impulso.

Tony se virou no corredor apertado.

– O quê?

– Esse é o nome dele, do homem na foto.

Tony se aproximou dela devagar.

– Ele é piloto?

– Era.

A resposta apática o levou a praguejar baixinho.

– Sinto muito, Anna.

Ela tentou dar de ombros, mas o esforço foi inútil.

– A guerra é assim, não é?

– O que houve?

– Não sei. Tecnicamente ele desapareceu em combate. Dizem que seu B-24 caiu em Frankfurt.

– Ele pode ter sido capturado – sugeriu ele, com calma.

– Eu sei. – Ela ergueu o queixo. – Sei mais do que ninguém o que podemos encontrar amanhã, mas preciso que saiba que não é por isso que estou aqui, Tony. Assim como você, sou muito profissional. Estou aqui para documentar a guerra em toda sua feiura. Quando questionou meus motivos antes, me senti ofendida. Especialmente por ter vindo de você.

Estavam a poucos centímetros de distância um do outro agora.

– Especialmente de mim?

– Parei de me importar com o que a maioria das pessoas pensa a meu respeito, mas me importo com o que você pensa.

Os olhos dele fitaram os dela, e ela sentiu aquele... aquele frio na barriga que pensava que nunca mais sentiria de novo, a fisgada de consciência e anseio que apenas Jack despertara nela. Até conhecer Tony.

– Você é a pessoa mais corajosa que já conheci. – A voz dele estava tensa e nervosa, assim como ela se sentia. – Minha admiração por você excede a de todos os outros.

Os lábios dela se curvaram em um sorriso triste.

– Falou como um verdadeiro jornalista.

– Não tenho nada poético em meu arsenal de palavras.

– Não preciso de poesia. Só quero honestidade.

O desejo fluía e refluía entre eles. Não como na primeira vez em que ele a beijou. Aquele momento foi inflado por uma paixão nascida de circunstâncias extraordinárias, uma expressão espontânea de alegria por terem sobrevivido. Agora era diferente. Dominava a tensão de querer alguém, precisar de alguém.

Tony passou sua mão áspera ao longo do maxilar dela. Como um gatinho perdido e com frio em busca de calor e conforto, ela inclinou a bochecha ao sentir seu toque.

– Anna...

O nome dela jorrou dos lábios dele em um suspiro agonizante.

Mas o que quer que estivesse pensando em fazer, ele pensou melhor, porque de repente se afastou.

– Vá dormir.

NOVE

— Que porra é essa, cara? Por que ele não a beijou?

Quarta-feira à tarde, Vlad se deu conta do terrível erro que havia cometido. Ele e os rapazes estavam reunidos na propriedade palaciana de Colton, nos arredores de Nashville, para trabalhar em seu livro – e ficou claro que eles estavam levando isso muito, muito a sério. Colton havia colocado um quadro branco enorme no meio da sala de estar, e Yan chegou com uma mochila cheia de livros sobre escrita.

— Eu tenho estudado – disse Yan, virando a mochila de cabeça para baixo, fazendo cair toda sua biblioteca. – Esse material é ótimo. Tem vários livros que ensinam a escrever um romance. Você já leu algum?

Em sua mente, Vlad se levantou do sofá e deu um soco em Yan. Na vida real, ele sorriu como todo escritor que tem que lidar com dicas de não escritores.

— Sim, eu tenho muitos desses livros.

Mas essa não era a única coisa que o incomodava. Elena se manteve distante depois do abraço do dia anterior. Ficara tão surpreso que tudo que conseguiu fazer foi permanecer rígido, o ar preso em seus pulmões. Mas depois encontrou a voz, e ela se encostou nele, e precisou de toda sua força de vontade para não largar as muletas e enlaçá-la com os dois braços livres. Em vez disso, baixou a cabeça na direção do cabelo dela e inspirou fundo.

E estava sendo estranho desde então. Ela se jogou no planejamento da festa, quase como se estivesse usando isso como pretexto para evitar longos períodos sozinha com ele. Parte de Vlad percebeu que talvez fosse melhor passarem o mínimo de tempo possível juntos. A outra parte já estava com saudade dela e queria sentir o perfume de seu cabelo de novo.

Estava ansioso por essa pequena reunião com os rapazes para planejar o enredo do livro exatamente por este motivo. Até agora.

– Não é o momento certo para ele beijá-la – disse Vlad, finalmente, respondendo à pergunta de Colton.

– Hum, é sempre o momento certo para beijar – retrucou Colton, dando uma risadinha.

Mack assentiu.

– É verdade, cara. Nada supera a cena do primeiro beijo.

Yan apertou as mãos contra o peito.

– Ainda mais se for um daqueles beijos apaixonados, quase raivosos, como se não conseguissem se controlar.

Mack concordou.

– É isso aí. Adoro um bom beijo espontâneo e raivoso. – Ele soltou um grunhido e estremeceu. – Me deixa excitado.

Del suspirou.

– Desculpem, mas nada supera o beijo suave e carinhoso na testa. É como se os sentimentos verdadeiros estivessem surgindo. Toca a gente bem aqui, toda vez. – Ele pôs a mão no esterno.

– Ok, mas e o quase beijo? – indagou Gavin. – Eu adoro um quase beijo.

Noah assumiu uma expressão sonhadora.

– E aquele lance de encarar os lábios? Nossa. É sexy pra caramba. Tony deveria pelo menos ter encarado os lábios dela ou algo assim.

– Ele precisa, tipo, *reparar* nela – disse Yan.

Mack apoiou o rosto entre as mãos em concha.

– A curva do maxilar dela.

– Ou a forma como os fios do cabelo dela sempre caem na testa – completou Gavin.

Del suspirou.

– Tipo, será que é mesmo um romance se ela não morder o lábio inferior quando está concentrada?

Mack balançou a cabeça.

– Caramba, eu adoro essa merda.

Malcolm assentiu com sabedoria.

– É uma das melhores partes de um romance. A celebração de todos esses pequenos momentos importantes, de perceber, reparar em alguém pela primeira vez, de se sentir vivo quando se está perto desse alguém. De se perguntar quando foi que a pessoa se tornou tão importante. É romântico pra caralho, cara.

Vlad notou que os rapazes esperavam uma resposta sua.

– Eles não podem simplesmente beijar por beijar – argumentou Vlad. – E nada estraga uma cena de primeiro beijo como o fato de o autor escrevê-la só para ter uma cena de primeiro beijo. Tem que parecer natural.

– Mas é óbvio que eles querem se beijar – salientou Del.

– Sim, mas ainda não podem ceder ao desejo.

– Por que não? – perguntou Mack.

– Não seria fiel às personagens.

Colton fez beicinho.

– Você está dizendo que vai ser um romance morno? Queria ajudar a escrever as cenas de sexo.

– Tem que ser morno – disse Vlad. – Eles têm história demais para viver um romance explosivo.

– História demais, é? – repetiu Noah. – Interessante.

Vlad estreitou os olhos. O que isso queria dizer?

– Olha – começou Malcolm –, tudo que queremos saber é o que vai acontecer em seguida. Você deixou a gente no escuro aqui.

– Mas... vocês gostaram?

– É brilhante, Russo – respondeu Noah, ao se inclinar e bagunçar o cabelo de Vlad. – Estamos tão orgulhosos de você!

– É verdade – disse Mack, abaixando-se para se sentar no chão. Depois esticou as pernas e se recostou sobre as mãos. – Você nos fisgou, cara. Queremos ler mais.

A onda momentânea de confiança que havia sentido com os elogios desabou como um balão alfinetado. Ele se inclinou e remexeu a ponta da tira de velcro que mantinha seu osso no lugar.

– Se eu soubesse disso, teria escrito mais.

– Você não tem mais nada? – perguntou Yan de um jeito melindroso. Vlad deu de ombros.

– Faz quanto tempo que você está empacado? – perguntou Malcolm.

– Uns dois anos – murmurou Vlad.

– Dois anos? – O queixo de Yan caiu até quase encostar no peito.

– Você está encarando o papel há *dois anos*? – perguntou Colton.

– Se você já tivesse tentado escrever um livro, entenderia – resmungou Vlad. – Não é fácil. Eu sinto como se escrevesse e reescrevesse os capítulos sem parar, mas não consigo descobrir como avançar na história.

– De acordo com todos esses livros – disse Yan, apontando para sua pilha superútil de guias de escrita –, se você está empacado, não é porque não consegue descobrir o que deve acontecer a seguir. É porque provavelmente cometeu um erro no que já escreveu. Então a gente só precisa consertar.

– Uau – disse Vlad, com cara de bunda. – É só isso?

– Obviamente, eles precisam transar – disse Colton.

Todo mundo o ignorou.

– Eu concordo com a teoria de Yan – mencionou Del, rasgando o pacote de biscoito de água e sal sem glúten que Elena mandara para o lanche. – Talvez você não consiga descobrir como seguir em frente porque não cavou o suficiente a história por trás das suas personagens.

Mack e Malcolm se entreolharam e falaram em uníssono:

– A história de fundo é tudo.

Vlad tentou não rosnar de frustração. Sabia que a história de fundo *era* tudo. Era uma das principais regras do clube do livro. O que quer que tivesse acontecido a uma personagem antes da primeira página do livro determinava quem ela era *na* primeira página do livro, e isso ditava como tal personagem navegaria por todas as páginas que viriam depois.

– Eu já conheço a história de fundo deles – resmungou Vlad.

– Então por que está com dificuldades? – contestou Malcolm.

– Eu não sei.

Del jogou um biscoito na boca e imediatamente o cuspiu.

– Tem gosto de papelão. Esse é o tipo de merda que você tem que comer o tempo todo?

– O quê? Não. Alguns petiscos sem glúten são muito bons.

Del empurrou o pacote para longe.

– Esse não é um deles.

– Foco, meninos – pediu Colton.

– Vamos começar com Tony – disse Malcolm, inclinando-se para a frente com os cotovelos apoiados no joelho. – Por que ele não contou a Anna que era inapto quando ela o acusou pela primeira vez de não estar fazendo o bastante pela guerra?

– Porque ele ficou ofendido.

– Claro, mas por quê? – perguntou Malcolm.

– Porque foi uma suposição grosseira.

– É verdade – concordou Mack –, mas isso não explica por que ele não se esforçou em esclarecer, dizendo a ela que aquela suposição estava equivocada.

Malcolm deu sua opinião:

– Talvez ele não tenha se sentido ofendido. Talvez estivesse com medo. Em todos os livros que lemos, as personagens temem algo no início, e esse medo motiva seu comportamento. Isso não é tão diferente do que acontece na vida real, certo?

Gavin assentiu como um homem que havia captado a mensagem.

– O medo nos força a fazer coisas idiotas, irmão. Tomar decisões ruins, muitas vezes contra os nossos interesses e contra o q-que realmente q-queremos na vida. – A gagueira deixava explícito o quanto ele falava por experiência própria. Gavin e a esposa tinham passado pelo inferno antes de o clube do livro ajudá-los a consertar o casamento.

– O medo conduziu cada um de nós por caminhos muito tortuosos em nossos próprios relacionamentos – disse Malcolm.

Mack tomou a frente de novo.

– Então do que Tony tem medo?

Vlad piscou. Pequenas fagulhas de eletricidade criativa faiscaram em seu cérebro.

– De não ser bom o bastante.

Del assentiu.

– E por que Anna o faz sentir esse medo quando entra na vida dele?

A eletricidade criativa acendeu uma lâmpada.

– Porque ela é tudo o que ele quer, mas acha que não a merece.

Malcolm apontou para o quadro.

– Escreva isso, Colton. – Ele voltou a atenção para Vlad. – E por que ele pensa isso?

Vlad encarou o caderno em seu colo. A caneta estava em posição e pronta para revelar seu brilhantismo.

– Cave mais fundo – ordenou Malcolm.

A lâmpada se acendeu outra vez. Vlad começou a tomar nota.

– Ser inapto para a guerra o deixou envergonhado por não poder lutar como seus compatriotas. Já Anna... Ela é tão valente e talentosa e... e destemida. Ele acha que não está à altura de alguém como ela. E quando ela deixa cair a fotografia, ele percebe que ela está apaixonada por um piloto corajoso, o que só detona ainda mais sua autoconfiança.

– Você pode cavar mais fundo? – encorajou Del. – Por que o fato de ela estar apaixonada por um piloto atinge em cheio o medo dele?

– Porque o piloto foi capaz de lutar, mas Tony não é – repetiu Vlad. Caramba. Outra resposta apareceu, e ele se debruçou sobre o papel. – Ele tem medo de que toda sua vida seja assim. De sempre ser o cara que não lutou. O homem que não honrava sua condição de homem.

– Um homem que falhou quando mais importava – instigou Yan.

– Isso – sussurrou Vlad. Ele piscou quando a história começou lentamente a tomar forma em sua mente. – Ele não estava lá quando importava.

– E Anna é um lembrete constante disso – disse Malcolm. – Então é claro que ele reage mal quando ela o acusa de não estar vestindo um uniforme. Isso atinge em cheio o seu...

– Ego – completou Vlad.

Yan assobiou.

– Caramba. Essa cena é profunda. Estamos chegando a algum lugar, rapazes.

Colton pegou o pacote de biscoito.

– Ei, por falar em coisa profunda, *quando* vamos ter sexo no livro?

Vlad se mexeu desconfortavelmente. Receava que sua própria história de fundo fosse descoberta, com os amigos comentando *Ah, foi ela que disse isso, né?* ou gracinhas do gênero. Ele havia prometido que não esconderia mais nada dos rapazes, mas alguns segredos não precisavam ser revelados.

– Eu não sei – disse ele, enfim.

– E o beijo? – perguntou Noah. – Pelo menos *isso* vai ter no próximo capítulo?

– Eu não sei – repetiu Vlad, mais alto agora. – Os dois estão muito vulneráveis.

– É justo – concordou Malcolm. – Apenas lembre-se de que o medo da vulnerabilidade, física ou emocional, costuma ser medo de alguma outra coisa.

ToeBeans Café.

Não era esse o nome do café da noiva de Noah? Aquele que vendia os muffins sem glúten de que Vlad gostava? Elena estava correndo para organizar a festa enquanto Vlad estava na casa de Colton em algum tipo de recreio, e, ao avistar o letreiro do café, ela deu meia-volta e estacionou do outro lado da rua.

O café estava localizado em uma área artística de Nashville, onde lojas e restaurantes ladeavam as calçadas. Em frente ao prédio, um espaço gastronômico ao ar livre dispunha de quatro mesas com guarda-sol, e a maioria estava ocupada quando Elena chegou. A fila no interior quase alcançava a porta, que tilintou ao ser aberta. A rajada do ar-condicionado foi um alívio bem-vindo contra a umidade do lado de fora. Seu moletom da Medill era pesado demais para o verão do Tennessee. Ela realmente precisava comprar roupas novas logo.

Elena ocupou um lugar no fim da fila e ensaiou o que diria quando, ou se, encontrasse Alexis no balcão afinal. Esse tipo de coisa não lhe vinha naturalmente. No âmbito profissional, ela conseguia fingir. No pessoal, nem tanto.

Porém, não precisou ensaiar muito, porque alguém de repente sussurrou:
– Elena?

Elena se virou para a esquerda. Uma mulher que reconhecia do casamento de Mack se aproximava rápido. Vestia um avental com a logo do café e tinha o cabelo cacheado preso no alto da cabeça, em um coque bagunçado. Um lenço colorido e boêmio estava amarrado em volta, as pontas longas desciam pelas costas dela.

– Alexis? – perguntou Elena, hesitante.

A mulher abriu um largo sorriso.

– Puxa vida, é você mesmo!

Antes que Elena pudesse responder com um simples *olá*, Alexis lançou os braços em volta de seu pescoço em um abraço rápido e apertado.

– Não acredito que você me reconheceu – admitiu Elena.

Afinal de contas, não haviam sido oficialmente apresentadas no casamento.

– Um rosto como o seu é difícil de esquecer – disse Alexis, afastando-se.

Será que era bom ter um rosto difícil de esquecer? Alexis parecia legal demais para que isso significasse algo ruim.

– Estou tão feliz por você ter aparecido! – exclamou Alexis. – O que te traz aqui?

– Eu estava na rua comprando algumas coisas para a festa do fim de semana...

Alexis soltou um gritinho animado e segurou os cotovelos de Elena.

– Estamos todos tão empolgados com a festa!

– ... e reconheci o letreiro quando passei aqui na frente de carro. Pensei em vir agradecer pelos bolinhos que você mandou e talvez comprar mais alguns.

– Minha nossa, você é *muito* bem-vinda. – Alexis a puxou pelo cotovelo. – Venha. Amigos não esperam na fila.

Elena a acompanhou. A palavra *amigo* era uma coisa serpejante e estranha se embrenhando em seu peito. Ela não tinha amigos. Vlad fora seu único e verdadeiro amigo e, bem... as coisas estavam diferentes entre eles agora. Mesmo que durante o café da manhã no dia anterior por um momento tivesse se sentido como nos velhos tempos, sua reação ao simples ato de abraçá-lo havia sido um breve lembrete de quanto os velhos tempos haviam mudado.

Alexis a conduziu até uma mesa perto da janela.

– Sente-se. Posso lhe trazer algo para beber?

– Ah, não. Você está tão ocupada. Não quero tomar seu tempo.

– Meu pessoal tem tudo sob controle. Você gosta de latte? Chá? Algo mais forte?

– Vou tomar o seu favorito, seja qual for.

Alexis sorriu.

– Latte com leite de soja e mel.

Voltou uns minutos depois com a bebida, um saco de papel estourando de tão cheio e um prato com diversos bolinhos. Alexis se sentou depois de colocar tudo na mesa.

– Por conta da casa – disse ela, ainda sorrindo.

– Ah, não posso deixar você fazer isso – protestou Elena.

– Já está feito. Coloquei uns biscoitos no saquinho para o Vlad experimentar e mais alguns muffins.

– Vlad vai ficar muito feliz. Obrigada.

– Ele é meu degustador oficial de produtos sem glúten.

Elena tomou um gole do latte. O sabor doce era leve e aerado na boca.

– Isso é muito bom. Obrigada.

– O prazer é meu. – Alexis se inclinou para a frente com uma expressão solidária. – Como está o Vlad?

Elena estava se acostumando com essa pergunta, mas ainda tropeçava na resposta.

– Bem... Quer dizer, ele está chateado por perder a Copa Stanley, é claro. Mas não está sentindo dor.

– A festa vai animá-lo – disse Alexis. – Noah e os rapazes andam preocupados com ele nos últimos meses.

Era a segunda vez que alguém mencionava que Vlad estivera mal nos últimos meses. Ela pensou que Claud estava apenas sendo maldosa, mas Alexis não parecia o tipo de pessoa que dizia coisas por puro despeito.

– O que você quer dizer? – perguntou Elena, preparando-se para a resposta.

Os olhos de Alexis se estreitaram.

– Ele meio que sumiu da face da Terra depois do casamento. Depois de... bem, você sabe.

Elena engoliu em seco contra um amargor repentino. Alexis imediatamente colocou a mão no braço dela.

– Me desculpe. Eu não queria te chatear.

– Está tudo bem. O que você quer dizer com "ele sumiu da face da Terra"?

– Ele se afastou totalmente dos rapazes. Parou de encontrá-los. Parou de atender às ligações deles e de responder mensagens. Nos últimos tempos, só Colton conseguia fazer contato com ele.

Elena pensava que era a única com quem ele havia parado de se comunicar. E isso pelo menos fazia sentido.

– Por que ele faria isso? Ele é tão próximo dos rapazes.

– Eu não sei – respondeu Alexis, apertando de leve o braço de Elena. – Só sei que Noah e os outros estão muito felizes por vê-lo sorrindo de novo.

Elena tomou um gole do latte, esperando que a bebida quente aliviasse a pressão em seu peito.

– Enfim – disse Alexis com o tom de voz de alguém ansioso por mudar de assunto. – Nem sei dizer quanto Liv e eu estamos empolgadas para provar um pouco da autêntica culinária russa no sábado. Noah está me implorando para descobrir como fazer as panquecas que você serviu ontem.

– Vou lhe passar a receita. – Elena sorriu. – Ah, na verdade, talvez você possa me ajudar.

– Como?

– Estou procurando um mercado estrangeiro, ou talvez uma loja especializada que venda *tvorog*. É...

– Uma coalhada russa – completou Alexis. – Eu já experimentei.

– Sei que eu mesma poderia tentar fazer, mas é uma receita que nunca dominei. Conhece algum lugar por aqui que venda isso?

Alexis mordeu o lábio.

– Bem, talvez.

– Sério? Onde? Já tentei todos os lugares em que pude pensar.

Alexis olhou em volta como se para ter certeza de que ninguém conseguiria ouvi-las. Então se inclinou para a frente.

– Não sei se devo contar.

– Hã, por quê?

– Vlad pode não gostar.

– Não estou entendendo.

Alexis olhou ao redor. Sua voz se tornou um sussurro conspiratório.

– Pergunte a ele sobre o Homem do Queijo.

Vlad estava ranzinza.

O encontro do clube do livro o deixara ansioso para escrever, mas também irritado por razões que não sabia identificar. E até *isso* o deixou rabugento. Colton o levou para casa e o ajudou a entrar. Os dois pararam de repente logo na porta. O cheiro era incrível.

Rico e picante, Vlad soube imediatamente o que era: repolho cozido. Outro prato favorito. Com uma inspiração, ele estava em casa. Imaginou dedos frios envolvendo uma tigela de sopa quente. Músculos doloridos e uma camiseta limpa. Vento uivante e fogo crepitante. O abraço de sua mãe e a risada de seu pai. Elena sentada à mesa o ajudando com a lição de matemática após o treino.

– Seja lá o que ela estiver cozinhando, vou comer um pouco – avisou Colton, disparando pelo corredor.

Vlad ficou irritado. Não queria que Colton ficasse. Queria um momento a sós com a esposa antes de subir para o quarto para escrever. E esse pensamento o deixou mais ranzinza. Não podia pensar em Elena daquele jeito, como *sua esposa*. Mas, ao entrar na cozinha, ele parou subitamente com a cena que viu. Elena estava debruçada sobre a ilha, com o cabelo enrolado no alto da cabeça, estudando um pedaço de papel, a caneta na mão. Às vezes, sua beleza natural o pegava tão desprevenido que ele se esquecia de respirar. Como agora.

Uma lembrança repentina o atingiu com força.

– *Elena, você vai ficar para o jantar?*

A mãe dele mexia o bacon salteado e a cebola. Elena olhou da bancada, onde estava terminando uma redação para a aula de literatura.

– *Não, obrigada. Meu pai prometeu que estaria em casa hoje à noite.*

Vlad encarou a mãe por cima da cabeça de Elena. As promessas do pai dela eram tão confiáveis quanto um reator nuclear da era soviética.

A mãe manteve o tom calmo.

– *Por que não leva um pouco para casa, só por garantia?*

Elena devolveu o pote vazio no dia seguinte. Seu pai quebrara a promessa. De novo.

Vlad pigarreou. Elena o encarou. Os olhos dela reluziram com um calor acolhedor um momento antes de retornarem à distância fria novamente. Parecia forçado, como se ela tivesse acabado de se lembrar de fazer isso.

– Oi – disse ela. – Fiz repolho cozido.

– Eu sei. O cheiro está incrível.

– Já deve estar pronto. Você está com fome?

– Morrendo.

– Ei. – Colton assobiou. – Vocês estão fazendo o lance russo de novo.

Elena mudou para o inglês e olhou para Colton.

– Você está com fome?

– Nossa, e como!

– Por que você nunca come em casa? – resmungou Vlad, apoiando-se em uma banqueta à ilha.

– Porque eu não tenho uma Elena.

Nem Vlad. Não teria por mais muito tempo, pelo menos. E de repente sua rabugice se transformou em fúria.

– Poderia servir um prato para o Vlad? – perguntou Elena a Colton. – Estou tentando terminar esta lista de compras para a festa.

– Você não comprou todo o estoque do mercado da última vez? – brincou Colton do fogão, erguendo o prato até o rosto. – Caramba, que cheiro bom!

Colton levou o prato para Vlad e o colocou na bancada.

– Precisa de um babador, seu bundinha?

Vlad murmurou um palavrão em russo. Elena lançou um olhar mordaz para ele.

– Vlad, seja bonzinho.

Depois que Colton se serviu e se sentou, Elena tampou a caneta e os encarou com as mãos na cintura.

– Vlad.

– O quê? – respondeu ele, erguendo o olhar do prato.

– Eu preciso muito, muito mesmo, de um pouco de *tvorog*.

– Hã, está bem. De repente a gente encontra em uma loja.

– Vlad.

Ele engoliu em seco.

– O quê?

– Me fale do Homem do Queijo.

Vlad congelou e largou o garfo.

– Onde você ouviu esse nome?

– O que é isso? É uma loja?

Vlad balançou a cabeça.

– Não. Não é nada. Esqueça que já ouviu esse nome.

– Que nome? Homem do Queijo?

Colton soltou o garfo.

– Qual é, cara! Que mal tem?

– Você conhece o perigo, Colton! É um caminho sombrio. Não posso arrastá-la para isso. Não vou.

– Com licença – disse Elena, alternando o olhar entre os dois. – Que caminho sombrio?

Vlad e Colton trocaram olhares de novo por um momento antes de se voltarem para ela.

– O caminho para o melhor queijo que você vai comer na vida – sussurrou Colton.

– Não. O caminho para um vício que você jamais vai largar – alertou Vlad. – O preço é alto demais.

Confusa, Elena sacudiu as mãos em frente ao peito.

– Esperem. Não estou entendendo. Do que vocês estão falando? Quem é o Homem do Queijo exatamente?

– Ninguém sabe ao certo – respondeu Colton. – Ele apareceu no ano passado. As pessoas começaram a comentar sobre ele: "Você já foi ao Homem do Queijo?" "Você já ouviu falar no Homem do Queijo?" Temos muitas conexões, sabe, então comecei a perguntar por aí, e alguém enfim nos pôs em contato com ele.

Elena cruzou os braços.

– Ele tem uma loja ou algo assim?

– Por Deus, não – falou Colton. – Ele basicamente gerencia um estabelecimento clandestino, tipo um *queijostino*.

Uma risada rosnada escapou do peito dela. Elena pressionou a mão contra a boca para abafar o som, mas foi inútil. Ela inspirou fundo e se curvou como se não risse havia muito tempo. O som era tão puro, tão bonito, que Vlad se perdeu nele por um momento. Mas só por um momento, porque a realidade não era nada bela.

– O Homem do Queijo não é motivo para riso, Elena. Uma vez que se começa, não se pode mais parar. Ele acaba te dominando para todo o sempre.

Elena enxugou os olhos e se endireitou.

– Desculpem. Eu só... Isso é um absurdo.

– Para entrar, você tem que mostrar isto – disse Colton, tirando a moeda de associado da carteira.

– Isso é uma piada, né?

Vlad olhou feio para Colton.

– Guarde isso. E não, o Homem do Queijo não é uma piada, Elena.

– Mas ele tem *tvorog*?

– Ele tem tudo – respondeu Colton. – E se não tiver, vai saber como conseguir.

Elena assentiu.

– Ótimo. Quando podemos ir?

– Não – disse Vlad, balançando a cabeça. – De jeito nenhum.

– Amanhã? – perguntou Colton.

– Amanhã – concordou Elena.

Vlad soltou um palavrão em russo de novo.

Colton abriu um sorriso.

– Prepare-se para se surpreender.

DEZ

Elena se surpreendeu. Não de um jeito bom.

Não podia ser o lugar certo. O prédio ao qual Vlad a guiara na tarde seguinte parecia ser o resultado de um surto de raiva. *Aquela* era a loja de queijos?

– Elena. – A mão de Vlad disparou por cima do painel e agarrou a dela. – Ainda dá tempo de desistir.

– Eu realmente preciso daquele queijo, Vlad.

Ele fechou os olhos.

– Que Deus me perdoe.

Vlad soltou a mão dela e abriu a porta. Elena deu a volta e o ajudou com as muletas.

– Fique atrás de mim – ordenou ele.

– Você não pode estar falando sério – disse ela.

– Só faça o que eu digo, Elena. Por favor.

Ela deslizou para trás dele e imediatamente se sentiu invisível. Os ombros enormes de Vlad ocultavam os dela, escondendo-a de qualquer bicho-papão que ele temesse enquanto se aproximavam da porta escura caindo aos pedaços.

Vlad bateu três vezes em rápida sucessão e depois mais duas.

Um momento se passou, e alguém lá de dentro bateu uma vez.

Vlad bateu outras duas vezes.

– Tem uma batida secreta? – murmurou Elena.

– Fique quieta – sussurrou Vlad. – E não ria. Ele não gosta que façam isso.

– Desculpe. – Elena pigarreou.

Uma janelinha no meio da porta fora tampada. O raspar da madeira ali fez Elena ficar na ponta dos pés para espiar por cima do ombro de Vlad. Um par de olhos espreitou através da portinhola.

– Moeda – disse uma voz sombria.

Elena tapou a boca para abafar a risada que ameaçava arruinar tudo. Vlad ergueu a moeda em forma de queijo suíço que Colton havia mostrado a ela. Ouviu-se o barulho da fechadura girando, e a porta se abriu. Uma rajada de ar frio os atravessou vinda lá de dentro.

Vlad avançou lentamente, e Elena ficou o mais escondida possível atrás dele. Mas, assim que ele cruzou a soleira, o homem misterioso começou a fechar a porta. Elena enfiou o pé no vão e Vlad olhou para trás.

– Espere...

A mão do homem agarrou o ombro dela, impedindo-a de avançar.

– Quem é ela?

Vlad se virou com a ajuda das muletas, um olhar sinistro transformando seu rosto em uma máscara intimidadora, e Elena teve o primeiro vislumbre de como ele devia ser visto pelos adversários no gelo. Estaria mentindo se dissesse que isso não mexia nem um pouco com ela.

– Não toque nela – alertou Vlad.

O homem baixou a mão, talvez por causa do tom ou da expressão dele, mas balançou a cabeça.

– Você conhece as regras. Nada de "não membros".

– Ela é minha mulher – disse Vlad no mesmo tom ameaçador.

O homem estreitou os olhos.

– Onde ela estava esse tempo todo? Por que nunca veio aqui?

– Estava na faculdade – respondeu Vlad, equilibrando uma muleta na lateral do corpo para poder estender a mão para ela. – Elena, venha aqui.

Ela contornou o homem e deslizou na direção de Vlad, que a puxou para junto de si.

– Ela não sabia de nada até agora – explicou ele. – Nunca falei deste lugar para ela.

Elena deu uma olhada no minúsculo espaço escuro. Provavelmente já tinha sido o hall de entrada acolhedor de uma lojinha ou um pub, mas havia muito se degradara em um espaço bolorento que mais parecia um centro de operações ilegais de extração de órgãos – o que não era improvável. Seu pai descobrira uma operação assim alguns anos antes de desaparecer.

Atrás deles, um corredor curto dava em uma rampa suave, onde uma grossa lona preta pendia até o chão e bloqueava a visão do que quer que estivesse além.

– Ele não vai gostar nada disso – disse o homem.

Agora que seus olhos tinham se adaptado à escuridão, Elena conseguia vê-lo. Ele usava uma bandana vermelha em volta da testa, e uma rede de cabelo apertada cobria o que parecia ser o menor coque masculino já feito. As manchas nos óculos de aro preto transmitiam a mensagem de que o homem passava muito tempo no escuro.

– Então vá chamá-lo – ordenou Vlad. – Vamos perguntar direto para ele.

– Não. Não posso fazer isso. Só os portadores da moeda podem vê-lo.

Vlad se moveu para puxar Elena para mais perto dele, mas o movimento fez a muleta cair no chão. Naquele espaço estreito, o som resultante foi tão alto quanto o de um tiro e teve quase o mesmo efeito.

O Homem de Coque deu um salto de uns 15 centímetros e sacou uma faca de lâmina curta do bolso. O tipo usado para cortar queijos macios e semiduros e, neste caso, talvez o pescoço deles.

Vlad se lançou para a frente com uma perna só e agarrou o pulso do cara, enquanto o empurrava contra a parede.

– É uma faca de queijo sofisticada essa que você tem aí – disse Vlad em um falso tom manso. – Eu odiaria ter que quebrá-la.

Elena murmurou um palavrão em russo e avançou.

– Pare com isso! Você vai se machucar.

Vlad não se virou.

– Afaste-se, Elena.

Ela entregou as muletas para ele.

– Pelo amor de Deus, eu só preciso de um pouco de *tvorog*.

Alguém arrastou a lona, o que provocou um arquejo coletivo. Os três viraram a cabeça ao mesmo tempo e viram uma figura alta e escura surgir ali. Usava um avental longo e segurava uma toalha com a qual limpou as mãos calmamente.

– Uma mulher que sabe o queijo que quer. Isso me deixa excitado.

A voz era suave e calorosa, como uma raclette derretida, macia, cremosa e quente. Elena se sentiu como uma crosta de pão mergulhando em uma panela de fondue. Virou-se e começou a andar na direção da voz.

– Elena, não! – Os dedos de Vlad passaram rente ao seu cotovelo, mas não a alcançaram. Ela estava enfeitiçada.

O homem desceu a rampa. Quando enfim chegou à meia-luz, disse ao cara de bandana:

– Está tudo bem, Byron. Eles podem entrar. – Ele estendeu a mão para ela. – Sou Roman. E você?

– Elena – sussurrou ela.

– Um lindo nome para uma linda mulher – elogiou ele, levando os dedos dela aos lábios. – É um prazer.

– Ela é *minha* mulher – disse Vlad atrás deles.

Roman ergueu a sobrancelha perfeitamente desenhada.

– Uma mulher deslumbrante que também é uma turófila? Você é um homem de sorte, meu amigo. – Ele fechou a mão em concha ao redor do cotovelo de Elena. – Por favor, deixe-me apresentá-la minha *fromagerie*.

O atrito grosseiro das muletas de Vlad atrás deles tinha uma cadência agressiva. Roman ergueu a lona preta. Quando Elena entrou, luzes ofuscantes se acenderam automaticamente, cegando-a por um momento. Mas depois de piscar algumas vezes, ela levou a mão ao peito. Era o paraíso dos queijos.

Elena envolveu o torso com os braços e estremeceu.

– Peço desculpas, querida – disse Roman, passando a ponta dos dedos nos pelos que se arrepiaram ao longo do tríceps dela. – Temos que manter esta sala fria. Seu marido devia ter trazido um casaco para você.

Vlad soltou um grunhido.

– Como pode ver – comentou Roman, inclinando-se sedutoramente para falar ao pé do ouvido dela –, temos tudo que você poderia desejar.

– *Tvorog*?

Ele se virou e apontou o dedo longo e fino. Ela seguiu com os olhos e... lá estava.

– Você tem – murmurou ela, os pés se movendo por vontade própria em direção ao queijo. Ficou com água na boca.

– Ah, sim – assentiu Roman, logo atrás dela. – A autêntica coalhada prensada. Uso a receita original da minha bisavó.

Elena voltou-se bruscamente para ele.

– Você é russo?

– Por parte de pai. Meus bisavós vieram para cá em 1911.

– Você fala russo?

Ele piscou e disse algo indecente em sua língua nativa que fez as bochechas dela arderem.

Vlad estreitou os olhos em suspeita.

– Você nunca falou russo comigo.

– Só sei o suficiente para me meter em encrenca. – Ele deu uma risada na direção de Vlad.

– Não estou entendendo – interrompeu Elena, balançando a cabeça. – Isto aqui é incrível. Por que você não abre a queijaria para o público?

O ar pareceu se esvair do cômodo. Ela encarou Vlad, que tinha criado raízes, com uma fatia de Havarti a meio caminho da boca.

Roman riu baixinho, mas seu tom soou um tanto sinistro.

– Os Chefões do Queijo nunca deixariam isso acontecer.

– Chefões do Queijo?

– A indústria de laticínios. As corporações pressionam o governo a infiltrar seus contatos dentro da FDA, que cria regulamentos impossibilitando o sucesso do pequeno produtor. Eles definem padrões que acabam com a alegria da arte da preparação de queijo. Venderam suas almas – Roman bateu com o punho na outra mão – ao queijo industrializado. Assim, destroem o meio ambiente com suas fazendas de produção em massa, explorando suas vacas ao extremo.

Elena piscou.

– Com que frequência as vacas são ordenhadas?

– Três vezes por dia, Elena. Três vezes!

– E quantas vezes seria o ideal?

– Duas, no máximo.

– Entendi.

– Você sabe como é difícil conseguir um brie de verdade neste país? As leis americanas de pasteurização tornam isso impossível. O que você compra no supermercado é uma versão diluída, que não tem nem a textura nem o sabor sedutor do queijo.

Elena não entendeu direito o que significava tudo aquilo, mas ele estava empolgado com a explicação, então preferiu não interrompê-lo.

– É por isso que tenho que operar por debaixo dos panos – concluiu ele. – Na clandestinidade.

– Então você é tipo um ativista da resistência contra a conspiração do queijo?

– Nos mais altos níveis do governo e do laticínio.

– E você consegue produzir queijos autênticos?

– Sim. E se houver um queijo que eu não consiga fazer, minha rede clandestina de queijeiros pode prover.

– Legal. Estou dentro. – Ela deu um soquinho no punho dele. – Porque vamos ter uma festa no sábado, então vou precisar de muito queijo.

– Uma festa, é?

– Isso. Você deveria aparecer.

– É uma festa só para amigos – grunhiu Vlad.

– Então me sinto duplamente honrado por ser convidado. – Ele levou as mãos de Elena aos lábios e beijou os nós de seus dedos. Talvez ela tivesse se derretido um pouco. – Com certeza levarei algo muito especial.

– É a última vez que a gente vem aqui.

Vlad acomodou a perna dentro do carro e bateu a porta. Elena deu a partida, com uma expressão sonhadora que o fez querer socar o painel e acrescentar alguns dedos quebrados à sua lista de problemas.

– Todo aquele queijo... – Elena suspirou, entrando na rodovia. – Parecia um sonho.

– É um pesadelo, e não acredito que você o convidou para a festa.

– Parecia falta de educação não convidar.

– Quero esse cara bem longe da nossa festa. – Vlad olhou para os prédios que passavam do lado de fora. De repente, implicou com eles por nenhuma razão em particular, a não ser o simples fato de estarem em seu campo de visão num momento de mau humor.

– Vou fazer *sirok* – disse ela com a mesma voz suave. – E *vareniki*.

– Vai dar muito trabalho.

– E *kurnik*.

O estômago dele roncou com a menção de outro de seus pratos favoritos. Havia anos não comia a tradicional torta de frango em camadas.

– Ah, e salada de arenque.

Ele gemeu em meio àquela tortura.

– Não precisamos de tudo isso. Faça uns bolinhos de chá e pronto.

– Eu só quero que seus amigos tenham a experiência completa da culinária russa.

– Eles comem pizza e frango frito. Nem vão saber a diferença.

– Colton parece gostar da minha comida.

Ele estalou os dedos. Colton precisava começar a comer em sua própria casa. Vlad não gostava do que estava sentindo, fosse lá o que fosse. A pele parecia se esticar para cobrir os ossos, e alguma coisa queimava em seu peito.

Elena olhou de relance para ele.

– Por que você está tão rabugento?

– Não estou rabugento.

– Está agindo como um rabugento.

– Já decidiu onde vai morar na Rússia? – perguntou ele. Afinal, por que diabos não tocar naquele assunto? Já estava ranzinza mesmo.

– O quê? – rebateu ela. Elena olhou para ele duas vezes, desviando a atenção da estrada por um momento. – De onde veio isso?

– Precisamos conversar sobre isso, não acha?

– *Agora?*

– Por que não? – Ele se virou no assento para encará-la, mas se arrependeu no mesmo instante, porque só o que conseguia ver era a curva suave de seu maxilar. – E seu carro? Vamos despachar para lá?

Ela apertou as mãos no volante.

– Eu… eu não sei. Ainda não pensei em nada disso. Provavelmente vou deixar com você.

– Você não pode deixá-lo aqui. Como vai dirigir na Rússia?

– Vou comprar um novo, ué.

– Isso é ridículo. Por que faria isso se já tem um carro?

– Porque vou ganhar meu próprio dinheiro. Não vou depender mais de você, Vlad.

Vlad se irritava quando ela falava essas coisas. Um lembrete de que tudo não passara de uma transação para ela. Ele esfregou o peito.

– Não faz sentido brigar por causa disso agora – comentou ela. – Nem consegui um emprego ainda.

– Mande currículo para o jornal de Omsk. Você poderia morar com meus pais.

Ela revirou os olhos.

– Ah, sim. Com certeza adorariam ter a ex-mulher do filho deles sob o mesmo teto.

– Você é como uma filha para eles, estejamos casados ou não.

– Bem, da última vez que conferi, o jornal em Omsk não estava contratando.

– Com certeza eles abririam uma exceção para você…

– Vlad, pare com isso – pediu ela, ríspida, mais uma vez desviando a atenção da estrada. – Você não entende como o mercado de trabalho funciona. Você poderia mandar currículo para qualquer time de hóquei e pedir para jogar com eles? Não.

– Por que você está sendo tão teimosa? – perguntou Vlad, franzindo as sobrancelhas.

– Por que *você* está sendo tão teimoso?

– Porque estou tentando proteger você, Elena.

Ela virou na rua dele.

– Não preciso da sua proteção. Não sei se você percebeu, mas não sou a mesma garotinha assustada com quem se casou.

– Eu percebi, sim – disse ele quando viraram na entrada para carros. – E estou orgulhoso de você. Me desculpe por não ter dito isso antes.

– Tem muita coisa que não dizemos um ao outro.

Elena estacionou na garagem e desligou o motor. A irritação estava evidente em seus movimentos quando escancarou a porta e saltou do carro. Vlad esperou que ela desse a volta até seu lado antes de abrir a porta do passageiro. Ela lhe entregou as muletas e se afastou para ele poder sair. Mas com o espaço apertado entre o carro e a parede da garagem, Elena não pôde se afastar muito. Ficou bloqueada, a porta aberta de um lado e o corpo dele do outro.

O mundano de repente ganhou sentido, e ele começou a notar aqueles pequenos momentos de consciência sobre os quais Malcolm falara tão poeticamente. O perfume fresco do cabelo dela. As sardas espalhadas no nariz e nas bochechas. O jeito sensual como o lábio inferior se curvava mais além do que o superior, dando a ela um ar de quem acabara de ser beijada. O jeito como de repente ele se sentiu com 18 anos de novo, sentado ao lado dela à beira do rio Om, seu corpo consciente do dela de um modo que jamais havia vivenciado. O jeito como o ar batia em sua pele toda vez que ela tirava o cabelo do ombro. O jeito como seus dedos coçavam para pegar um cacho macio e fazer cócegas na palma da mão. O jeito como a clavícula dela formava uma linha reta e sensual acima da onda dos seios sob a camiseta. O desejo urgente, esmagador e ardente de beijá-la.

Os olhos dela se desviaram para sua boca e se demoraram ali. Cada respiração se tornou um exercício de força de vontade sob o olhar minucioso dela. *Me dê um beijo.* As palavras estavam lá, na ponta da língua. Por que ele não conseguia pronunciá-las? Por que não conseguia tomar a iniciativa. Agora, assim como antes, Vlad não era capaz de fazer isso.

– Elena – chamou ele, a voz rouca.

Ela piscou, e o distanciamento frio retornou. Deu um pequeno passo para trás com um sorriso forçado.

– Obrigada por ter me levado lá hoje. É melhor você entrar e descansar essa perna.

– Minha perna – repetiu ele, a decepção pesando em sua voz.

– É por isso que estou aqui, certo?

Certo. E assim que sua perna estivesse curada, ela iria embora. Quantas vezes seu cérebro teria que relembrar seu coração desse fato?

ONZE

– Acorda, acorda, larga essa minhoca.

Vlad pensou que já tinha imaginado todo tipo de inferno possível. Agora sabia que tinha se esquecido de um: acordar com Colton debruçado sobre ele.

– Hora de levantar, seu bundinha – disse Colton. – Vai se atrasar para a consulta.

Vlad se apoiou nos cotovelos.

– Que horas são?

– Quase nove. Tem que estar no estádio em meia hora. Deixei você dormir demais.

Era sua primeira consulta depois de uma semana de pós-operatório. Não se lembrava de ter combinado com Colton para levá-lo.

– Onde está Elena?

Colton deu de ombros e atravessou o quarto até a cômoda de Vlad.

– Achei que você soubesse. Ela me mandou mensagem hoje cedo perguntando se eu poderia te levar porque tinha que resolver alguma coisa.

Vlad se sentou alarmado.

– Ela não falou aonde ia?

Colton abriu a gaveta de cima.

– Talvez esteja na correria para a festa. Ela não mencionou nada?

Não. Vlad verificou o celular para ver se tinha perdido alguma mensagem dela. Mas não. Nada.

Colton pegou uma camiseta e uma bermuda.

– Vocês brigaram?

Vlad girou as pernas para fora da cama e pegou as muletas.

– Não – mentiu.

– Então porque ela não avisou que ia sair?

– Não sei.

Sabia exatamente o motivo. Depois do que quer que tivesse acontecido na garagem no dia anterior, ela se recolheu de novo em sua concha. Serviu o jantar a ele e desapareceu para o quarto como em todas as outras noites daquela semana.

Vlad se vestiu, escovou os dentes e pensou em se barbear. Mas, naquele estágio de crescimento da barba, levaria mais tempo do que tinha disponível. Colton o ajudou a descer as escadas e a se sentar no banco do passageiro antes de jogar as muletas no banco de trás.

– Obrigado por me levar – disse Vlad.

– Você conseguiu escrever mais alguma coisa? – perguntou Colton ao sair para a rua.

Vlad grunhiu.

Colton virou a esquina.

– Isso é um sim ou um não?

– Sim.

– E...?

Vlad fez uma careta para o próprio reflexo na janela.

– E o quê?

Colton ergueu e abaixou as sobrancelhas.

– Eles se beijaram ou não?

– Não.

Colton soltou um *tsc, tsc*.

– Não engane seus leitores, cara. É um romance. Entregue romance.

– Eu sei que é um romance, mas tem que fazer sentido. Beijar **agora** não seria característico deles.

– Ou talvez você só não queira que seja característico deles.

Vlad se revirou no banco.

– Por que eu não ia querer isso? Eu gosto de beijar. Eu adoro beijar. Mas ainda não é o momento.

– Por que não?

– Porque Elena não quer que ele a beije! Ela tem deixado isso muito claro.

Colton desviou o olhar da estrada.

– Você quer dizer Anna.

– O quê?

– Você falou Elena.

O calor irrompeu em suas bochechas.

– Não falei, não.

Colton sugou o ar entre os dentes.

– Você meio que falou, sim.

– É óbvio que eu quis dizer Anna.

– Óbvio.

Vlad sentiu uma veia estourar na cabeça.

– Vai se foder.

Colton começou a assobiar junto com o rádio.

Chegaram ao estádio com vinte minutos de atraso, mas foi tempo mais do que suficiente para que a notícia de que Colton Wheeler estava lá se espalhasse. Vlad o deixou dando autógrafos e posando para selfies no corredor do lado de fora das instalações médicas.

Madison pediu que ele a esperasse em um dos consultórios. Enquanto esperava, Vlad deu uma olhada no celular pela centésima vez. Nenhuma mensagem de Elena. Claro, ele poderia escrever para ela, mas o que escreveria? *Aonde você foi?* Soaria rabugice. *Por que não me avisou que ia sair?* Soaria carência.

Por que não me beijou ontem? Isso soaria totalmente patético.

Foi quando Madison entrou, batendo à porta antes de abri-la.

– Preparado?

Vlad inclinou o corpo para o lado e enfiou o telefone no bolso.

– Preparado.

Os dois estagiários entraram atrás de Madison quando ela se aproximou da cama.

– Vamos dar uma olhada na incisão antes de mandar você para o raio X. Que tal se deitar?

Vlad se reclinou e Madison abriu o velcro.

– Como está a dor?

– Tranquilo. Quase não senti.

Os outros dois fisioterapeutas se colocaram ao lado de Madison.

– Vamos pedir para você repetir uma série de movimentos, está bem?

Vlad ficou tenso quando um deles deslizou a mão sob seu joelho e agarrou seu tornozelo com a outra.

– Apenas relaxe – murmurou Madison.

Relaxar. Claro. Seu corpo inteiro era um pavio aceso. Sua carreira estava em jogo. Sua mulher tinha sumido. E seus nervos fervilhavam com uma frustração de natureza sexual. Ele se forçou a soltar um longo suspiro e a relaxar os músculos. Um dos fisioterapeutas ergueu e dobrou sua perna, levando o calcanhar em direção aos glúteos.

– Bom – comentou Madison baixinho.

Nos dez minutos seguintes, movimentaram sua perna para avaliar a força e a flexibilidade. Cada nova posição o fazia prender a respiração, mas não sentia dor, e Madison parecia satisfeita com o progresso.

– Pronto – disse ela, finalmente. – Pode se sentar.

Vlad contraiu o abdômen para se levantar.

– E agora?

– Vamos apoiar um pouco de peso nessa perna.

Os fisioterapeutas o ajudaram a sair da maca. Ele se equilibrou em um pé só e esperou as instruções de Madison.

– Só queremos que você fique de pé, nada mais, está bem? Quando estiver pronto, coloque o pé no chão.

Vlad se apoiou de leve nos braços dos fisioterapeutas enquanto esticava a perna e tocava o chão pela primeira vez desde a lesão. Contraiu-se antecipando dor, a fraqueza. Mas quando a sola de seu pé tocou o chão, não sentiu nada. Os fisioterapeutas o soltaram, e ele quase ergueu o punho num gesto de vitória.

Estava de pé.

Sem muletas.

– Bom... – murmurou Madison. – Como se sente?

– Bem. Está tranquilo.

Madison sorriu.

– Você está se saindo muito bem. Vamos fazer um raio X para ter certeza de que o osso está cicatrizando bem, e acho que estaremos prontos para avançar para a próxima fase da reabilitação.

Madison lhe entregou as muletas, e ele a acompanhou por um corredor até a sala de raios X. Vestiram o equipamento de proteção nele e novamente pediram que se deitasse na maca. O técnico tirou a chapa de diferentes ângulos, e depois Madison pediu que Vlad a esperasse no consultório enquanto ela revisava as imagens.

Vlad verificou o celular enquanto esperava.

Ainda nada de Elena.

Quando a porta se abriu de novo, Madison entrou com um sorriso confiante.

– Tudo parece ótimo.

Meia hora depois, ele voltou para o corredor com um plano de reabilitação atualizado, um novo imobilizador e nenhuma mensagem de Elena. Encontrou Colton jogando charme para uma jovem com uniforme de fisioterapeuta que segurava uma toalha autografada contra o peito.

– Estou liberado – anunciou Vlad.

A moça gaguejou e ficou vermelha ao se afastar de Colton como se tivessem sido flagrados dando uns amassos. Colton se virou e abriu um sorriso largo.

– Oi, bundinha. Ainda tenho que dar banho em você?

A mulher pediu licença e saiu correndo.

– Menina encantadora – disse Colton.

– Deixe-a em paz. Ela provavelmente ainda está na faculdade. E não, você não precisa mais me dar banho. Já posso molhar a incisão.

Colton deu uma última checada na garota que se afastava.

– Então quer dizer que você sarou?

Vlad seguiu com suas muletas pelo corredor.

– Não. Mas na próxima semana começo a apoiar o peso na perna e a fazer a reabilitação todo dia.

– Isso significa que Elena não vai precisar ficar aqui por muito mais tempo, não é?

Vlad apertou o botão do elevador.

– O que diabos isso quer dizer?

Colton deu de ombros com um ar inocente.

– Você vai poder circular por aí sozinho logo. Não há razão para ela ficar.

– Não vou poder circular por aí sozinho logo. Ainda tenho que usar as muletas durante várias semanas.

– Sim, mas não vai mais ficar tão dependente.

O elevador chegou, e eles entraram. Vlad apertou o botão.

– Aonde você está querendo chegar, Colton?

– A lugar nenhum. Só estou dizendo que ela pode sentir que não há motivo para ficar por muito mais tempo.

Vlad se imaginou jogando Colton contra a parede. Em vez disso, esfregou o peito. O sentimento de que não gostava estava de volta.

– Quer tomar café da manhã? – perguntou Colton. – Posso ligar para os caras, ver quem pode nos encontrar.

A Lanchonete Six Strings era o ponto de encontro dos rapazes, o restaurante preferido deles no centro de Nashville, onde ele e outros amigos famosos podiam comer em paz. Mais de um segredo doloroso fora revelado enquanto degustavam os enormes cafés da manhã americanos do lugar.

– Vamos – insistiu Colton. – Estou com fome, e precisamos falar sobre o sexo que suas personagens não estão fazendo.

– Ok – resmungou Vlad.

Pelo menos teria algo para fazer além de ficar sentado em casa esperando a esposa. Colton mandou uma mensagem para os caras e perguntou quem estava disponível. Mack disse que conseguiria chegar em quinze minutos, Malcolm em dez, e Noah respondeu que estava a caminho. Ninguém mais poderia ir.

– Sabe, você poderia simplesmente ligar para ela – disse Colton enquanto descia a rampa do estacionamento.

– Se ela quisesse que eu soubesse aonde iria, teria me contado.
– Você é meio teimoso, sabia disso?
– Cala a boca.

Por um milagre, Colton obedeceu. Noah e Malcolm já estavam na lanchonete quando eles chegaram e pegaram a mesma mesa de sempre. Alguns poucos fregueses ficaram de queixo caído e apontaram entusiasmados quando Colton entrou, mas, em geral, os deixaram em paz. Era uma das razões pelas quais os rapazes comiam lá. Era um lugar frequentado por moradores locais, com poucos turistas para interrompê-los.

– Boas notícias – disse Colton, largando-se em uma cadeira. – Nosso garoto aqui recebeu carta branca para lavar seu magnífico traseiro sozinho.

– Eu sempre lavei meu próprio traseiro – reclamou Vlad, pegando o cardápio. Mas já havia decorado tudo que estava escrito ali, então, na verdade, só queria se esconder atrás dele.

– Ele também está bastante rabugento – informou Colton. – Elena saiu hoje de manhã sem dizer aonde ia.

Mack chegou e se juntou a eles na mesa.

– Como foi sua consulta?

– Estou melhorando conforme o previsto.

– Bem, essa é uma notícia que vale a pena comemorar – comentou Mack. – Mas isso significa que não vamos mais lavar seu estupendo traseiro?

– Pela última vez, eu mesmo posso lavar meu traseiro!

A garçonete apareceu bem naquele momento. Ela piscou várias vezes, mas não falou nada. Os funcionários da Six Strings estavam acostumados aos desabafos bizarros vindos da mesa deles. Todos pediram o de sempre, e a garçonete disse que voltaria com o café e o chá.

– Algum progresso com o livro? – perguntou Malcolm.

Colton bufou com desdém.

– Já perguntei, e eles ainda não se beijaram.

Noah resmungou.

– *Qual é?* Vou ter que esfregar a cara desses dois uma na outra?

Vlad balançou a cabeça.

– Não. Eles ainda não estão prontos.

– Ou talvez Tony seja um maricas. – Colton deu de ombros.

Malcolm soltou um *tsc, tsc*.

– Esse é um insulto de gênero que você precisa tirar do seu vocabulário, Colton.

– O quê? Não é, não. Eu uso essa palavra o tempo todo.

– É um diminutivo de *Maria* e é usado para descrever um homem covarde, insinuando que seus modos são afeminados. Você pode pesquisar as raízes da palavra e ver que tem conotação misógina e homofóbica. – Os rapazes fizeram um silêncio reverente, os olhos arregalados e fixos. Às vezes, Malcolm se transformava em professor, e todos aprendiam algo que os tornava homens melhores. – Nossa sociedade permitiu que os homens driblassem a falta de inteligência emocional igualando a expressão de toda uma gama de emoções humanas à feminilidade.

– Minhas mais sinceras desculpas – pediu Colton, com ironia. – O que estou tentando dizer é que Tony é um tremendo banana.

A garçonete voltou com as bebidas. Assim que se afastou, Vlad resmungou:

– Ele não está com medo. Só é realista.

– Talvez seja o autor que tenha medo, então – acusou Malcolm com a sobrancelha erguida, em desafio à natureza autoral de Vlad, se é que um dia já tinha se enxergado como autor.

– Não estou com medo do meu próprio livro.

Colton fungou.

– Porra, você está com tanto medo que nem sequer deixa Tony admitir para *ele mesmo* o que sente de verdade por Anna.

– Ele a ama! – Vlad queria engolir as palavras de volta, porque agora que tinham sido ditas, os caras não iriam desistir até que ele concordasse em fazer algo a respeito. Ou melhor, que *Tony* fizesse algo a respeito.

– Dããã! – exclamou Noah. – Qualquer um vê isso. A questão é por que você não deixa que ele revele isso a ela.

– Vocês não entendem.

– É óbvio, porque, do nosso ponto de vista, as coisas são bem simples – retrucou Mack. – Tony a ama. Anna obviamente o ama...

Vlad se enrijeceu.

– Não é óbvio. Volta e meia ela se afasta. Oferece migalhas a ele, só o suficiente para fazer com que Tony a queira, para que ele alimente esperanças, e depois ela sempre foge. E vai embora no minuto em que descobrir uma pista sobre o paradeiro de Jack, e Tony sabe disso.

– Mas *agora* ela está com Tony – argumentou Noah calmamente.

– Só por causa do trabalho dela. – Vlad fez cara feia.

– Que baboseira – disse Mack. – Ele foi extremamente babaca com ela no início. Anna poderia ter feito suas trouxas e caído fora de lá. Inclusive tinha motivos de sobra para isso. Mas escolheu ficar com Tony. Ele só não percebeu.

– Não. Isso não é verdade.

– Ela está pedindo a ele uma razão para ficar – disse Noah.

Vlad franziu o cenho.

– O que não é a mesma coisa que dizer que se importa com ele.

– Mas já seria um começo – retrucou Mack. – Por que você está sendo tão cabeça-dura?

– Porque ele não consegue acreditar que ela o quer de verdade!

O silêncio que seguiu sua explosão foi despretensioso e solene. Provavelmente porque pareceu que ele tinha rasgado o próprio peito e deixado o coração cair sobre a mesa enquanto sangrava até a morte, lenta e agonizante.

– Nossa, cara – sussurrou Mack. – Por que Tony pensaria uma coisa dessas?

– Ele tem seus motivos.

– Anna sabe quais são esses motivos?

Ele balançou a cabeça. Não. Anna não sabia, porque Tony não suportava pensar no que aconteceria se seus motivos a afastassem mais ainda.

– Sabe, toda essa bagagem que as personagens trazem do passado... – comentou Mack. – No fim, esse medo se torna menos uma motivação e mais um obstáculo. As personagens têm que mudar ao longo do livro para conquistar seu final feliz.

– Eu sei disso – resmungou Vlad, fazendo outra pausa quando a garçonete se aproximou, trazendo os pedidos. Ele fez uma careta para sua omelete de claras.

– Só que Tony não está mudando – continuou Malcolm quando a garçonete se afastou. – Está preso ao medo da primeira página. Você tem que dar à personagem dele um ponto de virada na trama para abrir um novo caminho.

– E ele tem que aceitar – disse Mack.

– Ele ainda não pode arriscar.

– Arriscar o quê? – indagou Malcolm. – Seu coração?

Vlad assentiu, cutucando a omelete com o garfo.

– Meu Deus, cara, você não aprendeu nada com os manuais? – Mack bufou. – O coração de um homem é a única coisa que realmente vale a pena arriscar.

– Mas também a mais perigosa – disparou Vlad em resposta.

– Olha – disse Mack –, você tem duas opções: Tony precisa confessar a Anna o que sente ou aceitar que ela vai escapar por entre seus dedos, e então você terá escrito o pior romance *de todos os tempos*.

Vlad fez bico. Tinha se enganado ao pensar, que a ajuda deles seria bem-vinda. Toda aquela discussão era um saco.

Malcolm uniu as mãos sob o queixo.

– Os pontos de virada são uma chance para as personagens reescreverem sua própria história. Deixe Tony começar a reescrever a dele.

DOZE

Elena voltou para casa – ou melhor, para a casa de Vlad – pouco antes do meio-dia com mais suprimentos para a festa. Talvez tivesse sido covardia pedir que Colton levasse Vlad à consulta, mas ela precisava pensar.

Na noite anterior, finalmente recebera uma resposta à sua mensagem pedindo um favor: Me ligue quando puder.

Havia se convencido a esperar até o dia seguinte para fazer a ligação, mas, quando voltou para casa – ou melhor, para a casa de Vlad – e percebeu que ele ainda não tinha chegado, ela soube que não havia mais razão para adiar.

A Gata do Vizinho estava esperando na entrada, então Elena a deixou entrar. A gata a acompanhou pelas escadas até seu quarto. Elena fechou a porta e, com as mãos trêmulas, ligou para o número do homem com quem não falava havia anos. Eram quase onze horas da noite em Moscou, mas ela sabia que ele ainda estava acordado. Jornalistas como ele sempre estavam.

A chamada tocou duas vezes antes de uma voz impaciente atender em russo:

– Elena?

O alívio ao ouvir o som da voz dele foi tão potente quanto beber um drinque forte, e ela afundou na cama.

– Sou eu. Me desculpe por ligar tão tarde, mas com a diferença de fuso horário...

– Fiquei muito feliz ao receber sua mensagem. Meu Deus, como é bom ouvir sua voz!

– É bom ouvir a sua também.

– Como vão as coisas por aí?

Elena deixou a Gata do Vizinho subir em seu colo.

– Bem, bem. Quer dizer, por enquanto.

– Por enquanto? O que isso significa?

Ela deveria saber que Yevgeny perceberia. Ele era jornalista. Não deixava nada passar.

– Você pediu que eu ligasse se precisasse de alguma coisa.

– Sim, claro. E falei sério.

– Espero que sim. Porque... – Ela inspirou fundo para tomar coragem. – Porque preciso de um trabalho.

Suas palavras foram recebidas com nada além dos ruídos de uma redação em ação ao fundo. Editores gritavam. Televisões retumbavam. Repórteres faziam piadas e soltavam palavrões. Ele ainda estava no trabalho. Mas é claro que estaria.

– Yevgeny...

Ele a interrompeu novamente:

– Então é verdade mesmo. Ouvi rumores, mas me recusei a acreditar.

Ela suou frio quando o medo percorreu suas veias.

– Rumores? Que rumores?

– De que você queria voltar.

O medo deixou sua voz rouca:

– Onde ouviu isso?

– Isto aqui é a Rússia, Elena. Muito pouco fica em segredo. Acha que não fiquei de olho na minha afilhada?

Ela devia ter se sentido acalentada pela lembrança da ligação que tinham para toda a vida, mas acabou mergulhando mais fundo em um banho frio de determinação.

– Então, como sua afilhada, estou lhe pedindo um favor. Quero ser jornalista como meu pai. Estou pronta.

O ranger de uma cadeira denunciava que ele havia se levantado ou se inclinado para trás. De qualquer modo, Elena conseguia imaginá-lo. Era igualzinho a seu pai. Mangas arregaçadas até os cotovelos. Gravata frouxa e botão do colarinho aberto. Todos os jornalistas ao redor do mundo usavam o mesmo uniforme sem graça.

– Elena – começou ele, a voz tensa como se estivesse controlando o pior de seus pensamentos –, tenho certeza de que seu pai ficaria muito orgulhoso por você querer seguir os passos dele.

– Não é verdade – retrucou ela, ríspida. – Nós dois sabemos disso. Ele me falou um milhão de vezes que a última coisa que queria era que eu fosse jornalista.

– Então por que estamos tendo esta conversa?

– Porque tenho que fazer isso. Está no meu sangue. – *E porque devo isso a ele.*

– Há uma razão para ele não querer essa vida para você. Mesmo antes de... mesmo antes do que aconteceu... ele sabia que não era vida para você. É perigoso. Você sabe disso melhor do que ninguém. Passou quase seis anos nos Estados Unidos. Pode ser difícil se adaptar a essa vida de novo depois de ter vivido e estudado em um país que tem a liberdade de imprensa enraizada em seu DNA.

Ela se enrijeceu.

– As coisas aqui também não são perfeitas. A imprensa é difamada diariamente. As pessoas andam por aí com camisetas que ameaçam enforcar repórteres. Cospem neles nas manifestações políticas. Os jornalistas são acusados de difundir *fake news* e de serem inimigos do povo.

– Mas eles costumam desaparecer misteriosamente de estações de trem?

As palavras a atingiram tão forte quanto um soco na cara, tão forte que expulsaram o ar de seus pulmões.

– Me desculpe – pediu ele. – Eu não devia ter falado isso.

– Não sou ingênua, Zhenya – disse ela, usando seu apelido. – Conheço os perigos melhor do que ninguém. Não tenho medo.

Yevgeny fez outra pausa, e ela pôde ouvir a piedade silenciosa atravessar todos os fusos horários.

– E Vlad?

– Estamos nos divorciando.

Ele soltou um palavrão baixinho, e, de novo, Elena conseguiu imaginá-lo. Estaria exatamente como seu pai. Passando a mão pelo cabelo e olhando para o teto como se rogasse por paciência e sabedoria, mas ao mesmo tempo com certa decepção.

– Sinto muito por ouvir isso – comentou ele, enfim. – De verdade.

– Não quero que sinta pena de mim. Só me dê uma chance. Me trate como qualquer outro repórter iniciante. Me dê as piores matérias. Me ensine. Por favor.

– Preciso pensar.

– Posso entrevistar qualquer pessoa que você queira que eu entreviste. Não me dê um emprego só porque estou pedindo.

– Antes de decidir qualquer coisa, preciso fazer uma pergunta, e espero a verdade.

– E-Está bem.

– Por que exatamente você está voltando?

Ela engoliu em seco.

– Como assim?

– Você poderia trabalhar como jornalista nos Estados Unidos.

– Não. Meu visto não me dá permissão para trabalhar aqui.

– Tem sempre um jeito de contornar a situação. Se você se candidatar a uma vaga e for contratada, eles podem providenciar para que consiga o visto de trabalho. Jornalistas estrangeiros são contratados por jornais e redes de transmissão nos Estados Unidos o tempo todo.

– Sim, mas...

– Você está voltando para tentar descobrir o que aconteceu com seu pai?

– Não. Claro que não – mentiu.

– Porque se estiver...

– Não estou.

– Porque se estiver – repetiu ele –, não vou te contratar. Deu para entender? Se eu te contratar e descobrir que está investigando o que aconteceu com seu pai, não terei escolha a não ser te dispensar.

Seu coração martelou com tanta força que Elena teve certeza de que ele pôde ouvir.

– Eu entendo. Claro.

– Que bom. Então lhe darei um retorno em alguns dias.

Elena não conseguiu esconder o alívio em sua voz.

– Obrigada, Yevgeny.

– Não faça eu me arrepender disso.

– Não vou.

Elena largou o celular na cama e caiu de costas. Toda a conversa havia durado menos de quinze minutos, mas uma vida inteira se passara desde que discou o número dele. Até então, seu retorno à Rússia tinha sido uma ideia abstrata, mas agora parecia real.

Logo chegaria a hora de voltar, e Vlad finalmente estaria livre para seguir em frente.

O pensamento deveria tê-la deixado feliz. Em vez disso, queria se encolher, enterrar o rosto em um travesseiro e chorar como fizera tantos anos antes. Mas, na época, foi porque sabia que ir para os Estados Unidos era um erro. Agora era porque pensar em ir embora também parecia um.

Elena pressionou as têmporas e as massageou ao sentir as primeiras pontadas de dor de cabeça. A Gata do Vizinho ronronou e se enrolou feito uma bola perto de seu quadril. A ideia de se juntar a ela em um longo cochilo foi quase tentadora demais para ignorar, mas o barulho de um carro na frente da casa a fez se endireitar com um suspiro.

Ouviu as portas do carro se abrirem e se fecharem, seguidas pelo som da porta da frente alguns segundos depois. Na sequência, deveria ter ouvido o tom sarcástico de Colton pedindo comida, mas a porta do carro se abriu e se fechou de novo. Daquela vez, Colton não tinha ficado. Isso significava que o mediador do qual ela se tornara dependente não estaria lá quando descesse.

Forçou-se a sair da cama. A Gata do Vizinho miou em protesto, mas a acompanhou. Elena parou no topo da escada e encontrou Vlad lá embaixo.

– Oi.

Ele olhou para ela.

– Eu estava subindo para te procurar.

A Gata do Vizinho desceu correndo os degraus para encontrar o namoradinho. Elena engoliu o ciúme.

– Como foi a consulta?

– Boa. Posso começar a apoiar o peso na perna duas vezes ao dia.

– Isso é ótimo.

– Também posso voltar a tomar banho sozinho. – Vlad contou essa parte com um sorrisinho que fez sua bochecha barbuda ficar redondinha.

Elena desceu a escada.

– Com certeza seus amigos vão gostar disso.

Vlad recuou um pouco abrindo passagem quando ela chegou ao último degrau.

– Aonde você foi hoje de manhã? – perguntou ele.

– Tive que fazer umas coisas urgentes.

– Para a festa?

– Sim. – Ela enfiou as mãos nos bolsos de trás. – Está com fome?

– Não. Fomos tomar café da manhã com os rapazes depois da consulta.

– Legal. Bem, preciso começar a preparar a comida para amanhã, então... – Elena esperou que ele se afastasse para que pudesse passar, mas Vlad não se moveu. A Gata do Vizinho circulava entre as pernas deles e ao redor. – Acho que sua namoradinha sentiu saudades.

Ele piscou, confuso.

– O quê?

– A gata.

– Ah. – Ele olhou para baixo. – Sim.

– É melhor se sentar. Vou pegar um pouco de gelo para você.

– Estou cansado de ficar sentado. Preciso fazer alguma coisa.

– Então me faça companhia na cozinha enquanto preparo o *vareniki*.

Ele ergueu a sobrancelha sexy.

– Vai rechear a massa com cogumelo, cebola e batata?

Elena passou por ele depressa.

– Como se eu fizesse de outro jeito.

– Me deixe ajudar – disse ele, seguindo-a até a cozinha. – Não tenho que ficar só sentado aqui.

– Cuidado com o que deseja, ou vou fazer você descascar as batatas.

– Se é disso que você precisa, eu faço.

Ela apontou para uma banqueta à ilha.

– Sente-se e coloque essa perna para cima.

Enquanto Vlad se acomodava, ela pegou todos os ingredientes para o *vareniki*. Era tão trabalhoso quanto o *pelmeni*, mas as receitas eram um pouco diferentes. Como todos os outros pratos, também fora a mãe de Vlad quem a ensinara a fazer aquele, mas muitas vezes ir para a cozinha prepará-lo era como uma reunião familiar. Vlad e seus pais – e, quase sempre, Elena – sentavam-se à mesa e trabalhavam juntos para modelar e rechear as bolinhas. Esses momentos eram algumas das lembranças preferidas dela, com muita risada, brincadeiras e ternura. Mas também foram tingidas de um sabor amargo, porque foi durante aquelas horas à volta da mesa que Elena começou a perceber como sua família de verdade era diferente. O trabalho de seu pai nunca permitia que ele chegasse em casa a tempo do jantar, no horário habitual. Não havia tradições nem receitas para passar adiante.

Do outro lado da bancada, Elena deslizou para Vlad o saco de batatas, uma faca de descascar e uma tigela grande.

– Quantas devo descascar? – perguntou ele.

– O saco inteiro, se conseguir. Quero fazer bastante.

Elena ficou do outro lado da ilha e começou a picar os cogumelos e as cebolas. De vez em quando, erguia os olhos para vê-lo trabalhar, mas toda vez tinha que desviar a atenção. Os dedos longos e grossos dele pareciam graciosos ao deslizar a faca pelas batatas. Era muito fácil imaginar aqueles dedos deslizando pelo seu corpo, e aquela era uma linha de pensamento que acabaria por fazê-la se cortar.

Trabalharam em silêncio por algum tempo, cada um concentrado em sua tarefa e perdido em seus pensamentos. Ao terminarem, ele se inclinou para trás.

– E agora?

– Quer abrir a massa enquanto eu cozinho?

– Qualquer coisa menos isso – resmungou Vlad, mas logo sorriu de novo e, santo Deus, piscou para ela. Elena se esqueceu do próprio nome por um momento. Quando abriu a geladeira para pegar a massa que havia preparado na noite anterior, ficou tentada a enfiar a cabeça ali dentro para esfriar os ânimos. – Talvez eu precise de um tutorial rápido sobre essa parte – disse Vlad, observando enquanto ela levava a massa até ele.

– Você não lembra?

– Muito vagamente. Minha mãe é que costumava fazer isso.

Elena pegou a farinha sem glúten, o rolo e a tábua de madeira. Depois de polvilhar farinha na tábua, colocou a bola de massa no meio.

– Comece com movimentos curtos – ensinou ela, inclinando-se sobre ele para mostrar. – Vá fazendo assim até a massa começar a ficar achatada. – Ela se afastou e olhou para ele. – Entendeu?

Vlad deu uma risadinha, e seus rostos estavam tão próximos que ela pôde sentir o hálito dele.

– O que é tão engraçado? – indagou ela, a voz bem tensa.

– Tem... – Ele estendeu a mão, e um daqueles dedos longos e graciosos esfregou a maçã do rosto dela. – Farinha. Tem farinha no seu rosto.

– Ah. – Ela limpou a bochecha com as costas da mão.

O sorriso dele se abriu ainda mais.

– Você espalhou ainda mais.

Estonteada, não pela farinha, mas por ele, Elena se afastou.

– Bem, vou começar a rechear.

Trabalharam por horas, abrindo, recheando e cozinhando a massa. Longos trechos de conversa foram marcados por um silêncio satisfeito. Quando finalmente terminaram, Elena esticou os braços acima da cabeça e se contraiu com uma fisgada no pescoço.

– Você está bem? – perguntou ele.

– É só tensão. – Ela virou a cabeça de um lado para outro para relaxar os músculos.

– Sente-se no chão da sala.

Elena piscou e baixou os braços devagar.

– O quê? Por quê?

– Apenas faça isso – repreendeu ele, gentilmente. – Eu já vou lá.

Elena lavou as mãos e as enxugou enquanto Vlad desapareceu no banheiro do piso térreo. Então fez o que ele mandou, foi para a sala e se sentou no chão em frente ao sofá. Vlad apareceu um momento depois e se acomodou atrás dela.

– O que você vai fazer?

– Você vai relaxar e eu vou massagear seu pescoço.

– Sério? – A voz dela saiu tão intermitente quanto as asas de uma borboleta. Excitável e frenética.

– Me deixe cuidar de você para variar.

Sentado atrás dela, ele afastou as coxas para criar um casulo à sua volta.

– Chegue para trás – disse ele, a voz rouca.

A pulsação martelava nos ouvidos dela ao fazer isso.

– Onde dói? – A voz dele era um barítono caloroso e reconfortante.

Elena pressionou com os dedos o ponto no pescoço em que os tendões e músculos estavam tensos. Momentos depois, os dedos dele afastaram os dela e começaram um movimento mágico sobre sua pele. Elena derreteu feito manteiga. Um gemidinho escapou de sua garganta quando ele abriu os dedos e os enfiou em seu cabelo. Sem pressa, Vlad massageou o couro cabeludo em círculos cada vez maiores, os cabelos enroscando em seus dedos. Ao deslizar para baixo de novo, pressionou a fonte da dor, um nó no pescoço, e fez uma pausa.

– É aqui que dói?

– Sim – sussurrou ela em resposta.

Vlad pressionou aquele ponto com o polegar e massageou em pequenos círculos ao redor. Elena inclinou a cabeça para lhe dar mais acesso; aquilo era muito bom e ela muito raramente era tocada por alguém.

– Você vai me fazer entrar em transe.

– Eu me contentaria em fazer você dormir.

– Não sei como entender isso.

Ele deu uma risadinha, e a cálida vibração fez o coração dela dar um pulo.

– Só estou dizendo que sei que você não dorme muito. Precisa relaxar.

– Como sabe que eu não durmo?

– Ouço você se levantar à noite e andar por aí. – Ele pressionou o nó com a almofada do polegar, e ela suspirou. – Você está trabalhando demais, Lenochka.

– Uma coisa não tem a ver com a outra.

– Parece algo que seu pai diria.

– E é. Ele sempre falava isso. – Os dedos dele pararam em seu pescoço, então ela se antecipou antes que ele pudesse dizer qualquer coisa que coincidisse com a tensão em suas mãos. – Ele fez o melhor que podia, Vlad. Nunca imaginou que teria que me criar sozinho.

Vlad desceu as mãos até os ombros dela e pressionou os músculos tensos ali.

– As pessoas precisam fazer escolhas difíceis o tempo todo por aqueles que amam. Ele não era diferente de ninguém.

Ela bufou.

– Era, sim. Quantas crianças precisam aprender um código secreto para saber se o pai está em perigo?

A voz de Vlad soou como se tivesse sido arrastada pelo cascalho.

– Do que você está falando?

Ela agarrou a barra do short.

– Se ele me mandasse uma mensagem com tal palavra, eu saberia que algo estava errado. E compartilhamos um plano sobre o que eu deveria fazer se algo acontecesse. Tinha que tirar o disco rígido do computador dele e queimar seus diários na lareira. Havia um quarto de hotel onde nos encontraríamos. Ele mudava o local de vez em quando.

As mãos de Vlad pararam de novo.

– Quando isso começou?

Ela deu de ombros.

– Não lembro. Quando eu tinha uns 12 anos, talvez.

– Qual era o código?

– Pardal. – Diante do silêncio questionador dele, Elena explicou: – Do provérbio. *Uma palavra não é um pardal.*

Vlad terminou o velho ditado soviético.

– *Se voar, não se pode mais capturar.*

– Ele só usou uma vez. Naquela noite.

As mãos dele descansaram novamente em seus ombros, protetoras e quentes, drogando-a com seu peso reconfortante. E, assim, ela continuou falando sobre algo que jurou nunca falar.

– Cheguei em casa do trabalho por volta das onze horas. Ele não estava, claro, mas isso não era incomum. Quase sempre ia a algum lugar. Eu estava... Nós estávamos brigando muito. Eu queria me mudar e ir para a faculdade e ser normal, para variar um pouco, mas ele não permitiu. Dizia que eu era muito jovem e que ele estava trabalhando em algo muito perigoso. Mas vinha me dizendo isso a vida inteira, e nada nunca aconteceu. Então eu comecei a me rebelar e sair escondido quando ele estava fora. Saía e... – Ela inspirou fundo e soltou o ar, poupando Vlad da outra parte. A parte em que buscava conforto temporário nos braços de uma série de más decisões. – De qualquer forma, quando vi que ele não estava naquela noite, saí e deixei meu celular em casa, como forma de vingança. Só quando voltei para casa às quatro da manhã foi que percebi que ele tinha me mandado uma mensagem. Era apenas aquela palavra. *Pardal*.

Vlad deixou escapar um longo suspiro e deslizou o polegar para cima e para baixo nos músculos tensos do pescoço dela.

– Eu simplesmente encarei a tela, como se não conseguisse entender o significado daquela palavra. Quase liguei para perguntar se era sério mesmo. Mas então entrei em ação. Segui todos os passos. Tirei o disco rígido. Queimei os diários. Peguei minha mochila e fui para o hotel. – Elena cutucou as cutículas. – Esperei, esperei, esperei. Só que ele nunca apareceu. Esperei por ele naquele quarto de hotel por três dias, assustada demais até mesmo para ir à máquina de venda automática. Quase morri de fome.

Os dedos de Vlad pararam de novo.

– Santo Deus, Elena. Por que nunca me contou isso?

Pelo mesmo motivo que escondeu suas anotações na última gaveta da cômoda em seu quarto. Porque estava tentando concluir a investigação do pai em segredo. E porque sabia que teria que deixá-lo, mesmo quando cada parte dela ansiava por ficar bem ali, aninhada no aconchego quente de seu corpo. Para protegê-lo.

Com um bocejo forçado, ela se inclinou para a frente.

– Preciso limpar a cozinha.

As mãos de Vlad envolveram seus ombros e a puxaram de volta. A voz dele soava tão áspera quanto suas mãos eram macias.

– Seu pai nunca devia ter colocado você nessa posição. Ele foi egoísta. Você merecia um pai melhor, Lenochka.

– Melhor do que o quê?

– Melhor do que ele foi.

– Mas eu tinha você.

A respiração de Vlad ficou pesada quando o silêncio o dominou.

A dela escapou com uma única lufada quando os lábios dele tocaram o topo de sua cabeça.

– Você ainda tem – murmurou ele.

Elena se levantou e lentamente se virou, ainda no espaço entre as pernas dele. Vlad a encarou, seus olhos ainda ardentes com aquela mesma *coisa* de quando ela o abraçou no início da semana. No ventre de Elena acendeu-se uma chama que queimou durante muito tempo ao longo de mais uma noite insone.

TREZE

Elena programou o despertador para tocar mais cedo na manhã seguinte e, assim, poder resolver o que faltava para a festa. Tomou banho e se vestiu depressa. Ao sair do quarto, viu que a porta de Vlad estava aberta. Uma rápida espiada lá dentro revelou que a cama estava vazia.

Encontrou-o na cozinha, de costas para ela, apoiado em uma única muleta, enquanto servia uma caneca com uma das mãos. A outra muleta estava encostada na ilha. A Gata do Vizinho devorava seu petisco toda feliz perto da despensa.

Elena pigarreou para anunciar sua presença. Vlad olhou por cima do ombro.

– Oi – disse ele, uma cadência sonolenta na voz e um sorriso tímido nos lábios.

– Bom dia.

– Fiz um chá para você. – Ele apontou com o queixo em direção à outra caneca na ilha.

– Obrigada. – Ela puxou a caneca mais para perto. – Mas você devia ter me esperado.

– Por quê? – Ele deu a volta, apoiando a maior parte de seu peso na muleta. Ela se contraiu em antecipação quando ele abaixou a perna quebrada.

Elena soltou a respiração.

– Por isso.

– Tenho que começar a apoiar o peso nesta perna, lembra?

Sim. Mas isso não a deixava menos preocupada. Ele se encostou na bancada e levou a caneca aos lábios. Por cima da borda, encontrou o olhar dela e sorriu apenas com os olhos. O coração de Elena quase saiu pela boca. As manhãs eram uma rotina íntima que eles nunca compartilharam, e havia um motivo para isso. Para ela, momentos como aquele e como o da noite anterior seriam mais difíceis de renunciar e esquecer. Mesmo a 3 metros de distância, de repente pareceu que estavam próximos demais, dentro de uma cozinha pequena demais. As mãos dele faziam a caneca parecer menor do que era, e quando a levava aos lábios, as mangas curtas da camiseta protestavam contra a saliência dos bíceps. Se ela encostasse a cabeça onde a pulsação latejava no pescoço dele, sabia que sentiria o cheiro da pele quente de um homem sonolento.

– Como posso ajudar hoje? – perguntou Vlad, quebrando o devaneio de cobiça de Elena.

Ela balançou a cabeça.

– Apenas relaxe e cuide da sua perna.

– Não posso relaxar sabendo que você está se matando de trabalhar na cozinha.

– Vou tentar me controlar.

– Obrigado.

Vlad sorriu por cima da caneca de novo. Ele realmente precisava parar de fazer aquilo, ou ela sofreria um ataque cardíaco. Elena se empertigou, determinada.

– Quer tomar café da manhã? – perguntou ela.

– Eu comi um muffin.

– Ok, bem, eu meio que preciso começar, então...

Ele riu. Não foi uma daquelas gargalhadas espalhafatosas que convidam os outros a rir junto, foi daquelas baixinhas, do tipo *só entre a gente*.

– Tenho a impressão de que você quer me enxotar da cozinha.

– Está mais para um leve cutucão.

– Já estou indo. – Ele tomou o resto do chá. – Na verdade, estou ansioso para tomar um banho já que agora posso fazer isso sozinho de novo.

Ela mordeu o lábio.

– Tem certeza de que não precisa de ajuda?

Aquela sobrancelha sexy fez sua mágica quando ele a encarou do outro lado da ilha.

– Você está se oferecendo para ajudar?

– Estou dizendo para você tomar cuidado. – O tom dela era severo, mas o brilho quente de suas bochechas provavelmente a delatou. Não estava nem um pouco acostumada com o flerte dele, mas estava gostando mesmo assim.

– Vou sair do seu caminho, então. – Usando as duas muletas, ele deu a volta na ilha devagar, fazendo uma breve parada ao lado dela.

– Mas se você *estivesse* se oferecendo para ajudar...

– Chispa daqui – disse ela, apontando para a porta da cozinha.

A gargalhada dele o seguiu pelo corredor. Elena voltou a se sentar e bateu de leve a testa na bancada. A Gata do Vizinho miou aos seus pés.

– O que está esperando? – perguntou Elena à bichana. – Ele está prestes a ficar pelado. Essa é a sua chance.

Alguns minutos depois, a água começou a correr lá em cima, o que lhe trouxe à mente a imagem dele nu. Ela realmente precisava se ocupar, porque... Um baque alto interrompeu o pensamento.

Ah, não. Merda. Ela correu escada acima.

– Vlad?

Como a porta do quarto estava aberta, ela entrou. A do banheiro estava entreaberta. Ai, meu Deus, e se ele caiu...

– Vlad!

Elena escancarou a porta.

E parou derrapando.

Vlad estava no chão, a mão erguida para afastá-la.

– Estou bem. Escorreguei. Mas estou bem. Não machuquei a perna.

– Eu avisei que você devia tomar mais cuidado.

Vlad se retraiu e abaixou a mão.

E foi então que ela percebeu.

Ele estava nu.

Tipo, pelado mesmo.

Tipo, ah, Jesus amado, esse homem foi esculpido em pedra.

Elena inspirou profundamente e se virou.

– Me desculpe. Eu... eu devia ter batido. Mas ouvi um barulho e fiquei preocupada. – Sua respiração vinha em arquejos curtos. – O que... o que eu posso fazer para ajudar?

– Nada. Eu me viro.

– Se está pensando que vou deixar você levantar sozinho, está muito enganado.

– Não quero colocar você numa situação constrangedora.

– Se não quer que eu te veja sem roupa, posso fechar os olhos e lhe dar uma toalha, sei lá. Prometo não olhar.

Vlad soltou um grunhido frustrado.

Elena repetiu.

– Vlad, somos adultos. Isso é ridículo.

– Está bem – murmurou ele. – Vamos acabar logo com isso.

Elena tomou coragem, respirou fundo e se virou, com os olhos fixos na parede.

– Como vamos fazer isso?

– Só me deixe apoiar no seu braço enquanto entro na água.

Muito bem. Isso Elena poderia fazer. Esperou com os braços esticados enquanto ele se levantava e ia até a borda da banheira. As pernas nuas de Vlad roçaram nas suas quando ele segurou na mão dela para se equilibrar. Sem convite, a mente de Elena conjurou a imagem do que ela estava evitando espiar, e ela teve que fechar os olhos para expulsar o pensamento.

– Sou tão feio assim? – A voz dele passou de chateada para rabugenta de novo.

– Hein?

– Parece que prefere morrer a me ver nu.

– Você não queria que eu olhasse.

– Não foi isso que eu disse – murmurou ele baixinho.

– Então você quer que eu olhe?

– Quero que pare de agir como se fosse virar pedra se olhasse.
– Decida-se, Vlad. Você quer que eu olhe ou não?
– Quero que abra esses seus olhos antes que *você* acabe caindo.

Elena obedeceu e se pegou olhando fixamente para uma veia que saltava na têmpora dele.

– Falei que era uma péssima ideia – disse ele.
– Entre na banheira de uma vez.
– Preciso da sua mão de novo.
– Está bem. Ok. – Ela precisava se recompor. Estava agindo como uma adolescente com seu primeiro crush... o que ele era, claro. Seu primeiro crush. Seu eterno crush.

Vlad segurou firme enquanto se virava e colocava a perna boa na água. Depois soltou a mão dela para se agarrar nos dois lados da banheira. Com calma, ele abaixou o corpo todo, confiando na força de suas coxas grossas e maciças para aliviar todo o peso da parte inferior da perna.

– Você está olhando.

As bochechas de Elena arderam em chamas. Ela se virou tão bruscamente que acabou tropeçando.

– Não estou, não.
– Não tenho culpa de ter peito cabeludo.

Vlad achou que ela estava olhando para *isso*? Para os pelos do seu peito? Bem, de qualquer modo, que mal havia em olhar para o grosso tapete de pelos escuros que cobria seu peitoral esculpido e mergulhava sedutoramente em direção ao abdômen definido?

Ela respondeu, a voz esganiçada:

– Não tem nada de errado com seu peito peludo.
– Colton disse que eu deveria depilar.
– Colton é um americano idiota.

Ele ergueu os olhos com uma careta.

– Sinto muito por você ter que fazer isso.
– Cale a boca e me deixe lavar seu cabelo.

A careta se transformou em algo semelhante a um sorriso.

– Você é mandona.
– E você é teimoso.

– Eu podia ter ligado para o Colton.

– Para ele insultar os pelos do seu peito de novo? Nem pensar.

O sorriso se tornou uma risadinha, e ele relaxou. Elena colocou um pouco de xampu nas mãos, esfregou uma na outra, e depois massageou lentamente o cabelo molhado dele com o líquido. Bolhas se formaram entre seus dedos, fazendo os cachos grossos e escuros ficarem espetados com a espuma. Ela abriu mais os dedos para esfregar as têmporas e depois atrás das orelhas. O contorno suave da cabeça dele ganhou forma em sua imaginação, e o anseio de explorar ultrapassou todo o bom senso. Seus dedos desceram até os tendões do pescoço, onde já cresciam pequenos fios de cabelo desde o último corte. Uma coisa tão simples. Lavar o cabelo de alguém. Mas não havia nada de simples no conflito interno das emoções de Elena quando ele se entregou a ela. Tocá-lo assim foi ao mesmo tempo íntimo e inocente. Sedutor e doce. Perigoso e natural.

Vlad inspirou, e ela parou no mesmo instante.

– Estou te machucando? – A voz dela soava como lixa no vidro.

– Não – respondeu ele, áspero. – Por mim você poderia fazer isso o dia todo.

De repente ela desejou isso. Abriu os dedos de novo e esfregou o cabelo dele, massageando cada centímetro do couro cabeludo como ele a massageara na noite anterior. Vlad movia a cabeça junto com ela, em direção ao seu toque. E quando inclinou a cabeça bem para trás, Elena viu que seus olhos estavam fechados.

Seus próprios olhos a traíram, deslizando até onde ela jurou não olhar, seguindo a trilha de pelos escuros que desciam apontando para uma área de pelos mais grossos um pouco mais abaixo.

Como seria com ele? Fazia tanto tempo que não se permitia imaginar, mas agora seu corpo insistia em pintar toda a imagem pornográfica vívida em sua mente. Sentir aqueles quadris se moverem contra os dela. Pressionar seus seios carnudos contra aqueles pelos ásperos e escuros, aquele peito rígido de granito.

A respiração de Vlad mudou, e seus olhos se desviaram depressa para encontrar os dele, agora abertos, observando-a com uma expressão indecifrável.

Deveria ter ficado envergonhada, mas não conseguia invocar nenhuma emoção além daquele turbilhão de tensão sexual. Suas mãos pararam no couro cabeludo dele.

– Você tem um corpo lindo, Vlad.

A garganta dele subiu e desceu enquanto ele engolia em seco. Mas quando Vlad não respondeu, a vergonha finalmente se impôs. Elena forçou em sua voz uma leveza que não existia.

– Como se você precisasse que eu dissesse isso.

– Eu preciso – disse ele, a voz rouca.

A leveza evaporou.

– Por quê?

– Que marido não quer saber que sua mulher o acha atraente?

– Eu sempre achei você atraente, Vlad. Você só nunca me convidou para olhar antes.

– Estou convidando agora.

A realidade entrou em choque com a fantasia. O que diabos ela estava fazendo? Elena afastou as mãos e se levantou. O oxigênio estava em falta, assim como a sanidade.

– Você pode terminar sem mim?

– Elena...

– Vou esperar lá fora caso precise de mim de novo.

Covarde. Elena praguejou baixinho e fugiu para se esconder no quarto, com muito medo de ouvir ou ver a reação dele. Mas talvez também porque estivesse com medo de si mesma e da sensação que percorria seu corpo, do desejo que ainda persistia.

Era apenas físico. Uma reação natural. Era só isso. Que mulher não sentiria uma onda de luxúria depois de colocar as mãos em um homem daquele? Que mulher não começaria a imaginar todo tipo de safadeza na presença de um espécime como Vlad?

Só que ela não era uma mulher qualquer, e ele não era um homem qualquer. E o corpo não era de um espécime sem nome e sem rosto. Era de Vlad. Seu amigo da vida inteira. Seu marido. Aquele de quem, na verdade, estava se divorciando. E ela praticamente acabara de admitir para ele que o queria.

O desejo se transformou em humilhação. Passara anos escondendo isso e... *puf!* Já era. A exposição roubara o véu atrás do qual ela se escondia antes de ser despida.

– *Talvez seja um erro.*

Elena se encostou na parede do lado de fora do quarto de Vlad. Não tinha a intenção de ouvir escondido, mas a voz dele era profunda, um tipo de barítono que se fazia ouvir mesmo quando ele tentava ser discreto. Depois do discurso do sogro, ele e Vlad haviam desaparecido, e ela foi procurá-lo porque já fazia um bom tempo que o marido não estava ao seu lado.

Marido. Não conseguia se acostumar com a palavra. Naquela manhã, chegara perto de cancelar tudo. Apesar do que sentia por ele, Vlad não precisava de um fardo como ela. Mas, no minuto em que o viu de smoking, esperando por ela no cartório, com aquele sorriso caloroso e aqueles olhos meigos, todo seu medo evaporou. Talvez estivesse destinada a se casar com aquele homem, seu melhor amigo. E ele a beijou com tanto carinho depois dos votos que uma centena de sonhos esquecidos fora despertada. Não sabia o que aconteceria naquela noite, sua noite de núpcias. Mas a esperança e o desejo rapidamente a deixaram embriagada com as possibilidades.

Até agora.

– *Talvez eu devesse ter contado a verdade* – *murmurou Vlad.*

Elena sentiu o estômago se contrair. Que verdade?

– *Claro.* – *Seu pai soltou um grunhido irônico.* – *Ela com certeza vai se abrir quando você contar que só a pediu em casamento porque sua mãe sugeriu.*

Sua pele, tão quente um momento antes, ficou gelada. Tudo aquilo era uma mentira. Vlad estava se casando com ela por obrigação. Nada mais. Elena saiu na ponta dos pés, escondeu-se no banheiro e chorou por dez longos minutos. Depois de se recompor, jurou que ele jamais saberia a verdade sobre quanto ela tinha sido ridícula. Jamais saberia que foi burra o bastante para acreditar que ele a desejava tanto quanto ela o desejava.

No banheiro, o barulho da água jorrando foi seguido pelo da banheira sendo esvaziada. Depois, o ruído agudo das mãos molhadas na borda da banheira. A pisada abafada de um pé no chão, o farfalhar de uma toalha.

Elena aproximou-se de fininho, preparou-se e falou do pequeno vão da porta entreaberta.

– Precisa de ajuda?

– Acho que consigo sozinho. – Sua voz não o traiu.

– O chão pode estar escorregadio.

– Está tudo bem. Já vou sair.

Ela queria fugir, trancar-se no quarto e se esconder. Mas não podia. Não antes de saber que ele deixara o banheiro em segurança. Então esperou, estremecendo, quando as muletas se aproximaram. Elena abriu a porta para ele e deu espaço suficiente entre os dois para evitar qualquer chance de tocá-lo de novo. Vlad havia enrolado uma toalha seca em volta da cintura, mas filetes de água escorriam pelas suas costas.

– Vou pegar uma roupa para você.

– Posso me vestir sozinho.

– Está bem. Eu, hã, vou descer, então.

– Droga, Elena. Pare.

Ela parou na soleira e encarou a porta fechada de seu quarto, do outro lado do corredor, presa entre dois mundos. À sua frente, todas as suas anotações, seu trabalho, seu futuro. Atrás, todos os seus desejos, seus anseios, seu passado. Mas Vlad não parecia mais parte do seu passado. Parecia real. Parecia presente.

– O que foi que acabou de acontecer? – perguntou ele, soando magoado e confuso ao mesmo tempo.

– Nada.

– Não foi nada.

– Então foi uma coisa que precisamos esquecer.

– *Por quê?*

Elena se virou e o viu no mesmo lugar. Enraizado e preso.

– Fiz uma entrevista de emprego ontem.

O rosto dele perdeu a cor.

– Do que você está falando?

– No *Moscow Independent*.

Ele passou a mão no rosto.

– Quer dizer, não foi bem uma entrevista, liguei para Yevgeny, e ele disse que me daria um retorno em alguns dias. É bem provável que ele me ofereça uma vaga.

Toda afeição e ternura evaporaram dos olhos dele. O olhar se tornou tão rígido quanto a linha do maxilar, a expressão tão sombria quanto a cor de sua barba.

– Parabéns.

– Esse sempre foi o plano, Vlad.

– Nem sempre. – Ele se virou com a ajuda das muletas. – Pode ir agora. Não preciso mais da sua ajuda.

CATORZE

Por volta das seis horas, a comida estava pronta, a casa estava cheia, e Elena desejava poder estar em qualquer outro lugar.

Passaram o dia todo sem se falar, e Vlad mal olhava para ela. Para todos os outros, era só sorrisos e abraços. Mas sempre que o olhar dos dois se cruzava, o rosto dele virava pedra. Um pouco antes de o jogo começar, os rapazes o acomodaram no sofá e se amontoaram ao redor dele como sempre faziam. De seu lugar no outro lado da sala, Elena sentia o peso dos olhares. Ergueu os olhos e viu Mack, Malcolm e Noah a fitando e sussurrando. Eles desviaram o olhar mais do que depressa, tornando óbvio que tinham sido pegos em flagrante falando dela.

Vlad provavelmente havia contado sobre a entrevista de emprego e agora eles a odiavam também. Elena se virou e fingiu indiferença. Sentiu que mais alguém a encarava, porém dessa vez era Alexis, que a observava com a cabeça um pouquinho inclinada e um olhar questionador.

– Me desculpe, você disse alguma coisa? – perguntou Elena.

– Perguntei se posso fazer algo para ajudar.

– Ah. Não, obrigada. – Ela balançou a cabeça para afastar a nuvem de pensamentos, e apontou para a mesa repleta de comida. – Apenas aproveite, por favor.

Alexis alternou o olhar entre Elena e Vlad antes de pedir licença.

– Atenção, minha amiga. – A voz de Colton sobre seu ombro soou como um sussurro medonho. – Suas colegas chegaram.

Ótimo. Justo quando achava que a noite não poderia ficar pior, as Solitárias apareceram marchando em fila indiana. Elena colocou a mão sobre o olho direito, que começou a tremelicar.

– O que foi? – perguntou Colton.

– Mau-olhado.

Colton afastou a mão dela.

– Coragem, mulher. Não deixe que elas intimidem você.

– Não estou intimidada – sussurrou Elena.

Mas então Michelle entrou, e sua voz sumiu. Ela tinha levado outra travessa de torta, só que acompanhada por uma garrafa de vinho e uma dose de sofisticação discreta que fez Elena desejar ter pensado um pouco mais na própria aparência. Em comparação com o short azul-vivo e a camiseta brilhante do Vipers de Michelle, Elena se sentiu uma completa desleixada em seu jeans e camiseta de gola V.

Michelle colocou a torta entre os outros pratos na mesa e então, com um sorriso radiante, traçou uma linha reta até Elena.

– Trouxe um presente para você – disse ela, entregando-lhe o vinho.

– Para mim? – Elena piscou.

– Para a anfitriã – respondeu Michelle, em tom afetuoso.

Elena pegou a garrafa, sem saber ao certo o que dizer.

– Eu... Obrigada. É muita gentileza sua.

– É o meu favorito. É de uma vinícola em Michigan.

Claud avançou como o touro que era.

– Onde está Vlad?

Elena apontou para a sala de estar. Ao ouvir seu nome, Vlad se virou e olhou por cima do encosto do sofá, erguendo o copo em cumprimento. O movimento repuxou sua camiseta em direção ao peito, e Elena sentiu a boca secar. Ela desviou o olhar.

Michelle pegou um prato.

– Isso parece incrível. Você cozinhou tudo sozinha?

– Sim. Estou cozinhando há dias.

– Espere só até provar todos eles – disse Colton. – Elena é genial.

– Qualquer um pode seguir uma receita.

– Mãe! – Linda empurrou um prato para a mãe. – Seja educada.

– Se isso tiver a metade do sabor das panquecas que você fez, vou sair daqui satisfeita – elogiou Andrea, e se exibiu para Colton ao colocar um bolinho no prato.

Colton mordeu a isca, deu uma piscadela e fez uma reverência.

– Minha linda, garanto que sairá daqui satisfeita se colar em mim esta noite.

Michelle captou o olhar de Elena, e as duas trocaram um revirar de olhos e um sorriso oculto que fez Elena pensar que em circunstâncias diferentes teriam sido amigas. Mas as circunstâncias não eram diferentes, e a sensação fugaz de pertencimento deixou um vazio dentro dela.

Alexis se inclinou sobre a mesa e soltou um suspiro.

– Isso aqui é um *blini*?

– É, sim – disse Elena, surpresa.

Alexis emitiu um gemido de prazer e colocou dois dos minicrepes recheados de queijo no prato.

– Meu Deus, faz tanto tempo que não como isso.

– Onde você comeu?

– Na escola de culinária – disse Alexis. – Ela deu uma mordida e gemeu de um jeito que fez Noah se virar para olhar. – Não preparamos muitos pratos russos, só alguns. Este é o meu preferido. Não acredito que você fez. Vou comer tudo.

O elogio significou mais do que deveria. Elena deu de ombros.

– Eu gosto de cozinhar.

– Bem, isso é bastante conveniente – comentou Liv, a mulher de Mack, dando uma cotovelada em Alexis. – Porque Vlad gosta de comer.

Elena forçou um sorriso e tentou participar da conversa como se não houvesse nada errado no relacionamento deles.

– Para ser sincera, acho que estou deixando Vlad louco. Sou muito exagerada.

– Todo homem gosta de ser paparicado – disse Andrea. – Eles se sentem amados. Claro, uma lingerie sexy também nunca fez mal a ninguém.

– Exceto ao seu marido. – Claud deu uma risada debochada.

– Mãe!

O sorriso de Elena encontrou o de Michelle. Um verdadeiro dessa vez. A estranha sensação de camaradagem aumentou.

– Então você e Vlad cresceram na mesma cidade? – perguntou a mulher de Malcolm, Tracy.

– Sim. – Elena assentiu, olhando de relance para Vlad de novo. – Crescemos em Omsk. Fica na parte sul da Sibéria.

– Acho que não conheço muito da geografia da Rússia – admitiu Andrea, pegando um biscoito. – A que distância Omsk fica de Moscou?

– Bem longe. Quase 3 mil quilômetros. Nasci em Moscou, na verdade, mas nos mudamos para Omsk depois que minha mãe morreu.

Com um ruído solidário, Alexis pousou a mão brevemente no braço de Elena.

– Sinto muito. Quantos anos você tinha?

– Nove.

O rosto delas transmitiu uma piedade que fez seu corpo retesar. Elena podia ler a mente daquelas mulheres pelo brilho em seus olhos. Coitadinha de Elena, que teve que se casar com seu melhor amigo para sair da Rússia como uma órfã desprezada. Que teve que aprender a cozinhar ainda criança porque o pai vivia fora de casa tentando salvar o mundo.

Ela ergueu o queixo.

– E, respondendo à sua pergunta, Claud, sim, vou embora logo. Fiz uma entrevista ontem com um jornal em Moscou.

Aquilo soou como um disco arranhado na sala. Até mesmo a TV ressoando dos alto-falantes *surround* pareceu emudecer quando todos os olhos ali se arregalaram.

Um dos rapazes fez a besteira de sussurrar para Vlad:

– É verdade?

– Sim – respondeu Vlad, e ela nem precisou ver a cara dele para saber que estava forçando as palavras pelo maxilar cerrado. – É verdade.

Então, pelo visto, Vlad não contara aos amigos. E eles não estavam felizes com isso, a julgar pela forma como se aglomeraram à sua volta e começaram a gesticular como um bando de hienas em uma matança.

– Uau – balbuciou Andrea para disfarçar a tensão. – Parabéns pela entrevista.

– Sim – disse Michelle. – Parabéns. Parece ser uma grande oportunidade.

Claud bufou.

– Quando você vai?

Linda enfiou um biscoito na boca da mãe.

– Ainda não sei. Foi só uma entrevista preliminar, mas eu... – Elena fez uma pausa e pigarreou. – De qualquer jeito, antes vou voltar a Chicago. Provavelmente logo. – As palavras deixaram um gosto amargo em sua língua.

– Tem certeza? Mal começamos a conhecer você – lamentou Alexis.

– Vai ser melhor assim – retrucou Elena, erguendo mais o queixo.

– Só prometa que não vai embora antes de termos a chance de nos encontrarmos de novo – disse Michelle. – Por favor, Elena, me prometa isso.

Ela imprimiu tanta sinceridade na voz que Elena quase se permitiu acreditar que fazia parte do grupo. Ou que aquelas mulheres queriam que ela fizesse.

Mas Elena sabia que não era bem assim. Essa era a turma de Vlad. A família de Vlad. Ela não pertencia a esse lugar.

A campainha tocou, e todos na sala deixaram escapar um suspiro aliviado.

– Eu atendo – disse Michelle, colocando o prato e o copo sobre a mesa.

Alguns momentos depois, ela voltou com uma expressão perplexa e estupefata, seguida por um homem de calça jeans apertada e jaqueta de couro.

As mulheres mal conseguiram ficar de pé.

O Homem do Queijo.

Vlad virou o copo e mastigou um cubo de gelo.

Ele e os amigos ficaram amontoados como um triste time da liga amadora observando enquanto os adversários se aqueciam e se perguntando onde diabos haviam encontrado um atacante novo e mais jovem.

Na sala de jantar, o Homem do Queijo era o centro das atenções, como o chef celebridade de um programa de culinária. As mulheres o rodearam, seduzidas por cada palavra proferida enquanto ele explicava os méritos do movimento *slow food* na produção de laticínios.

– Sabem o que acontece quando uma vaca é ordenhada muitas vezes por dia? Seus níveis de estresse aumentam, como uma mãe sobrecarregada que só precisa de um pouco de carinho.

No meio da mesa, o homem colocou um Girolle, uma espécie de ralador circular, e um pedaço de queijo suíço fresco. A cada giro da manivela, ele tirava uma camada finíssima do queijo e um ano da juventude de Vlad.

– O estresse afeta a qualidade do leite, o que, por sua vez, afeta a qualidade do queijo. Os dois devem ser tratados com ternura. – Ele girou a manivela e acrescentou um leve giro nos quadris. – Devemos venerar o milagre de seus corpos. Elas têm que receber carinho e cuidado. Só assim podemos saborear a diferença.

O Homem do Queijo pegou uma fatia e a levou na direção de Elena, que abriu a boca como um filhote de passarinho e deixou que ele a colocasse em sua língua como uma hóstia. Ela suspirou e fechou os olhos.

– Sentiu a diferença, não é? – murmurou ele, traçando o dedo pela linha de seu maxilar.

– Hummm. – Ela gemeu.

Vlad jogou outro cubo de gelo na boca e o esmigalhou.

– Quem ele pensa que é?

Colton deu de ombros.

– Um gostosão que sabe fazer o queijo parecer um orgasmo.

– Ele está dando em cima de todas as mulheres aqui. Por que nenhum de vocês está bravo com isso?

Mack deu de ombros.

– Eu não ligo se Liv quiser experimentar o cheddar dele. Ela vai para casa com o meu salame.

Todos os rapazes grunhiram de nojo.

– Essa foi infame, cara – criticou Noah, deixando transparecer a ansiedade com o fascínio de Alexis pelo jeito como o Homem do Queijo agarrou seu gouda.

Elena deu uma risadinha de algo que o Homem do Queijo disse. Do outro lado da sala, Vlad sentiu como se tivesse acabado de levar uma tacada de hóquei no traseiro.

– Vou esmagar as bolas dele.

– Este é um lado do Russo que não conhecemos – refletiu Mack, tomando o último gole de cerveja.

– Que lado? – Vlad triturou outro cubo de gelo.

– Ciumento.

– Não estou com ciúmes.

– Com certeza está.

– Estou irritado. É minha festa e é minha casa, e ninguém está dando atenção ao jogo porque... Olhem só pra ele!

Todos se viraram a tempo de ver o Homem do Queijo dar um biscoito com brie a Michelle. Ela o tirou dos dedos dele com os lábios. As mulheres entraram em êxtase.

Vlad virou o copo de novo, mas murmurou um palavrão ao perceber que estava vazio.

– É interessante – comentou Malcolm, roçando a barba. – Sempre fico intrigado com o que acaba levando um homem a ultrapassar seus limites, com o que é necessário para trazer à tona aquele homem das cavernas interior que sempre tentamos reprimir. É um processo superar toda uma vida de masculinidade tóxica e... – Sua voz morreu quando o Homem do Queijo pegou a mão de Tracy e a beijou. – Eu vou esmagar as bolas dele.

Vlad apontou com o copo vazio.

– Ah, viu só? Não é tão fácil ignorar quando ele está dando em cima da *sua* mulher.

Todos ergueram as sobrancelhas em um gesto coletivo. Vlad percebeu a gafe.

– Não é isso, eu quero dizer... Elena não é minha mulher. Nós estamos nos... nos... vocês sabem.

Mack inclinou a cabeça.

– Você está tentando dizer "divorciando"?

– Você sabe o que estou tentando dizer!

– Eu sei. E acho muito interessante que você não consiga admitir isso.
– Cala a boca.
Mack o encarou, bloqueando sua visão das mulheres.
– Por que você não admite logo de uma vez?
Vlad apertou o copo vazio com mais força.
– Não tenho nada para admitir.
Noah soltou uma risada debochada.
– Que tal o fato de você não querer se divorciar?
Vlad pediu que ele falasse baixo. Mas uma rápida olhada na sala de jantar revelou que ninguém tinha ouvido. As mulheres ainda estavam hipnotizadas pelo Homem do Queijo girando sua manivela.
Mack colocou a mão no ombro de Vlad.
– Está tudo bem, cara. Não precisa continuar mentindo. Não para a gente.
– Já estou em paz com a situação do meu casamento – disse ele, afinal.
– Você não tem cara de quem está em paz.
– Então considere uma expressão de aceitação.
– Está com cara de derrotado, seu pé no saco – grunhiu Mack.
– Você a ouviu. Ela fez uma entrevista de emprego em Moscou. Ela vai embora.
– Quer lutar por ela? – perguntou Noah.
– Estou cansado de lutar.
Outro gritinho veio da sala de jantar. O Homem do Queijo narrava de modo poético as qualidades afrodisíacas do parmesão.
– Eu odeio tanto esse cara. – Vlad fervilhava de raiva.
– Bota o homem para correr daqui. A festa é sua.
O Homem do Queijo percorreu os dedos pelo braço de Elena antes de alimentá-la com uma fatia de parmesão.
Então a sala ganhou um tom vermelho quando o Homem do Queijo baixou a cabeça.
E deu um beijo na mulher dele.

QUINZE

E assim, a festa acabou.

Em um minuto, Elena estremecia em antecipação a um beijo na bochecha. No seguinte, Vlad estava de pé, sem muletas, berrando para todo mundo cair fora.

Todos os rapazes tomaram suas respectivas mulheres com uma urgência do tipo *falamos sobre isso depois* e saíram às pressas, seguidos rapidamente pelas Solitárias, que já cochichavam feito comadres futriqueiras.

Com o rosto em chamas, Elena acompanhou o Homem do Queijo até a porta.

– Me desculpe mesmo. Não sei o que deu nele. Vlad não costuma ser assim.

O Homem do Queijo levou os dedos dela aos lábios.

– Eu faço uma boa ideia.

– Não faz, não. Estamos nos separando.

O Homem do Queijo a analisou com um sorrisinho presunçoso.

– Tem certeza disso?

Elena fechou a porta, cerrou os punhos, e voltou para a sala pisando duro. Encontrou Vlad bufando, a mão fechada em torno de um copo meio vazio de algo que provavelmente não fazia bem ao seu estômago.

– Não. Posso. Acreditar. – Elena pegou o controle remoto, que caíra no chão quando Vlad pulou do sofá, e desligou a TV onde passava o jogo. – Onde é que estava com a cabeça para se levantar daquele jeito? Podia ter se machucado. E tem ideia de como isso foi humilhante?

– Tenho ideia, sim. – Vlad tomou um longo gole, que desceu queimando. Entornou o resto da bebida e jogou o copo vazio no chão.

– É melhor parar de beber. Isso não deve fazer bem para o seu estômago.

Vlad apontou o dedo para ela.

– Pare de cuidar de mim. Quer saber o que foi mais humilhante? Ver outro homem beijar minha mulher bem na minha frente.

A indignação queimou como uma mordida em um *pelmeni* escaldante recém-frito em óleo quente.

– Você não tem o direito de ficar com ciúmes, Vlad.

A voz dele baixou uma oitava.

– Ele te beijou.

– Ele beijou *minha bochecha*.

– Só porque você virou o rosto no último segundo. Se não tivesse feito isso, ele teria enfiado a língua na sua goela.

– O que é muito mais do que você já fez comigo!

– Porque você nunca quis que eu fizesse mais!

Elena foi para cima dele com passos furiosos, recuou o braço e deu um soco em seu peito. Vlad pulou para trás em uma perna só, piscando de surpresa. Como ele parecia perdido, ela fez de novo. Seu punho aterrissou no vale do peitoral dele com um baque surdo.

– Elena...

– É claro que eu quero que você me beije! Eu sempre quis! Quis que me beijasse quando me pediu em casamento. Quis que me beijasse no dia do nosso casamento. Quis que me beijasse *ontem à noite*. – *Pou*. Outro soco. – E quero que você me beije *agora*.

Elena agarrou sua camisa, puxou-o para perto e colou os lábios nos dele.

Ela o beijou pela primeira vez desde que disseram *sim* no altar, mas aquele beijo não tinha nada de casto. Não havia qualquer fingimento nem confusão. Ninguém a quem convencer, a não ser eles mesmos.

Elena suavizou os lábios contra os dele, pressionando com delicadeza em uma súplica silenciosa. Com um gemidinho, instigou a boca dele. Uma. Duas vezes. Até que finalmente ele cedeu. Vlad entreabriu a boca uma fração de centímetro, e ela inclinou o rosto para ir mais fundo.

Ao toque de sua língua na dele, Vlad ganhou vida. Com um grunhido, segurou-a pela nuca com uma das mãos e pressionou as costas dela com a outra, puxando-a firmemente contra seu corpo. Cambalearam juntos pela sala até ela colidir contra a parede, sem nunca quebrar o contato, sem nunca afastar uma boca da outra. Elena passou os braços ao redor do pescoço dele e ficou na ponta dos pés. Vlad a devorou, a consumiu.

Anos desejando, imaginando, ansiando convergiram em uma realidade que excedia toda a fantasia. As mãos dele a embalaram. Os braços a enlaçaram. A boca fez amor com ela. Havia uma doçura naquela paixão, uma ternura naquela força bruta. Ele beijava com uma pureza inocente, porém com uma maestria delicada que sugeria que ele era um homem experiente, mas Elena não queria pensar nisso.

Vlad mudou o ângulo da boca para se deliciar com o que restava dos sentidos dela enquanto Elena se pressionava contra ele, a pélvis roçando a protuberância de sua excitação. Ele soltou um ruído meio humano, meio animal. Com um suspiro, ela se afastou dele para respirar, inclinando a cabeça para trás, os olhos fechados. Vlad trilhou com os lábios seu maxilar, seu queixo, seu pescoço. Elena cravou os dedos em seu couro cabeludo enquanto ele saboreava a pele delicada, inspirava o perfume, acariciava o ponto pulsante macio que batia cada vez mais depressa a cada movimento de sua língua.

– Vlad...

Ele respondeu à súplica sussurrante deslizando lentamente a mão pela lateral do corpo dela, pausando como se para memorizar cada centímetro, cada reentrância e curva. Então os dedos tatearam a barra da blusa e ela perdeu o fôlego quando encontraram sua pele e começaram a viagem ascendente por seu corpo.

Os dedos dele roçaram embaixo da curva do seio por uma fração de segundo antes de sua mão cobrir o tecido rendado entre sua exploração e a saliência rígida do mamilo.

Elena sussurrou o nome dele, arqueando-se ao seu toque.

Vlad soltou um grunhido e se afastou. Plantou as mãos na parede, uma em cada lado do corpo dela, e deixou a cabeça cair entre os ombros. Derrotado. Desalentado.

– Vlad?

Ele enfim recuou, mancando.

– Não posso fazer isso, Elena.

Elena baixou a blusa.

– Fazer o quê?

– O que quer que isso seja. Durante anos, você nunca quis nada comigo. De repente diz que vai voltar para a Rússia, que vai me deixar, mas então vem aqui, me abraça, me olha sem roupa, diz que sou bonito e me beija. Tem noção do que eu tive que fazer para conseguir seguir em frente? – Vlad bateu bem no meio do peito. – O que tive que fazer para seguir em frente com você *aqui dentro*? E agora você está aqui, e não faço ideia do que está acontecendo entre nós.

– Eu...

Ele agarrou os ombros dela.

– O que diabos está acontecendo entre nós?

– Eu não sei – sussurrou Elena.

Ele a soltou.

– Preciso que você descubra. Eu não sou uma máquina. Ou você me quer ou não quer. Por favor, Deus do céu, tome uma decisão.

Elena descolou o corpo da parede.

– E você? Quando é que vai se decidir?

– Do que você está falando?

– Não pode ignorar uma pessoa por quase seis anos e depois aparecer do nada pedindo para ter um casamento de verdade.

– Ignorar? – Ele bateu uma palma contra a outra. – Eu me *casei* com você. Jurei diante da minha família, diante da nossa igreja, me casar com você e proteger você, e isso de fato teve um significado para mim.

– Não teve, não.

– C-Como é?

As mãos delas se fecharam em punhos.

– Eu ouvi você!

– Me ouviu quando?

– Com seu pai. Na noite do nosso casamento. Eu ouvi você. Eu sei a verdade, Vlad. Sempre soube. Você me pediu em casamento por obrigação, não por amor ou paixão. Me pediu em casamento porque sua mãe aconselhou que era a coisa certa a fazer.

Na cabeça de Elena, ela era uma personagem de desenho animado pulando enquanto tentava agarrar as palavras soltas no ar. Mas era tarde demais.

Vlad contraiu o rosto. A ponto de se formarem linhas em volta de seus olhos.

– Não. Não é isso... Elena, você entendeu mal.

– Entendi mal? Você nem me beijou depois de me pedir em casamento.

– Você também não me beijou!

– Porque eu não sabia se você queria que eu te beijasse. – A voz dela saiu esganiçada, e ela odiou isso, a fraqueza que sua reação revelava.

– Eu não posso acreditar – murmurou Vlad. – Por que... por que você não *falou nada*?

– Porque isso me magoou muito.

– E é esse o motivo... o motivo de *tudo isso*? – Ele escancarou os braços.

– Eu tinha 20 anos. Estava assustada e confusa e...

– Seis anos, Elena! – interrompeu ele, batendo o punho na parede. – Foram seis anos de nossas vidas!

– Eu sei – sussurrou ela, porque foi tudo o que conseguiu expressar diante da raiva dele.

– Por que você não conversou comigo? – Sua voz era um soneto de agonia.

– Porque não sabia como! Eu me senti humilhada e...

– Que besteira. Nós éramos melhores amigos, Elena. Conversávamos sobre tudo.

– Sim, e aí nos casamos.

Vlad pôs as mãos na cabeça e olhou para o chão.

Ela estava cansada demais para continuar a lutar. Afundou na parede.

– A garota que você pediu em casamento não era a mesma que conheceu quando criança. Aquela garota se foi. Desapareceu junto com o pai. E em seu lugar ficou uma pessoa aterrorizada e sozinha que não sabia o que fazer com seu futuro, e então você chegou como um príncipe em um cavalo branco. Quando fez o pedido, foi como se tivesse me jogado um colete salva-vidas. Eu me agarrei a ele. A *você*. Mas ouvir aquela conversa entre você e seu pai foi como descobrir que o colete era na verdade uma âncora. Só me fez afundar ainda mais. De novo, eu não passava de um fardo. E fiquei tão brava. Tão humilhada – disse ela. Ele ergueu os olhos cheios de arrependimento. – E tudo que você fez depois disso me levou a acreditar que de fato eu *era* só um fardo. Você encheu minha conta bancária, pagou minha faculdade e me comprou um carro. Mas nunca me disse, nem uma vez, que era porque se importava comigo. Você me deixou ir para Chicago sem nem ao menos dizer que não queria que eu fosse. Sem nem, caramba, dizer que me amava!

O rosto dele se contraiu de dor.

– Eu teria sido uma esposa de verdade se você tivesse me pedido, Vlad. Mas você nunca pediu. Não até seis meses atrás. Mas aí já era tarde demais.

Seu desabafo saiu num sussurro, mas a verdade gritava a plenos pulmões. Eles se encararam, arfando em uma batalha entre o oxigênio e a raiva. E pairando sobre tudo aquilo estava a constatação de que as coisas poderiam ter sido diferentes se apenas tivessem sido honestos um com o outro naquela época.

Só que não.

As coisas não poderiam ter sido diferentes porque *eles* não tinham sido diferentes. Estavam presos a um presente definido por um passado que jamais poderiam mudar.

Vlad inspirou trêmulo e virou o rosto, mas não antes que ela visse uma lágrima escorrer por sua bochecha.

– Vlad… – Elena estendeu a mão para ele.

– Não. – Ele balançou a cabeça e deixou escapar um grunhido meio de agonia, meio de raiva. – Eu jurei que nunca perguntaria isso a você, mas tomei uns quatro drinques e nem isso foi suficiente para apagar a lembrança de você me observando na banheira, e agora tenho que acrescentar a imagem de outro homem te beijando. Então que se dane.

Elena se enrijeceu, mas nada poderia tê-la preparado para o que estava por vir.

Encarando o vazio à frente, Vlad engoliu em seco e perguntou, a voz rouca:

– Você esteve com alguém desde que nos casamos?

– O quê? – sussurrou ela, ofendida e chocada demais para dizer qualquer outra coisa.

– Não me faça repetir.

Ela foi tomada novamente pela indignação.

– Como você se atreve? É sobre isso que quer conversar agora? Essa é a pergunta que não quer calar? Quer saber se dormi com alguém em Chicago?

Vlad de repente escorou as mãos na parede para se apoiar. Sua voz era uma súplica torturante.

– Só me responda. *Por favor*.

– Não! – Elena jogou as mãos para o alto. – Não estive com ninguém desde que nos casamos.

Vlad se virou para a parede e encostou a testa ali.

– Graças a Deus.

– E você pode dizer o mesmo? Seja honesto.

Ele ergueu a cabeça. Seus olhos vermelhos e vidrados de repente se mostraram alarmados e ofendidos.

– É sério?

– Você pode me perguntar, mas eu não posso devolver a pergunta? Você é homem. Um homem muito sexy, além de um atleta profissional. Eu teria que ser a idiota mais ingênua do mundo para acreditar que passou todo esse tempo sem… aquilo.

Vlad abriu e fechou a boca. Passou a mão pelo maxilar. Uma lufada triste escapou de seus lábios.

– Você não sabe o que está dizendo. Meu Deus, Elena, você não faz ideia de como tenho sido fiel a você.

– O que diabos isso quer dizer?

Vlad voltou mancando até o sofá, contornou-o e afundou nas almofadas. Encarou com um olhar vazio a tela escura da TV. Quando voltou a falar, sua voz estava fraca e sem vida.

– Eu nunca estive com *ninguém*, Elena. Nunca.

Elena balançava a cabeça enquanto tentava juntar as peças do que aquelas palavras significavam. O que... o que ele quis dizer? Não podia estar falando sério. Será que estava?

– Vlad – sussurrou ela. – O quê...?

– É – interrompeu ele, com outra daquelas risadas forçadas. – Isso mesmo. Seu marido é virgem. Um virgem que *esperou por você*.

Elena pressionou o punho contra a boca. O tique-taque de um relógio no canto marcava os segundos, mas nada poderia mensurar o abismo entre eles.

– Vlad, eu...

– Não preciso que sinta pena de mim.

– Não estou com pena de você. Estou com raiva. Furiosa, na verdade.

Ele se virou no sofá, sua expressão uma combinação distorcida de surpresa e confusão.

– Eu nunca pedi que você esperasse por mim, Vlad. Foi uma decisão sua, então não jogue isso nas minhas costas. Mas, de qualquer forma, me desculpe. Peço desculpas por estragar sua vida de tantas maneiras.

Elena deu meia-volta e correu em direção às escadas. Tinha que ir embora. Agora. Foi mais do que depressa para seu quarto e fechou a porta. Mal havia se passado um minuto antes de ouvi-lo do outro lado, mas àquela altura ela já tinha pegado a mala e começado a jogar seus poucos pertences lá dentro.

– Elena, o que você está fazendo? – Ele tentou girar a maçaneta, mas a porta estava trancada. – Por favor, me deixe entrar.

Ela colocou os artigos de higiene pessoal na mala e fechou o zíper. Vlad tentou novamente.

– Elena, abra a porta. Por favor.

Só faltavam suas anotações. Elena enfiou tudo na mochila e a colocou no ombro. Ao abrir a porta, Vlad quase tropeçou nela. Mas então viu suas coisas, a mala, a mochila, e recuou se apoiando nas muletas.

– O que você está fazendo?

– Tenho que ir.

Ele balançou a cabeça freneticamente.

– Não. Não tem, não.

– Nós dois sabemos que é melhor assim.

Ele deixou uma das muletas cair e esticou o braço no batente da porta para bloquear a passagem.

– Não é. Por favor, Elena.

– Não torne isso mais difícil do que já é.

Vlad de repente a segurou pela nuca e pressionou a testa contra a dela.

– Eu não quero que você vá – disse, engasgado.

– Mas vai querer – sussurrou ela, incapaz de encontrar forças para se afastar dele. – No fim das contas, vai querer. Este casamento foi um erro. Estou tentando consertar isso. Me deixe ir.

Ele afastou a cabeça. Lágrimas rolaram por suas bochechas. Seus olhos estavam vermelhos.

– Tomei a decisão errada vindo para cá. Pensei que estava fazendo uma coisa boa para você, algo para retribuir sua bondade e sua amizade, mas eu estava errada. Você não precisa de mim. Nunca precisou. Você tem amigos incríveis, seu time e até os animais de estimação da vizinhança. E obviamente tem Michelle. Só estou piorando as coisas.

Elena atravessou a porta e passou por ele no corredor.

Vlad não tentou impedi-la enquanto ela fugia noite adentro.

DEZESSEIS

Elena acordou logo que amanheceu em um quarto estranho e frio, com uma dor de cabeça latejante e um buraco no peito. Mal havia conseguido pregar os olhos, e mesmo durante as poucas vezes que dormiu, trincou tanto o maxilar que chegou a sentir dor enquanto tinha sonhos angustiantes.

Depois de sair da casa de Vlad na noite anterior, escolheu se hospedar no primeiro hotel que apareceu nos resultados de sua pesquisa. Assim que fez o check-in, reservou o primeiro voo disponível para Chicago. Só conseguiu um assento do meio na última fileira, saindo às nove horas da manhã seguinte. Teria que enviar uma mensagem a Vlad com a localização do carro no estacionamento do aeroporto antes de decolar. Talvez um dos rapazes o ajudasse a ir buscá-lo.

Levantou-se com cuidado, como se tivesse sofrido uma contusão. Tudo doía. Dois comprimidos de Tylenol e uma ducha quente aliviaram um pouco a dor física, mas não havia remédio para a outra.

Pela primeira vez em muito tempo, ela sentiu todo o peso de sua solidão. Não tinha mais a faculdade com que se distrair, e estudar todas aquelas pistas de sua investigação sem futuro era tão atrativo quanto realizar um exame de Papanicolau. Mas a ideia de passar o dia todo encarando o teto branco daquele quarto branco monótono era só um pouco menos tentadora.

Ficou imaginando se Vlad já tinha acordado. Será que chegou a ir para a cama na noite anterior ou simplesmente voltou lá para baixo e apagou no sofá?

Uma pontada de alarme bloqueou sua respiração. E se Vlad tivesse caído? Elena pegou o celular e buscou o número de Colton que havia salvado. Ele provavelmente faria perguntas, mas ela precisava entrar em contato, então digitou uma mensagem breve.

ELENA: Pode dar uma olhada em Vlad? Saí de casa. Quero ter certeza de que ele está bem.

Alguns minutos se passaram antes de Colton responder:

COLTON: Como assim, saiu de casa?

ELENA: Estou voltando para Chicago.

COLTON: Ah.

Foi só isso. *Ah.*

ELENA: Você vai dar uma olhada nele?

COLTON: Sim.

Outra resposta monossilábica. Eles voltaram a odiá-la. Ela não deveria se importar com isso, mas se importava.

Antes que pudesse se convencer do contrário, ela mudou de roupa e foi para o carro. E embora não tivesse tomado uma decisão consciente a respeito de para onde ia, pareceu inevitável encostar no meio-fio diante da casa que ficava a dois quarteirões da de Vlad.

Caminhava a passos lentos pela calçada, a indecisão transformando seus pés em blocos de cimento. Não eram amigas. Mal se conheciam e, como se não bastasse, Michelle provavelmente começaria a namorar seu marido no minuto em que ela embarcasse naquele avião.

Ainda assim, Elena andou até a porta da frente e bateu. Alguns momentos depois, Michelle a abriu com uma expressão de surpresa e uma roupa típica de mãe suburbana aos domingos de manhã. Legging. Camiseta. Coque frouxo. Sua aparência desgrenhada era na verdade um alívio. Até mesmo Michelle podia se dar a chance de ser desleixada.

A expressão dela rapidamente se suavizou.

– Meu Deus, Elena, oi.

– M-Me desculpe por aparecer assim – gaguejou Elena. – Na verdade, não pensei direito, mas você me fez prometer que nos veríamos, e eu só... Posso entrar?

Michelle piscou rápido, mas logo abriu passagem.

– Claro. Por favor.

Elena cruzou o hall da casa de Michelle. Não chegava nem perto de ser tão grande e imponente quanto a de Vlad, mas era agradável. À direita da entrada, havia uma ampla escada levando ao andar de cima e, à esquerda, uma sala de jantar que mais parecia ter se tornado o lugar onde as crianças faziam o dever de casa e Michelle dobrava as roupas. À frente estava um longo corredor que dava na cozinha.

– Lamento pelo que aconteceu na festa – disse Elena.

Michelle fechou a porta e riu baixinho.

– Não lamente.

– Vlad não devia ter feito aquilo.

– De verdade, não precisa se desculpar.

Ficaram paradas meio sem jeito ali na entrada. Elena olhou em volta, mordendo o lábio. Michelle por fim fez um gesto em direção à cozinha.

– Que tal tomarmos um café? Acabei de passar.

– Ah, eu... eu não quero incomodar.

– Não é incômodo nenhum.

– Então eu aceito – murmurou Elena. – Um café cairia bem.

Elena sentiu o estômago embrulhar quando passou pelo corredor. As paredes estavam cobertas por fotografias profissionais emolduradas de Michelle e das meninas. Aquela era uma família feliz. Era o que Vlad queria. O que merecia. O que ela lhe negara com sua imaturidade e egoísmo.

A cozinha estava limpa, porém bagunçada. Uma pequena pilha de pratos sujos ocupava um lado da pia, e alguém se esquecera de guardar o pão e a manteiga de amendoim depois de preparar um sanduíche.

– Me desculpe pela bagunça – comentou Michelle enquanto pegava outra caneca no armário. – Não tive muito tempo para arrumar antes da festa ontem à noite, e dormi até mais tarde hoje.

– Não está bagunçada. Só parece a casa de uma família.

Michelle sorriu enquanto servia a caneca de Elena.

– Costumamos ser mais bagunceiras do que a maioria. Minhas meninas são muito agitadas.

– Qual a idade delas?

Michelle entregou o café a Elena.

– Elas têm 7 e 10 anos. Creme e açúcar?

– Sim. Se você tiver.

Michelle riu de novo.

– Você está de brincadeira? Só um psicopata toma café puro.

Elena sentiu a tensão nos ombros dar uma aliviada. Michelle era muito mais sociável do que havia imaginado.

– Vamos nos sentar? – Michelle fez um gesto em direção à sala de estar logo depois da cozinha. Era uma ampla casa em conceito aberto, o que devia ser bom para uma mãe. Dava para preparar o jantar e ainda ficar de olho nas crianças.

Elena seguiu Michelle até o longo sofá modular e se sentou na extremidade oposta a ela. Havia vários brinquedos espalhados pelo chão, e um gato desconfiado a encarava de trás da perna de uma mesa decorativa.

– Qual o nome do gato?

– Dolphin.

Michelle riu ao ver o olhar de interrogação de Elena.

– As meninas escolheram o nome. Acharam engraçado ser um golfinho.

– Vlad adora gatos.

Michelle inclinou a cabeça.

– Sim, ele me contou.

Elena olhou ao redor novamente. Por mais que doesse admitir, Vlad se encaixaria muito bem ali. A casa de Michelle era agradável e acolhedora. Aconchegante e convidativa. Almofadas descombinadas decoravam o sofá, coisas grandes e fofas que seriam perfeitas para cochilar no domingo depois do futebol e para se aconchegar nas noites frias de inverno.

– Suas filhas gostam de Vlad?

A caneca de Michelle parou a meio caminho da boca.

– Hã, sim, claro. Quer dizer, elas não o conhecem direito, mas...

– Vlad é muito bom com crianças. Vai ser um excelente pai um dia.

– Tenho certeza de que vai... um dia.

– Dá para dizer muito sobre um homem pelo jeito como ele trata os animais. E Vlad é muito carinhoso com os bichinhos.

– Eu imagino.

– Suas meninas estão dormindo?

– Não. Estão com o pai neste fim de semana.

– O que... o que houve com seu marido? – Elena balançou a cabeça e se retraiu. – Me desculpe. Ignore a pergunta. Mal nos conhecemos. Às vezes eu esqueço que não posso sair entrevistando todo mundo.

Michelle soltou uma risadinha tímida.

– Está tudo bem. Mesmo. Não me incomodo mais de falar sobre isso. E, para ser honesta, não tenho muitas amigas da minha idade, então é até legal conversar sobre o assunto com alguém, eu acho.

Mais tensão se dissipou dos ombros de Elena.

– Eu também não tenho muitos amigos.

De *qualquer* idade. Será que Michelle tinha notado a omissão? Exceto por Vlad, Elena nunca teve amigos de verdade. Durante a juventude, era arriscado demais para ela se aventurar fora do minúsculo círculo de confiança de seu pai por causa do trabalho dele. Enquanto as outras crianças da sua idade se divertiam, praticavam esportes e namoravam, ela estava em casa ou na casa de Vlad.

– Meu ex-marido – disse Michelle, inspirando fundo e soltando o ar devagar – era advogado e tinha, *tem*, uma longa jornada de trabalho. Eu sou formada em biblioteconomia, mas trabalhava só meio período por causa das crianças e dos horários dele. Cheguei em casa um dia não me sentindo bem, e ele estava aqui. E não estava sozinho.

– Ele estava traindo você?

– Na nossa cama.

Elena soltou um palavrão em russo.

Michelle ergueu a caneca na direção de Elena.

– Não faço ideia do que isso quer dizer, mas concordo.

– Quer dizer que ele é um porco.

– É mesmo. Demais. – Ela deu de ombros. – Enfim, durante o divórcio descobri que a mulher que encontrei na cama com ele não era a primeira. Ele vinha me traindo desde o primeiro ano de casamento. Fiquei com a casa, voltei a trabalhar em período integral na Biblioteca Pública de Nashville, e as meninas e eu estamos construindo uma nova vida desde então.

– Você é uma mulher forte.

– Tenho que ser pelas crianças.

– Você está sozinha aqui em Nashville?

O rosto de Michelle demonstrou compaixão, como se Elena tivesse revelado algum tipo de mensagem subliminar na pergunta.

– Não. De jeito nenhum. Quer dizer, meus familiares moram a duas horas daqui, então não podem ajudar muito no dia a dia. Mas a gente se vira. Temos amigos maravilhosos.

– Vlad também. Ele construiu uma vida muito boa aqui. Eu... – Elena mordeu o lábio. – Fico feliz que você faça parte dela.

Elena tomou um gole de café para disfarçar o tremor do lábio inferior.

– Elena – disse Michelle, gentilmente. Seu tom sugeria muita prática em lidar com crianças teimosas. – Acho que sei por que veio aqui.

– Sabe?

Michelle assentiu e colocou a caneca na mesa de centro.

– Acho que devo ser bem direta com você.

– Está tudo bem – interveio Elena, antes que Michelle pudesse continuar. – Eu sei... Eu sei sobre você e Vlad.

– Pois é, olha só, é sobre isso que preciso ser direta. Eu e Vlad não temos nada.

– Talvez não agora, mas é óbvio que existe alguma coisa entre vocês...

– Elena, não existe *nada* entre mim e Vlad. Eu gosto muito dele. Ele é um dos caras mais gentis que já conheci, e talvez uma parte de mim até queira mesmo alguma coisa com ele, afinal quem é que não se sentiria assim? Só que há um enorme problema.

– Qual?

– Você.

Elena a encarou.

– Não. Você tem minha bênção. – As palavras cortavam como cacos de vidro contra a pele, mas ela tinha que dizer. – Você é inteligente e gentil e... é exatamente o que ele quer e merece. Não vou ficar no caminho de vocês.

Michelle pressionou a mão na almofada entre elas.

– Você não entendeu. A questão não é você estar no caminho.

– Então qual é?

– É o inconveniente fato de que ele está e sempre estará apaixonado por você.

Se Michelle tivesse lhe dito aquilo 24 horas antes, Elena teria insistido que não era verdade. Agora, não sabia em que acreditar. Não depois de tudo o que Vlad lhe revelara na noite anterior. Mas de uma coisa ela ainda tinha certeza.

– É tarde demais.

– Não é, não.

– Vou embora amanhã.

Isso fez Michelle recuar. Ela abriu e fechou a boca antes de deixar escapar um suspiro decepcionado.

– Por quê, Elena? – A voz era ao mesmo tempo triste e recriminatória.

– Porque algumas coisas ficaram bem evidentes ontem à noite. Ele está sofrendo comigo aqui. Vai ser melhor para ele se eu voltar para Chicago agora.

– Mas você *quer* ir embora?

Elena derramou café quente na mão.

– Isso é um *não*?

Elena enfiou na boca a parte do polegar que ardia e percebeu que estava exausta demais para fazer qualquer coisa que não fosse dizer a verdade.

– Não, eu não quero ir.

– Graças a Deus – murmurou Michelle. – Fiquei com medo de ter que bater em você com uma abobrinha gigante.

– Faz pouco mais de uma semana que estou aqui! Como posso me sentir tão confusa? Como posso já estar reconsiderando tudo pelo que venho batalhando? O que isso quer dizer?

Michelle deu de ombros.

– Que você é humana. Que o amor é complicado.

Elena colocou a caneca na mesa de centro e se levantou, agitada demais para permanecer sentada, e começou a andar de um lado para outro.

– Parece que durante minha vida toda eu andei por aí com os óculos sujos e só agora finalmente os limpei. Mas, em vez de conseguir enxergar melhor, estou só trombando com paredes que nem sabia que existiam.

– Recomeçar nunca é fácil.

– Não estou recomeçando. – Suas palavras soaram como as de uma criança birrenta teimando que não está com sono.

– Olha, entendo um pouco o que você está passando. É difícil se redefinir depois de tanto tempo se vendo de um jeito. Eu era a esposa de alguém. Era isso que eu era. Nunca parei para me perguntar se estava feliz naquele papel... se é que um dia me reconheci nele. Acho que foi por isso que ignorei todos os sinais de alerta por tanto tempo. Não é que eu o amasse tanto a ponto de não imaginar a vida sem ele. O problema é que eu perdi o contato comigo mesma de tal forma que não conseguia imaginar quem eu era sem ele. É assustador.

Elena entendeu aquilo tão profundamente que sentiu os olhos ficando marejados.

– Quando meu ex-marido se mudou, passei três semanas em meio a um nevoeiro, sabe? Então um dia, saí do banho, toda molhada. E ali, nua, me dei conta... *Estou limpa*. Eu estava limpa mesmo, de verdade. Tinha lavado toda aquela decepção e promessas quebradas. Passei uma hora assim, andando nua pela casa. Nunca me senti tão livre.

– Mas... – Elena voltou para o sofá e encarou Michelle. Balançou a cabeça e tomou um gole de café.

– Mas o quê? Pode me perguntar qualquer coisa.

– Quando vocês ficaram juntos no início... você o amava, não é?

– Amava. Amava de verdade.

– Então, o que deu errado?

– *Ele* deu errado. Não estou dizendo que eu era uma esposa perfeita, nem que não contribuí para os problemas do nosso casamento. Mas, no fim das contas, ele não conseguia parar de perseguir algo que eu jamais poderia dar.

Um azedume brotou no estômago de Elena e começou a subir devagar pela garganta.

– O que ele estava perseguindo?

– Acho que ele nunca se considerou realmente bom. Fico triste de pensar nisso agora, porque é um homem tão talentoso e inteligente. Tinha muito a oferecer, mas, em algum lugar dentro dele, algo se corrompeu. Algo que dizia que ele sempre tinha que ser o melhor, ganhar mais dinheiro, correr atrás da próxima grande conquista, da próxima grande vitória. Ele se esqueceu de valorizar o que tinha. E, por muito tempo, eu permiti que ele corresse atrás dessas coisas. Achei que era feliz correndo ao lado dele. Até que percebi que não estava a seu lado. Não estávamos juntos nessa corrida. Ele corria na frente, me deixando para trás, e não havia nada que eu pudesse fazer ou dizer que o fizesse desacelerar. Demorei muito para perceber que não cabia a mim convencê-lo de que *eu* era o prêmio pelo qual valia a pena lutar.

Elena sentiu cada palavra como se fossem mil alfinetadas minúsculas.

Michelle devia ter visto alguma coisa na expressão de Elena, porque colocou a mão em seu braço, tranquilizando-a.

– Elena, você e Vlad não são meu ex-marido e eu.

– Mas eu também tenho perseguido uma coisa e o deixado para trás.

– Estou disposta a apostar que não é porque você não o ama.

É justamente porque eu o amo. Elena baixou os olhos.

– Ele merece alguém melhor.

– Ele mora em uma casa cheia de livros água com açúcar que sugerem o contrário.

Elena ergueu a cabeça.

– Livros água com açúcar? Do que você está falando?

– Do clube do livro que ele tem com os amigos – revelou Michelle. Seus olhos se arregalaram. – Espera. Você não sabia?

Elena piscou.

– Presumi que você soubesse – disse Michelle, em tom de desculpa.

– Vlad e os amigos leem romances? Tipo, de brincadeira?

– Longe disso – respondeu Michelle. – Eles levam o clube bem a sério. Leem porque acham que os livros vão torná-los maridos, amantes e pessoas melhores. Tem certeza de que ele nunca contou sobre isso?

– Tem muita coisa que não contamos um ao outro.

– Elena, ele entrou para o clube por *você*.

– P-Por mim?

– Queria descobrir como fazer você feliz, como trazê-la de volta.

De repente, seus olhos se encheram de lágrimas. Elena se levantou de um pulo e deu as costas para Michelle, piscando rápido para combatê-las. Foi inútil. Duas lágrimas escorreram por suas bochechas.

– Ah, merda – comentou Michelle, levantando-se. No mesmo instante, abraçou Elena por trás. – Não chore. Eu não queria chatear você.

– Quando foi que ele entrou para esse clube do livro?

– Há alguns anos, eu acho.

Alguns *anos*?

– Ele nunca me contou isso. Por que ele nunca me contou?

– Talvez seja a hora de vasculhar isso e muitos outros assuntos – aconselhou Michelle em tom tranquilizador, abraçando mais forte. – Vai ficar tudo bem.

As palavras foram simples, mas muitíssimo irônicas. Vlad a abraçara quase do mesmo jeito quando ela o encontrou depois do desaparecimento do seu pai e lhe dissera exatamente as mesmas palavras. *Vai ficar tudo bem.*

Michelle deu um momento para Elena se recompor antes de dar um tapinha em seu ombro.

– Pode esperar um segundo aqui?

Elena seguiu a outra com os olhos.

– Aonde você está indo?

– Pedir reforços.

O olho de Elena começou a tremelicar.

– Q-Que tipo de reforços?

Michelle sorriu.

– Eu juro, todo mundo está do seu lado.

– Não. Claud me odeia. Ela me rogou uma praga.

– Ela vai aparecer assim que estiver a par de tudo.

Elena foi até a cozinha atrás de Michelle, que desconectou o celular de uma estação de carregamento para multidispositivos.

– Michelle, por favor – disse Elena. – Eu sei o que está tentando fazer, e estou... estou muito agradecida. Mas Vlad não quer que eu fique. Ele acha que sim, mas não quer.

Michelle desatou a rir, como se Elena tivesse acabado de contar a piada mais engraçada que já ouvira. Em seguida, levou o telefone à orelha e, um momento depois, disse:

– Você pode vir? Ela está aqui.

Elena engoliu em seco quando Michelle encontrou seus olhos.

– Não tenho certeza – disse Michelle –, mas ela acabou de me dar sua bênção para namorar o marido dela.

Outro momento se passou, e Michelle encerrou a ligação. Um brilho em seus olhos precedeu umas palminhas de entusiasmo.

– Estou tão feliz por você ter vindo aqui hoje. Temos muito trabalho a fazer.

– Não faz diferença. Estou indo embora.

– Está indo mesmo?

– E-Eu já comprei a passagem.

– Isso não significa que tem que usá-la.

A porta da frente se escancarou, deixando entrar uma rajada do vento oeste, e uma sensação arrepiante subiu pela nuca de Elena.

– Cadê ela? – Claud entrou pisando duro, como um general. Logo atrás vinham Linda e Andrea, boas soldadinhas de infantaria.

– Aqui dentro – respondeu Michelle com toda a calma. Elena lutou contra o impulso de se proteger atrás dela.

– Pelo amor de Deus, garota! – disse Claud, bufando e sem fôlego. – Já passou da hora de vocês pararem de olhar para o próprio umbigo.

DEZESSETE

Vlad sentiu o cheiro de bacon.

Mas era impossível. Elena tinha ido embora. Tinha juntado suas coisas e ido embora no carro dele na noite anterior. E, mesmo sabendo que isso acabaria acontecendo, que ela iria embora um dia, aquilo o destruiu. Assim como sabia que aconteceria.

Vlad botou o braço em cima dos olhos e rezou para que o sono varresse a realidade. Seu estômago o alertou que o puniria em retaliação ao porre de uísque que havia tomado. O cheiro bizarro de bacon não estava ajudando.

Um ruído baixinho no chão atraiu seu olhar para a direita.

Ele piscou. Apoiou-se nos cotovelos. Piscou novamente.

Uma galinha estava em seu quarto.

Uma galinha usando fralda.

Vlad se sentou e pressionou os olhos com a base das mãos. Ao olhar de novo, a galinha ainda estava lá. Ela andava devagar perto da cômoda, bicando alguma coisa que havia encontrado ali.

Santo Deus, Vlad tinha rachado o cérebro na noite anterior. Estava oficialmente vendo coisas.

– Que bom, você está acordado.

Vlad pulou de susto. Mack estava na porta do quarto com uma bandeja de comida.

– Trouxe uma amiga para visitar você – disse ele, indicando a galinha ao entrar. Em seguida, colocou a bandeja na mesa de cabeceira. Ondas de vapor subiam de uma caneca de chá e havia um prato com ovos mexidos e bacon, além de frutas cortadas.

– Essa é a Hazel? – Vlad mal conseguiu falar por causa da garganta seca.

– Aham. E você está prestes a comer os ovos dela.

Hazel era a galinha preferida de Vlad. Talvez nem todo mundo tivesse uma galinha preferida, mas Vlad tinha. Ela era de uma fazenda fora da cidade onde a mulher de Mack havia morado e trabalhado, e quando foi lá uma vez, Vlad e Hazel se uniram contra um galo perverso chamado Randy que a vivia atacando.

Vlad estendeu os braços. Mack se inclinou, pegou a franguinha e a colocou no colo do amigo. Hazel arrulhou e se acomodou com as patas dobradas. Vlad passou a mão nas penas macias até que os olhos da galinha se fecharam. Era uma boa menina. Ele mordeu o lábio para esconder o tremor e pigarreou.

– Que horas são?

– Quase meio-dia.

Àquela altura, Elena já devia estar em um avião voltando para Chicago. Ou talvez tivesse ido de carro. De um jeito ou de outro, ela estava longe, muito longe.

– Malcolm, Del, Noah e Colton vão subir em alguns minutos – avisou Mack, pegando a galinha. – É melhor comer.

– Acho que não consigo. – Vlad pressionou a mão na barriga.

– Tente. Você precisa reparar os danos da noite passada.

Vlad pôs a bandeja no colo, examinou a comida e optou por começar com o chá.

– Elena está voltando para Chicago – informou ele.

Mack colocou Hazel no chão.

– Estamos sabendo.

– Como?

– Ela mandou uma mensagem para Colton pedindo que ele viesse ver você.

Elena ainda estava cuidando dele. Mesmo depois de tudo que disseram um para o outro. Seu estômago se contraiu, e não por causa de sua sensibilidade gastrointestinal. Era por pura angústia.

Os outros caras chegaram alguns momentos depois. Vlad se preparou para o confronto. Para o sermão a respeito do idiota que era pelo que aconteceu na festa e por deixar Elena ir embora.

– Desembuchem logo – resmungou ele.

– Desembuchar o quê? – perguntou Malcolm, encostando-se casualmente na armação da cama.

– Podem falar que sou um idiota que estragou a melhor coisa que já me aconteceu e que sou um idiota por tê-la deixado ir embora.

Colton deu de ombros.

– Ah, sim, isso meio que resume bem a história.

Mack passou as mãos no cabelo.

– O que aconteceu ontem à noite depois que saímos?

– Não importa. Ela vai voltar para a...

– Rússia. Sim, já sabemos. – Mack balançou a cabeça. – Mas também vimos que você perdeu a cabeça por causa de um cara que pensou em beijá-la, mesmo depois de você ter teimado que estava *em paz* com o divórcio. Então talvez seja hora de parar com essa enrolação e ser franco com a gente.

Vlad cutucou os ovos. Queria poder abraçar Hazel de novo.

– Você não quer o divórcio – concluiu Malcolm. – Nem ela.

– Isso não é verdade. Ela está indo embora.

– Porque você deixou isso acontecer.

– Não – retrucou ele, engasgando com aquela maldita emoção que sabia que não poderia conter por muito tempo. – Porque contei a verdade a Elena, e isso foi demais para ela.

Mack grunhiu.

– A verdade sobre o quê? Você continua enrolando.

Vlad balançou a cabeça. Sabia como os rapazes eram. Uma vez que começasse a falar, estaria perdido. Não o deixariam parar até que tivesse lavado a alma e se acabado em lágrimas no chão. O lado bom de seus amigos é que sempre estariam lá para levantá-lo novamente, com um lenço para o nariz melequento e um ombro sobre o qual apoiar a cabeça pesada. O ruim era que as emoções o invadiam com a mesma velocidade de um disco deslizando no gelo. Pelo menos com o disco Vlad conseguia visualizar a cena e tomar o tipo de decisão rápida que fizera dele um dos melhores jogadores de defesa da Liga Nacional de Hóquei. Mas, naquele momento, ele era um caso perdido. O disco o atingiria bem no meio da cara.

Examinou os amigos: todos esperavam pacientemente, exceto Colton, que se sentara no chão para brincar com Hazel. Mack se acomodou na beirada da cama ao lado do quadril de Vlad.

– Escuta, cara. Todos nós tivemos que contar nossos segredos antes. Você sabe como isso funciona.

Claro. Só que não havia estado daquele lado antes.

– Você consegue – encorajou Del.

Noah assentiu.

– Só conta para a gente...

– Eu sou virgem! – Ele prendeu a respiração enquanto o grupo absorvia a informação.

Esperava uma explosão.

Mas obteve silêncio.

– Você está zoando... – começou Noah. – Não é?

Vlad olhou para eles, incrédulo.

– É isso? É assim que vão reagir?

Malcolm deu de ombros.

– Então você é virgem. Grande coisa.

– É grande coisa, sim. Sou um atleta profissional de quase 30 anos que nunca transou, nem com a mulher com quem é casado há seis anos. Não passo de um...

– *Ser humano* – completou Mack.

Vlad murmurou obscenidades em russo.

– Vocês não estão entendendo. Contei a ela que sou virgem, que esperei por ela a vida inteira, e Elena saiu correndo, dizendo que arruinou minha vida e que nunca poderia me recompensar e que foi um erro ter vindo aqui, e então ela foi embora. *De novo*.

– Algo me diz que tem mais coisa por trás disso – refletiu Del.

Vlad enrubesceu e baixou os olhos para o próprio colo.

– Talvez ela tenha me beijado.

– Espera aí, o quê? – grasnou Mack.

Vlad deu de ombros.

– Ela me beijou.

– Puta merda – sussurrou Colton com um sorriso.

Malcolm ergueu a sobrancelha.

– E depois?

– Eu me afastei.

E então veio a explosão.

Mack soltou um palavrão e puxou o cabelo. Malcolm apontou o dedo para Vlad e não falou coisa com coisa. Colton e Noah se levantaram ao mesmo tempo e, sem querer, suas cabeças colidiram. Del murmurou "Eu desisto" e deu meia-volta para sair.

Hazel cacarejou como se tivesse botado um ovo.

– Por que diabos você a afastou? – Mack fervia de raiva.

Del se virou e voltou para a lateral da cama.

– Não vou embora até ouvir tudo. Não porque acho que vale a pena ouvir, mas porque quero registrar isso para poder dizer, na próxima vez que a gente pensar que conheceu o filho da mãe mais imbecil do planeta: "Ah, não, lembram o que o imbecil do Russo fez?"

– Eu estava confuso, ok? – protestou Vlad em sua própria defesa. – Em um minuto, ela queria voltar para a Rússia. No outro estava me beijando e me olhando pelado e…

– Hã? – Colton ergueu a mão. – Que parte é essa de pelado?

Noah bateu no braço dele.

– Ele está empolgado. Não o interrompa.

Vlad suspirou e passou a mão no queixo para disfarçar o repentino tremor no lábio.

– Eu não podia fazer aquilo. Não se ela fosse embora logo depois. Eu não conseguiria sobreviver. Então parei e pedi que ela se decidisse, e isso acabou em discussão, aí contei que sou virgem, e ela foi embora.

Mack encontrou o olhar de Malcolm, e os dois assentiram ao mesmo tempo. Em seguida, Mack ergueu os olhos.

– Meu Deus, você consegue ser tapado quando quer.

– Por que estou sendo tapado? Dei a ela a chance de abrir o jogo, e ela resolveu ir embora.

Del deu um tapa na nuca dele. Vlad foi lançado para a frente e esfregou o ponto que ardia da palmada.

– Por que isso?

– Por ser um bundão teimoso. – Del se curvou para ele com um olhar ameaçador. – Você não deu uma chance a ela. Você a fez se sentir humilhada. Elena assumiu um enorme risco ao beijar você, e aí o que aconteceu? Você a culpou por sua própria escolha de se manter celibatário.

O estômago de Vlad embrulhou.

– Eu não a culpei.

Culpou, sim. Elena até chamou sua atenção para isso. *Eu nunca pedi que você esperasse por mim. Não jogue isso nas minhas costas.*

– Além disso, você consolidou na mente de Elena o que ela mais temia: o medo de ter ferrado sua vida e que você estaria melhor sem ela – explicou Del. – Não é à toa que ela foi embora.

Vlad mal conseguia ouvi-los com o rugir das batidas aceleradas do seu coração.

– Vou vomitar.

Mack recuou.

– De verdade? Tipo, vai botar para fora mesmo? Ou é só, tipo, metaforicamente?

Vlad não sabia dizer.

Colton fingiu estar interessado nas próprias unhas.

– E aí, rapazes? Acham que já está na hora de acabarmos com o sofrimento dele?

Noah cruzou os braços.

– Sim, acho que já o torturamos o bastante.

Vlad franziu o cenho.

– Do que vocês estão falando?

Colton deu de ombros.

– Ela não foi embora.

O coração de Vlad parou.

– Como é?

Colton sorriu.

– Fiquei sabendo por uma fonte segura que Elena está a apenas alguns quarteirões daqui. Na casa da Michelle.

Vlad sentiu um pequeno vaso sanguíneo explodir em seu cérebro quando uma sobrecarga de sentimentos conflitantes fritou suas terminações nervosas. Ela não tinha ido embora. *Ela não tinha ido embora.*

Mack sorriu.

– Aaah, vejam só. Um *plot twist*.

– Vocês sabiam disso esse tempo todo? – grunhiu Vlad.

Del deu de ombros.

– Nós gostamos da Elena. Não íamos contar para você até termos certeza de que merecia saber.

– Vou esmagar suas bolas.

Mack colocou as mãos sobre o coração.

– Isso é jeito de falar com os amigos que vão ajudar você a ter sua mulher de volta?

As mãos de Vlad tremiam ao pôr a bandeja na mesa de cabeceira.

– Eu… eu não sei o que fazer.

Mack pegou Hazel e a deixou no colo de Vlad de novo.

– Bem, posso não ser escritor, mas acho que você deveria incluir no seu próximo capítulo uma cena garantindo que ela saiba que você quer que ela fique.

Colton riu e bagunçou o cabelo de Vlad.

– Beba seu chá contra cocô, bundinha. Porque você chegou ao clímax e precisa decidir se está disposto a reescrever sua própria história.

DEZOITO

O quarto de Michelle era dividido em três partes: a área da cama, uma área de estar, e um closet do tamanho de uma Starbucks.

Elas mandaram Elena esperar enquanto desapareceram na "cafeteria".

– O que estão fazendo? – perguntou ela cinco minutos depois, tendo que falar mais alto para ser ouvida.

Michelle voltou com uma pilha de roupas que quase a escondia. Atirou-a na outra cadeira da sala e, ofegante, encostou a mão na parede.

– Sorte sua que tenho muitas roupas.

– Sorte minha? – indagou Elena. – O que está acontecendo?

– Não leve a mal, mas vou tacar fogo nesse seu moletom.

– É da minha faculdade – disse Elena, olhando para a palavra MEDILL estampada sobre os seios.

– Você usou isso todos os dias desde que chegou aqui.

– Eu não tive muito tempo para fazer as malas.

Claro, mesmo se tivesse tido, a maior parte do guarda-roupa de Elena era exatamente igual ao que estava vestindo. Leggings. Moletons. Jeans surrados.

– Bem, você também não tem tempo de fazer compras, então vamos apelar para o meu closet.

– Compras para quê? – Ela ficou com medo da resposta, principalmente depois que Michelle riu.

– Para o que mais seria? Para a sedução.

Linda e Andrea apareceram, também carregadas de roupas. Jogaram tudo ao lado do monte que Michelle havia despejado. Apenas Claud estava de mãos vazias. Pelo visto, ela era a líder.

– Sedução? – replicou Elena, a voz aguda. – Não. Não, não, não, não. Nada de sedução. Estamos apressando as coisas. Eu nem conversei com Vlad ainda. Ele pode muito bem me pôr para correr.

Michelle ergueu um vestido preto com decote em V.

– Ele não vai se você estiver usando isto.

Elena olhou para si mesma e fez contato visual com as colinas dos seus seios generosos.

– Sem chance. Vou parecer uma boia inflável.

Quatro pares de mãos a agarraram por diferentes membros do corpo e a conduziram à força até o banheiro. Michelle lhe entregou o vestido.

– Experimente.

Depois de cinco minutos excruciantes, Elena voltou. Michelle e as Solitárias adotaram a mesma expressão: boca aberta e olhos arregalados.

– Eu avisei que era perda de tempo – comentou Elena, dando meia-volta.

Novamente, elas a agarraram, mas a arrastaram até um espelho de corpo inteiro ao lado da porta do closet.

– Olhe para você – disse Michelle. – Está des-lum-bran-te. Eu nunca fiquei tão bonita assim neste vestido.

– Pareço aquelas mulheres que desfilam pelo ringue depois de uma luta.

– Bem, eu não sei o que isso quer dizer, mas se essas mulheres são *assim* – Andrea enfatizou a palavra com um gesto, apontando para o corpo de Elena –, elas são muito gostosas.

Michelle riu.

– Vlad vai perder os sentidos.

Um calor que rivalizaria com a erupção do Vesúvio fez suas bochechas queimarem.

– Este vestido é chamativo demais.

Claud soltou uma risada debochada.

– Homens não captam sutilezas, querida. Temos que acertá-los na cabeça e, mesmo assim, explicar o porquê.

– Sim – concordou Andrea, puxando o decote ainda mais para baixo. – Então, é melhor fazê-los ser notados.

– Ah, sim – concordou Michelle, assentindo. – São armas de sedução. Temos que usar.

– Eu não posso fazer isso. – Elena franziu o nariz. – Eu... eu nem sei como seduzir alguém. Não posso simplesmente mostrar meus peitos para ele.

Claud soltou outra risada debochada.

– Até parece que nunca conheceu um homem na vida.

– Conheci o Vlad. E ele não vai nem me tocar sem permissão.

– Até mesmo um cavalheiro pode perder a cabeça diante de seios fartos.

Elena riu.

– Por que vocês estão me ajudando?

– Queremos que Vlad seja feliz.

– Mas o que fez você mudar de ideia sobre mim?

Claud se colocou diante dela.

– Você veio até aqui dar sua bênção a Michelle, mesmo que isso tenha claramente partido seu coração. Só uma pessoa que se importa de verdade com alguém faria algo tão altruísta.

– Eu não sou altruísta. Eu... eu o magoei.

Michelle lhe lançou um olhar solidário.

– Você deveria se cobrar menos. Nada no casamento de vocês tem sido normal. Nenhum de vocês tem tomado decisões sensatas. Ele é tão culpado quanto você.

Elena voltou ao espelho e tentou ver a si mesma, ver as *coisas*, de um novo ângulo. Alisou com as mãos as curvas justas, tentou imaginar a reação dele, tentou imaginá-lo tirando o vestido de seu corpo. Uma fisgada no estômago a fez suar.

– Vocês têm certeza sobre este vestido?

Michelle assentiu.

– Sim, e agora precisamos de um sapato.

– De salto – completou Andrea.

Claud deu um sorrisinho.

– Alto e sensual.

Meu Deus.

Uma hora depois, Elena tinha pegado emprestadas roupas suficientes para um mês de combinações diferentes, mas seu moletom da Medill sumira misteriosamente. Vestiu um jeans branco de Michelle (teve que dobrar a barra porque a mulher era uns 8 centímetros mais alta) e uma camiseta preta sem mangas que ficou apertada demais no peito, porque Elena tinha alguns centímetros a mais do que Michelle naquela região. Voltou à cozinha, onde as Solitárias esperavam por ela com um café recém-passado.

– Olhe para você – disse Michelle, assentindo. – Veja só o que vem escondendo debaixo daquele moletom.

– Por falar nele, não estou conseguindo encontrá-lo.

Michelle assobiou e desviou o olhar.

– Hora de bolar um plano – disse Claud.

– Um plano para quê?

Claud olhou para ela como uma adolescente tentando lhe explicar o TikTok.

– Para ter seu homem de volta.

Elena olhou para o chão.

– Ele nunca foi meu de verdade.

– Foi, sim. Ele sempre foi seu. Vocês só são muito teimosos.

Houve uma batida à porta. Michelle manteve um olhar intrigado no rosto.

– Não faço ideia de quem pode ser. É muito cedo para as meninas terem voltado.

Ela pediu licença, e Elena prendeu a respiração quando em um pânico momentâneo imaginou Michelle abrindo a porta e encontrando Vlad lá para finalmente chamá-la para sair. Ela ficou escondida na cozinha e ignorou o burburinho.

A porta se fechou, e um momento depois, Michelle reapareceu. Com um sorriso tão largo que mal cabia no rosto, e um envelope do tamanho de um cartão comemorativo. Ela o entregou à Elena.

– Isso acabou de chegar para você.

– Para mim? De quem é? – Elena pegou o cartão no exato momento em que Michelle respondeu à pergunta.

– Visto que está escrito em russo, já faço uma boa ideia.

Елена

Seu nome estava escrito na frente do envelope com a inconfundível letra de Vlad.

Elena levou as mãos trêmulas aos lábios.

– Mas ele não sabe que estou aqui.

– Bem, na verdade é provável que ele já saiba – comentou Andrea. – Eu meio que contei ao Colton. – Ela deu uma risadinha e fez uma dancinha. – Nem acredito que tenho o número de Colton Wheeler.

– Então, você vai abrir ou não? – intimou Claud.

– Talvez ela queira um pouco de privacidade – sugeriu Linda.

O batimento forte do pulso nos ouvidos de Elena abafou as vozes quando ela deslizou o dedo sob o selo do envelope, que se abriu com um leve puxão. Seus dedos tremeram ao tirar dali um cartão com um ramo de sálvia russa na frente. Havia carregado um buquê dessa florzinha em seu casamento.

Dentro, escrito em seu garrancho de homem, estava um poema que ela conhecia muito bem.

– E então? – insistiu Claud.

Elena só conseguiu sussurrar:

– "Ainda me lembro do momento maravilhoso quando você apareceu diante dos meus olhos..."

– O que diabos isso quer dizer? – perguntou Claud.

Elena tirou os olhos do papel e encontrou suas inesperadas novas amigas prestando muita atenção e esperando uma explicação.

– É um poema.

– Ahhh. – Andrea apertou as mãos no peito. – Ele escreveu um poema para você?

– Não foi Vlad que escreveu – respondeu Elena. Mas não teria significado mais se ele tivesse escrito. Elena olhou para as palavras de novo, mas daquela vez elas nadavam em meio às águas de seus olhos.

– Significa alguma coisa importante? – perguntou Michelle baixinho.

Sim, significava. Significava tudo. Era um poema de Pushkin sobre um homem que se apaixonou por uma mulher mas a perdeu, e só a reencontrou anos depois.

Era um poema sobre segunda chance, perdão e recomeço.

Era, pelo que Vlad parecia dizer, um poema sobre eles.

Embaixo, ele escrevera uma observação. *Foi um momento maravilhoso quando acordei no hospital e vi que você estava lá. Não quero que vá embora. Gostaria de jantar comigo esta noite?*

– E aí? – insistiu Claud, impaciente. – É só isso? Só um poema?

– Não – respondeu Elena, erguendo os olhos novamente. – Ele me convidou para jantar hoje.

Michelle soltou um gritinho e fez outra dancinha antes de apontar o dedo para Elena com uma expressão de *eu bem que te falei*.

– O que foi que eu disse? Esse homem morreria por você.

– Não quero que ele morra por mim. Quero que ele seja feliz.

– E ele será se você esquecer seu ego teimoso, deixar o passado para trás e der ao seu casamento a chance de um futuro de verdade.

– Mas e se eu não conseguir fazê-lo feliz? E se...

Ela engoliu o resto da pergunta, mas uma voz permaneceu em sua cabeça. E se estivesse destruída demais depois de todo esse tempo? E se fosse tarde demais para superar todos os erros, os mal-entendidos? E se o passado dela fosse apenas mais uma âncora destinada a arrastar o futuro dos dois para o fundo de um poço escuro?

– Chega de *e se* – ordenou Claud. – É hora de decidir, de uma vez por todas. A felicidade é o caminho mais difícil, mas você é forte o bastante para se arriscar. Eu não estaria aqui se não acreditasse nisso.

– Ainda preciso contar algumas coisas a ele – sussurrou Elena, a voz enfraquecendo junto com a resistência.

– Você terá muito tempo para isso depois – disse Michelle. – Agora, só tem que dar o primeiro passo.

O primeiro passo rumo a um novo futuro. Seria tão simples assim?

Elena engoliu em seco e inspirou fundo.

– Está bem – disse ela, assentindo energicamente. – Qual é o plano?

DEZENOVE

Ela aceitou.

Uma hora depois de Vlad enviar o poema, Elena mandou uma resposta dizendo que estaria em casa às cinco, e os rapazes imediatamente entraram em ação. Fizeram sua barba. Pentearam seu cabelo. Vestiram nele seu melhor terno. Noah pediu que Alexis preparasse um jantar especial, e depois dois deles arrumaram a mesa no terraço do mesmo jeito que Vlad fizera na primeira noite dela nos Estados Unidos.

Com meia hora sobrando, Vlad começou a andar de um lado para outro com suas muletas e os rapazes tentaram acalmá-lo.

– Respire fundo – disse Malcolm.

– Não consigo. Estou muito nervoso.

– Com o quê?

Vlad parou e olhou feio para ele.

Malcolm ergueu as mãos.

– Não há motivo para ficar nervoso com isso agora. Este é o primeiro capítulo de uma nova história juntos. Talvez nem role sexo esta noite.

– Mas e se rolar?

Ah, Deus. Vlad estava quase vomitando.

– Se rolar, parabéns – disse Mack, sarcástico.

– Mas e se ela não... – Ele nem sequer conseguia terminar a frase. Nem conseguia pronunciar a palavra *gozar*.

Malcolm ficou de frente para ele.

– Quer saber? Na verdade, há uma boa chance de ela não gozar só com o sexo em si.

Vlad grunhiu.

– E isso pode acontecer na primeira ou na quinquagésima vez. Seja como for, só se lembre de cuidar dela em primeiro lugar.

Vlad fechou os olhos. E de repente os arregalou.

– Ah, merda. E camisinha? Eu nem... eu nem sei se ela toma anticoncepcional.

Mack deu um tapinha no peito dele.

– Problema resolvido, meu amigo. Compramos algumas para você e colocamos na gaveta ao lado da cama.

Vlad queria que um buraco se abrisse no chão e o engolisse.

– Isso é tão constrangedor. Não acredito que tenho que falar sobre essas coisas com vocês.

Mack deu uma risada debochada.

– Está brincando? É para isso que estamos aqui, cara. Pense só em como todos os homens deste mundo seriam melhores se pudéssemos ser tão francos uns com os outros o tempo todo.

Malcolm assentiu e cruzou os braços.

– A virgindade não é algo de que se envergonhar. É apenas mais uma medida artificial que usamos para definir a masculinidade. Os homens são educados para tratar o sexo como uma competição, uma corrida a ser vencida, em vez da expressão alegre de amor que esse ato pode representar. E isso não quer dizer que o sexo casual seja errado ou que o sexo pelo sexo deva ser motivo de julgamento. Sexo por prazer é perfeitamente saudável e natural. Mas esperar também. A sociedade chama as mulheres de promíscuas se não esperam tempo suficiente e os homens de perdedores se esperam tempo demais. É uma mensagem distorcida que acaba magoando todo mundo. Olhe só para você, nervoso e envergonhado, quando na verdade tem a chance de experimentar algo incrível. – Malcolm botou a mão na nuca de Vlad e a pressionou de leve.

– Vai poder ter uma experiência plena na sua primeira vez, com uma mulher que ama e numa idade em que pode desfrutar de verdade.

– Você só está dizendo isso para eu me sentir melhor – disse Vlad.

– Não – retrucou Mack. – Nem lembro como foi a minha primeira vez. Eu me lembro da garota, mas não do ato em si. Estava com pressa de perder a virgindade, e era só isso que importava para mim. Hoje tenho vergonha disso. Mas você esperou, cara. Ficou na porra de uma geladeira por anos esperando pela mulher que amava. Você é um verdadeiro herói de romance.

– Mas minha perna...

– Isso significa que você pode se divertir e ainda ser criativo – argumentou Malcolm.

– O importante é ser honesto a respeito de tudo com ela – aconselhou Mack. – Diga que está nervoso e diga o porquê. Diga que está com medo de não fazê-la gozar. Diga que está preocupado com a possibilidade de ter que tentar várias posições antes de encontrar a certa. Diga tudo isso. A intimidade é um ato de comunicação. Não esconda nada.

– Mas não se esqueça – disse Malcolm – de que a coisa mais importante esta noite é *conversar*. Diga a ela o que devia ter dito na noite passada.

Colton entrou correndo.

– Ela já está vindo – avisou ele. – Está tudo pronto.

Ah, Deus. Vlad nunca ficou tão nervoso. Nem quando a pediu em casamento.

– Bem, a gente vai embora agora – falou Malcolm. – Apenas seja honesto com ela, cara.

Vlad os ouviu partir. O barulho dos carros se afastando, porém, foi rapidamente seguido pelo barulho de outro chegando.

Era Elena.

Vlad passou a mão no maxilar e soltou um palavrão baixinho. Já sentia os vestígios da barba. Foi com as muletas até a porta da frente e a abriu no instante em que ela desceu do carro. Elena usava um vestido preto e salto alto, o que fez seu coração disparar, seus olhos brilharem e seu peito se romper como uma explosão de bolhas de champanhe.

Ela parou no meio da calçada.

– Oi – sussurrou.

Ele tentou controlar a respiração, mas sua voz falhou mesmo assim.

– Bem-vinda ao lar.

E então todo o plano cuidadoso de Vlad foi por água abaixo, porque ela desatou a chorar. Merda. MERDA.

Mais que depressa, Elena diminuiu a distância entre os dois, entrou na casa e lançou os braços em volta do pescoço de Vlad. Enterrou o rosto na curva do maxilar bem barbeado e se agarrou a ele.

– Eu sinto muito – sussurrou ela. – Eu sinto muito.

Vlad aninhou o rosto de Elena nas mãos e a afastou um pouco.

– Pelo quê?

– Por tudo. Por ir embora. Por chorar. Por esses seis anos. Por tudo.

– Não faça isso – murmurou ele. – Ainda não. Só fique aqui comigo.

– Está bem. – Ela assentiu, fungou e recuou. – Não era isso que eu pretendia fazer quando visse você.

Ele soltou uma risada e enxugou uma lágrima da bochecha dela.

– O que você pretendia fazer?

Ela inspirou fundo e se aprumou. Então, em voz clara, porém trêmula, disse:

– "Rumo ao seu distante lar, de terras estranhas estava a voltar. Nessa hora tão triste que vivenciei, em suas mãos eu chorei."

As bolhas de champanhe subiram até os olhos de Vlad e começaram a efervescer até um brilho lacrimoso nublar sua visão. Elena estava recitando a primeira estrofe de outro poema de Pushkin, *Rumo ao seu distante lar*.

– Elena – sussurrou ele.

Numa voz suave e rouca, ela continuou a história, um relato torturante de dois apaixonados exilados um do outro, sobrevivendo apenas da fantasia fútil de se reencontrar e trocar o beijo tão esperado. Para Vlad, o poema sempre pareceu desesperador, triste e cheio de perdas. Mas agora, ao ouvir Elena declamá-lo de pé à sua porta, finalmente em casa, encarando-o em meio às lágrimas e com a promessa de algo mais nos olhos, as palavras se tornaram sinfônicas, uma mensagem esperançosa. Na voz dela, não havia nada de fútil em ter fé na fantasia de encontrar um ao outro mais uma vez.

Um choramingo escapou do peito de Vlad, e ele a puxou para perto de novo. Quando encostou o rosto no ombro dela, as mãos de Elena se enroscaram em seu cabelo. Ela o segurou assim, em seu ninho, enquanto sussurrava as linhas remanescentes do poema até chegar ao verso febril de um doce beijo.

Vlad não aguentava mais. Ergueu a cabeça e repetiu as palavras junto com ela. Então as mãos de Elena tocaram suas bochechas, e ela o beijou.

Ah, e como beijou. Com a mão na nuca de Vlad, puxou a cabeça dele, de forma a atrair a boca pelo caminho restante até a sua, e inspirou o pequeno suspiro que ele soltou ao se inclinar e deslizar para dentro dela. Elena soltou um gemido tímido, e ele se rendeu. Subitamente. Saiu de si. Afundou os dedos nas costas dela e extravasou todo o anseio, doçura e fogo que sentiu naquele beijo. A pose dos dois era estranha por causa das muletas, mas não importava. Suas bocas se mesclaram em uma conversa sensual que se desenhava havia seis anos.

Vlad alcançou a porta atrás dela e a fechou. Depois afastou a boca para respirar. Se pudesse, a carregaria para o quarto naquele instante, mas a lembrança do conselho de Malcolm estava fresca em sua mente. Eles precisavam conversar.

– Quero lhe mostrar uma coisa – disse ele.

Foi preciso uma dose gigantesca de força de vontade para afastar os lábios do corpo dela, para separá-la dele, para pegar as muletas. Elena o acompanhou até o terraço. Os rapazes tinham arrumado tudo exatamente como ele instruíra. Velas tremeluziam sobre a mesa. Os pratos estavam postos para o jantar, que estava sendo aquecido no forno, e em cima do dela havia um presente embrulhado que Vlad já devia ter lhe dado havia muito tempo.

Ao ver tudo aquilo, ela levou a mão trêmula à boca.

– Está igualzinho...

– À sua primeira noite aqui. Eu queria tentar de novo, já que estraguei tudo da primeira vez.

– Não estragou, não. Eu que estraguei.

Ele acenou para a cadeira com a cabeça.

– Abra seu presente.

Os saltos estalaram baixinho no concreto do terraço quando Elena caminhou até a mesa. Ela pegou o embrulho, que já estava empoeirado e desbotado. Ao tirar a fita, o papel caiu e revelou um porta-retratos.

Ela mordeu o lábio.

– Onde conseguiu isto? – perguntou, sentando-se devagar na cadeira, os olhos fixos na foto.

Ele caminhou até a cadeira ao lado dela e se sentou. Colocou as muletas no chão e esticou a perna debaixo da mesa.

– Minha mãe tirou.

A foto era do casamento deles, logo depois de o pai dele fazer o brinde. O momento ficou gravado na memória de Vlad. Os dois lado a lado, próximos de onde o pai fizera o discurso, Elena havia enlaçado o braço no dele e se encostara nele. Surpreso com o carinho, Vlad olhou para baixo e a encontrou sorrindo para ele. Por uma fração de segundo, tudo pareceu real. E, de algum modo, sua mãe havia capturado isso com um clique.

– Lembra o que eu falei quando você subiu no altar?

– Que eu estava linda.

Ele curvou o canto dos lábios.

– Depois disso.

– Disse que tudo ficaria bem.

– Eu *prometi* isso a você. – Sua voz vacilou. – Não tenho cumprido essa promessa.

– Tem, sim. Você tem cuidado de mim. Já fez tantos sacrifícios por mim.

– Não é a mesma coisa. Você estava certa sobre o que disse ontem à noite. Eu não devia ter deixado você ir para Chicago sem dizer o quanto queria que ficasse. Pensei que se a deixasse ir, se desse o espaço de que precisava para se curar e se encontrar depois do que aconteceu com seu pai, você voltaria para mim. Mas você nunca voltou. Acabou se afastando ainda mais, e a culpa é minha. Porque nunca deixei claro que queria que você voltasse.

Quando Elena ergueu o olhar, a luz da vela capturou o brilho das lágrimas em seus olhos.

– Esperei tempo demais para lhe dizer o que eu realmente queria do nosso casamento. A culpa é minha. Então estou dizendo agora. Não pedi você em casamento *apenas* porque minha mãe sugeriu. Ela só me deu coragem para fazer o que eu sempre quis. – Vlad começou a tremer por dentro. – Talvez fôssemos jovens demais para nos casar. Jovens demais para saber como dizer as coisas que precisávamos dizer. Para entender as consequências de não dizê-las. Mas não somos mais tão jovens agora.

O peito de Elena subia e descia em respirações profundas e trêmulas enquanto ela absorvia as palavras dele, permitindo que o significado delas assentasse em sua mente.

– Eu não quero que você vá embora, Elena. – A voz de Vlad estava embargada, e os olhos marejados. – Quando falei isso ontem à noite, quis dizer que *não quero que você vá*. Nunca quis. – Ele enxugou a lágrima que escorreu pela bochecha. – Vou aprender a conviver com qualquer que seja sua decisão, mas, se acha que há uma chance de recomeçar...

– Cala a boca. – Ela riu meio rouca.

– O q-quê?

Elena se levantou e olhou fixo para ele.

– Cala a boca e me beija.

Vlad se levantou com as pernas bambas, usando a mesa para se equilibrar. Com um leve puxão, colou o corpo ao dela. Ela ficou na ponta dos pés e deu um beijo tão suave em seus lábios que o deixou sem fôlego. Não por conta da paixão, mas por conta da promessa.

– Você quer jantar? – murmurou ele.

Ela balançou a cabeça.

– O que você quer?

Elena acariciou a bochecha dele.

– Quero meu marido.

Vlad sentiu o corpo inteiro estremecer.

– Tem certeza? Porque se não estiver pronta, Elena, nós podemos esperar.

– Não acha que já esperamos demais?

Sim, tinham esperado demais. Vlad colou a boca na dela, devorou-a em um único ângulo. Elena deslizou as mãos para dentro do paletó e explorou seu peito, suas costas, seu abdômen. Ah, Deus. Aquilo ia mesmo acontecer. Entre eles, a urgência de tantos anos de desejo reprimido tomou uma grande proporção. Ela ofegou e pressionou o corpo no dele até que Vlad visse estrelas. Em toda sua vida, ele nunca quis tanto ficar nu, mas, ao mesmo tempo, estava grato pelo limite imposto pelas roupas. Não queria ir rápido demais. Cada segundo daquilo era precioso, e ele queria aproveitar ao máximo.

Vlad se afastou e murmurou contra os lábios dela:

– Me encontre na cama.

VINTE

Enquanto ela subia depressa a escada, Vlad apagou as velas e entrou na cozinha para desligar o forno. Cada parte do corpo dele tremia. Precisava se controlar. Do contrário, iria explodir no instante em que entrasse dentro dela. Soltou um grunhido só de pensar naquilo. Queria que durasse. Queria saborear cada segundo, o sabor da pele dela, o som de sua respiração. Queria fazer ser bom para ela.

Vlad foi ao banheiro do térreo e jogou água no rosto. Merda. MERDA. Estava desesperado, quase ao ponto de pedir conselhos aos rapazes.

Inferno, ele *estava* desesperado ao ponto de escrever para os rapazes. Tirou o celular do bolso e digitou CÓDIGO VERMELHO no grupo de mensagens.

As respostas vieram de imediato.

MACK: Ah, porra. O que aconteceu?

COLTON: Merda. Você já ferrou com tudo?

VLAD: Ela está me esperando na cama.

COLTON: Puta. Que. Pariu. JÁ?

NOAH: Caramba. Você é uma lenda.

Mack: Liv está dizendo para botar a comida na geladeira se vocês não comeram. Ela e Alexis deram um duro danado para fazer.

Malcolm: Por que você não está na cama com ela?

Vlad: Porque estou surtando.

Malcolm: Onde você está?

Vlad: No banheiro.

Mack: NÃÃÃÃO!

Colton: Meu Deus do céu. Relaxa e goza, cara.

Noah: Não dá para ela te ouvir, né?

Del: Sério, nada pior do que um peido para acabar com o clima.

Mack: Talvez ele devesse tentar soltar unzinho, só por garantia.

Colton: De jeito nenhum, Mack. Isso pode dar ruim. Já cometi esse erro antes. Eu estava no apartamento de uma garota e pensei que seria só um pum, mas não era, e a situação ficou estranha.

Vlad: Tenho remédios agora!

Malcolm: Ignore, Vlad. Você consegue. Você ama essa mulher. Só precisa se lembrar disso.

Vlad: Mas e se ela se decepcionar?

Colton: Está falando com o cara errado.

Mack: Cala a boca, Colton. Vlad precisa da nossa ajuda.

Malcolm: Ela não vai se decepcionar. Só mostre a ela como se sente e se lembre do que aprendeu nos manuais.

Colton: E se você achar que não vai segurar o peido...

Vlad fechou o aplicativo e se levantou.
Fitou o espelho. Passou a mão no rosto. Um rosto para o qual já olhara um milhão de vezes, mas que agora parecia diferente. Porque de repente começou a vê-lo pelos olhos dela. Elena disse que ele era bonito. E ela o queria.

E ele estava se escondendo na porcaria do banheiro.

Vlad abriu a porta e subiu a escada o mais rápido que conseguiu com as muletas. Ao entrar no quarto, ela levantou de um pulo da beirada da cama.

– Estava com medo que você tivesse mudado de ideia.

– Nunca.

Vlad avançou na direção dela a passos largos e rápidos em suas muletas antes de jogá-las no chão. Apoiado nos dois pés, puxou-a para junto de si e colou a boca na dela. O beijo frenético recomeçou. Com os dedos grossos e desajeitados, ele encontrou o zíper nas costas do vestido e o abriu. Quando o vestido caiu a seus pés, o plano cuidadoso de ir devagar, de apreciar cada segundo, evaporou-se em uma bruma de ansiedade. A paciência era uma virtude que ele já não tinha, substituída por uma fome que não podia controlar. E seu único pensamento coerente era, pelo menos, reconhecer sua reação voraz. Elena se agarrou a ele, e ele se agarrou a ela.

Sob suas mãos ásperas, a pele das costas dela era quente, macia e suave. Ao deslizá-las para cima, ele roçou o fecho do sutiã e, ofegante, sussurrou:

– Posso?

– Sim – respondeu ela, sem fôlego.

Como um adolescente desajeitado, Vlad se atrapalhou com o fecho até que o colchete cedeu, e só lhe restou capacidade cerebral suficiente para rir do fato absurdo de que tinha acabado de abrir o primeiro sutiã de sua vida. Mas isso também evaporou no instante em que ela deu um passo para trás e as alças caíram dos ombros dela. As curvas dos seios seguraram a renda, as taças moldadas nas colinas macias e fartas. Enquanto ele observava, Elena fez um movimento, e a renda se soltou. O sutiã caiu no chão, deixando-a nua diante de seus olhos. Foi então que o tempo finalmente parou. Havia quanto tempo imaginara aquele momento? Sonhara com ele? Tantos anos de desejo, mas, agora que ela enfim estava diante dele, Vlad congelou com a indecisão. Suas mãos se contorceram com a necessidade de sentir a pele macia, de acariciar os mamilos rígidos. Será que... que ele poderia tocá-la?

– Vlad – sussurrou ela, pegando as mãos dele, que de alguma forma estavam inutilmente paradas, na altura do quadril.

Ele apertou os dedos.

– Estou muito nervoso.

– Eu também.

– Verdade?

– Isso é tão importante para mim quanto é para você.

– Não quero que você se decepcione.

– Como poderia?

– Não vou aguentar muito tempo. Quando estiver dentro de você, eu... – Ele riu e encostou a testa na dela.

– Não ligo para quanto tempo você vai aguentar. Eu quero você.

– Deite-se.

A palavra soou como uma ordem, ríspida e urgente, porque, como tanto temia, Vlad estava a ponto de perder o controle. E quase perdeu quando ela se sentou no colchão e se reclinou. Seus dedos tremiam ao tirar o paletó e lidar com os botões da camisa. Quando as mangas ficaram presas no punho, ele soltou uma série de palavrões e as arrancou do corpo de uma vez. Diante dele, Elena tirou a calcinha e estendeu-lhe a mão.

Ah, Deus. Deus. Foram necessárias três tentativas para desabotoar a calça e, mesmo assim, ele só conseguiu descê-la um pouco abaixo dos quadris antes de engatinhar no colchão e cobrir o corpo de Elena com o seu. A ereção encontrou um ninho macio entre as pernas dela, e cada célula de seu corpo explodiu. Com um gemido, Vlad enterrou o rosto na curva do pescoço dela.

Debaixo dele, Elena envolveu a cintura dele com as pernas.

Espere. Merda. Ele levantou a cabeça.

– Camisinha. Na gaveta.

– Estou tomando anticoncepcional.

Graças a Deus. Elena esticou o braço, fechou os dedos em torno da ereção, e o guiou até a entrada. Se ele tivesse uma única célula cerebral funcionando, tentaria imprimir isso na memória. A primeira vez que fazia amor com sua esposa. Mas seu corpo havia se tornado uma máquina com uma única missão. Entrar nela. Consumar o casamento. Reivindicá-la para si.

– Por favor – implorou ela.

Sem rodeios e sem preliminares, Vlad penetrou com uma dura estocada. O grunhido que emergiu de sua garganta foi quase animalesco. Elena ofegou e se arqueou para ele, levando-o mais para dentro de seu corpo. Era apertada, quente e úmida, e... Ah, Deus. Vlad procurou a boca de Elena com a sua. Qualquer coisa para se distrair daquela fissão que irrompia dentro dele. Elena se moveu e ergueu as pernas.

– Vlad – gemeu ela, os dedos afundando em suas costas.

Apoiando o joelho bom no colchão, Vlad começou a se mover. De algum modo, seu corpo sabia como fazer, mas o que não sabia por instinto aprendera nos manuais. Ele saiu lentamente até a borda e então voltou para o abraço de seu corpo. Elena o aninhou em seus braços, seu corpo, seu calor. Juntos, os corpos encontraram um ritmo, um compasso tão natural como se já tivessem feito isso uma centena de vezes antes. Como se o tempo todo estivessem destinados a isso.

E, embaixo dele, Elena soltava gemidos que o levavam à loucura, mas também havia ternura ali. E gratidão. Os rapazes tinham razão. Isso era um presente. Um sacramento. Uma promessa por si só.

– Elena – ofegou ele. Seu corpo era seu próprio mestre. Buscando prazer, dando prazer, encontrando prazer como nunca. Vlad jamais poderia descrever aquilo. Como poderia um dia transcrever para o papel aquela sensação? – Isso... Desculpa. Ah, Deus, desculpa. Não consigo segurar.

Ela se agarrou a ele com mais força e o instigou.

– Não segure. Só quero estar com você.

Ainda não. Ainda não. Ele entoou em pensamento, mas não adiantou. Átomos colidiram. Estrelas explodiram. Gemeu o nome dela e estremeceu enquanto a onda fluía para dentro dela. Seu corpo desabou, os joelhos frouxos e os músculos entorpecidos. Elena o procurou para beijá-lo, com a respiração entrecortada, e Vlad saboreou sua boca devagar, ainda aninhado dentro dela. Sobre o cobertor, ele encontrou sua mão e entrelaçou os dedos nos dela. A ternura cresceu em seu peito, e a urgência do desejo se esvaiu em uma dor mais doce, para abraçá-la, respirá-la, enfim prolongar os segundos.

– Esperei tanto tempo por isso – sussurrou ele. Uma lágrima pingou na bochecha de Elena quando ele ergueu o rosto para encará-la. – Nunca houve mais ninguém para mim, Elena, porque eu nunca quis ninguém além de você.

Um soluço abafado escapou da garganta dela.

– Me desculpe por ter magoado você.

Ele a silenciou com os lábios. Não queria mais arrependimentos entre eles. Não naquela noite.

Vlad rolou com cautela para o lado, tomando cuidado para não torcer a perna. Elena se curvou sobre ele, deu-lhe um beijo suave no meio do abdômen, e disse que logo voltaria. Ele ergueu a cabeça a tempo de ver seu corpo nu atravessando o quarto. Quando a porta do banheiro se fechou, ele se sentou e abriu o velcro da tala para enfim tirar a calça. Depois se deitou novamente, recostando-se na cabeceira. Ao vê-la sair do banheiro, seu coração quase saiu pela boca com um sorriso tímido.

– Venha cá – disse ele, abrindo os braços. – Preciso te abraçar.

Elena engatinhou por cima dele e se deitou a seu lado. Com a mão junto do próprio peito, desenhou um círculo preguiçoso sobre o coração de Vlad.

– Como está se sentindo? – perguntou ele.

– Feliz. E você?

– Nem o próprio Pushkin poderia encontrar as palavras certas.

Elena suspirou e pressionou a bochecha no peito de Vlad.

– Você é absurdamente romântico.

– Elena, não sei como perguntar se você… você…

Ela deu um beijo no peito dele.

– Não, mas não importa.

– Importa para mim. Quero que você sinta tudo o que sinto.

– Mas eu sinto. E foi perfeito.

– Da próxima vez, vou cuidar de você primeiro.

Elena se apoiou no cotovelo e sorriu para ele.

– Vai ter uma próxima vez?

Vlad fez uma careta de brincadeira.

– Vai ter uma próxima vez daqui a uns vinte minutos. Até antes, se eu me recuperar mais rápido.

Ela riu e encostou a testa na dele.

– Precisamos tomar cuidado com sua perna.

– Não ligo para a minha perna. Você curou meu coração.

Elena ergueu a cabeça, os lábios trêmulos.

– Lá vem você de novo. Absolutamente romântico.

– Romântico, não. Só feliz.

Uma lágrima rolou na bochecha dela. Vlad a enxugou com o polegar.

Então a segurou junto de seu corpo, coração com coração, apagando sua dor e suas cicatrizes, até que, finalmente, marido e mulher pegaram no sono juntos pela primeira vez.

VINTE E UM

Elena não conseguia se lembrar da última vez que dormira tão bem. Nada de pesadelos. Nada de bruxismo e dores de cabeça. Nada de crises de ansiedade no meio da noite. Apenas um sono profundo e purificador. Acordar foi ainda melhor, porque, quando abriu os olhos, se deparou com um par de jabuticabas doces como mel olhando para ela.

– Oi – sussurrou Elena.

Vlad deu um beijo suave em seus lábios.

– Bom dia.

– Há quanto tempo está acordado?

– Uns dez minutos. – Ele afastou um cacho do rosto dela.

– Você estava me vendo dormir? – Suas bochechas esquentaram só de pensar. Não era bonita dormindo. Babava e às vezes emitia ruídos esquisitos.

– Sim – respondeu ele, tranquilo. – Esperei muito tempo para acordar ao seu lado. Queria gravar isso na memória.

Ele a beijou novamente, com um pouco mais de intensidade.

– Queria poder ficar o dia todo na cama com você.

– A que horas tem que estar no estádio? – Ele começaria as sessões de fisioterapia mais longas.

– Às dez.

– E que horas são agora?

Ele roçou o nariz no pescoço dela.

– Quase nove.

– Perdi meu voo de novo – sussurrou ela.

– Um dinheiro bem gasto.

Vlad a puxou para o colo. Ao se sentar de forma confortável, envolveu-a nos braços e a beijou profundamente. E em pouco tempo, já estava duro e se insinuando entre as pernas dela. Mas, quando Elena estendeu a mão para guiá-lo para dentro dela, ele balançou a cabeça.

– Você primeiro – disse.

Vlad se apoiou em uma das mãos e deslizou a outra entre as pernas dela. Elena ofegou e inclinou a cabeça para trás quando ele começou a acariciá-la com movimentos circulares.

– Venha se esfregar em mim – pediu ele, a voz rouca.

Os olhos dela se arregalaram. Não sabia o que ele queria dizer. Vlad se reclinou, e o membro duro deslizou para a frente e para trás em sua umidade.

– Assim – murmurou. O tempo todo, ele a acariciava com os dedos.

Elena agarrou os ombros dele para se segurar. Vlad despertou sensações intensas. Quando se sentou de novo, trazendo o sexo dela contra os pelos grossos de seu abdômen trincado, ela perdeu toda a noção do tempo. Elena se esfregou nele.

– Você é tão linda, Elena – sussurrou ele. – Não consigo parar de olhar para você.

Ela o encarou. Entre os dois corpos, Vlad envolveu o seio dela e acariciou o mamilo com o polegar antes de se curvar e sugá-lo.

– Vlad – choramingou ela, jogando a cabeça para trás.

– Isso, meu amor. Me deixe cuidar de você.

O polegar dele encontrou novamente o clitóris pulsante, e Elena foi tomada por uma explosão de cores e sons. Ondas de prazer dispararam por seu corpo, do topo da cabeça até a ponta dos dedos dos pés. Ela estremeceu, balançou e gritou o nome dele sem parar.

Ele a segurou firme e a penetrou, e as sensações recomeçaram. Elena se moveu em cima dele, cavalgando cada vez mais rápido até que os gemidos dos dois se mesclaram, até que ela atingiu o orgasmo de novo e sentiu Vlad estremecer, seu nome sendo lançado da boca dele.

– Ah, Deus – gemeu ela, deixando a testa encostar no ombro de Vlad. – Não acredito que esperamos tanto por isso. Esse tempo todo, e era isso que estávamos perdendo.

Ofegante, Vlad caiu de costas na cama.

– Acho que eu não teria sido muito bom nisso quando era mais novo.

Ela o encarou, os olhos dele fechados e a testa suada.

– E por que é bom nisso agora?

O canto da boca dele se curvou em um sorriso travesso.

– Vejo muito filme de sacanagem.

Ela riu.

– Mentiroso. Eu sei do seu segredinho.

Vlad abriu um olho.

– Que segredinho?

Elena saiu do colo dele e se acomodou ao seu lado.

Com os dois olhos abertos agora, ele a observou com atenção.

– Que segredinho? – perguntou de novo.

– Me fala do clube do livro.

Vlad piscou e depois tossiu.

– Quem... quem lhe contou isso?

– Ficou bravo?

– Não. É só que... eu mesmo queria contar.

– É verdade que entrou para o clube por minha causa? – indagou ela.

Ele abriu e fechou a boca antes de finalmente responder:

– É. No início. Eu estava desesperado para encontrar um jeito de fazer você me querer tanto quanto eu queria você.

Ela fechou os olhos.

– Vlad, eu sinto muito...

– Ei. – Ele acariciou o braço dela. – Olhe para mim.

Elena abriu os olhos, relutante.

– Você se lembra do meu antigo técnico, aquele que você odiava?

– Lembro. – O que aquele cara poderia ter a ver com o assunto, Elena não fazia ideia.

– Lembra que meus pais me tiraram do time dele quando eu tinha 16 anos?

– Sim.

– Dissemos para todo mundo que o horário estava atrapalhando meu desempenho na escola, mas não era verdade. – O pomo de adão subiu e desceu quando Vlad engoliu em seco. – Ele era muito abusivo comigo.

– Abusivo como? – As sobrancelhas dela se uniram em uma única linha furiosa.

– Eu não me encaixava no ideal viril de um jogador de hóquei russo.

Elena se sentou abruptamente.

– Do que você está falando? Você era um dos melhores jogadores do time!

– Eu era mole.

– Nem quero saber o que isso quer dizer. – Ela cruzou os braços sob os seios.

– Sou emotivo, Elena.

– Ok, e daí?

– Eu choro. Muito.

– E daí? – repetiu ela, abrindo os braços.

– Nunca tive uma namorada. Nunca desrespeitei as garotas como os outros caras faziam. Meu Deus, eu lia poesia. Além disso, meu melhor amigo era uma garota. O técnico pegava no meu pé por isso. Me dava apelidos bem cruéis. Apelidos feios. Você com certeza deve imaginar.

O coração dela disparou de raiva. Não era preciso ser um gênio para entender. Os homens russos abraçavam algumas ideias tóxicas sobre masculinidade.

– Meus pais o pegaram falando essas coisas uma vez e me defenderam. Ele disse que eu tinha sorte só de estar lá. Que todo time precisava de um capacho. Se eu continuasse, nunca passaria disso porque eu era... eu era muito banana para ser um jogador de alto nível.

Ela se forçou a abrir o maxilar cerrado.

– Eu vou encontrar esse homem e arrancar as bolas dele com as unhas.

– Isso é muito russo da sua parte. – Vlad tirou o cabelo da testa dela.

– O ponto é que não percebi quanto as palavras dele tinham se tornado parte de como eu me definia até encontrar o clube do livro. Pensei que estivesse lendo romances para salvar nosso casamento, mas acabei percebendo que eu também precisava me curar. Aceitar a mim mesmo.

– Você descobriu tudo isso nos livros?

– Não apenas nos livros, mas também na minha relação com os rapazes. Eu nunca tinha sido tão bem-aceito, tão valorizado. Percebi que há muitos homens como eu. Homens que têm medo de se sentirem vulneráveis. E esses livros mostram como é ser verdadeiramente respeitado. Eu vi como queria tratar a mim mesmo. Como merecia ser tratado. Como merecia ser amado.

O coração dela se apertou.

– E que merecia alguém melhor do que eu?

– Não. – Ele se sentou e aninhou o rosto dela nas mãos. – Estou tentando dizer que, quando entrei para o clube do livro, eu pensava que você tinha me deixado porque não acreditava que eu era bom o bastante para você.

O coração dela se despedaçou.

– Vlad...

Ele pressionou a ponta do dedo nos lábios de Elena.

– Mas percebi que na verdade era *eu* que acreditava naquilo. Ainda estou trabalhando nisso. Mesmo agora, uma parte de mim tem medo de que tudo isto não passe de um sonho, de que você não esteja aqui de verdade, de que você não possa sentir por mim o que eu sempre senti por você.

Uma lágrima escorreu pela face dela. Elena a enxugou antes de encostar a testa na dele.

– Como você foi capaz de pensar que não merecia ser amado?

– Como você foi capaz de pensar que era apenas um fardo?

Ela deu uma risada rouca.

– É meio que um milagre termos chegado tão longe, não é?

– Talvez nossa história tenha sido escrita assim mesmo.

Ela o beijou e enxugou as bochechas.

– Então o que vamos fazer agora?

Vlad a puxou de volta para junto de seu peito e a abraçou.

— Levantamos, tomamos um banho...

— Hummm — murmurou ela contra a pele dele.

— ... e deixamos rolar por enquanto.

— Gostei da ideia — disse ela, enterrando-se em seu calor.

Ele a abraçou mais forte.

— Vai ficar tudo bem agora, Lenochka. Vai ficar tudo bem.

Pouco menos de uma hora depois, Elena parou no estacionamento para funcionários e jogadores do estádio.

— Posso entrar com você? — perguntou ela.

Vlad abriu um sorriso.

— Eu adoraria.

O prédio todo vibrava com uma energia indescritível. O próximo jogo da Copa Stanley seria na noite seguinte, outra vez em Nashville. Parte do coração de Elena se partiu por Vlad estar perdendo o que era, em essência, o auge da carreira de um jogador, mas ele não demonstrava nem um pingo da tristeza que sentia havia uma semana. Os dois chegaram a uma bifurcação em T no fim do corredor, e ela acompanhou Vlad virando à esquerda. Depois de uma curta distância, duas portas automáticas bloqueavam a passagem. Vlad passou sua credencial no leitor à direita, e as portas se abriram com um apito e uma lufada de ar.

Os passos de Elena hesitaram ao cruzar as portas do que era basicamente o hospital de uma pequena cidade. O espaço bem iluminado ao centro expunha o que pareciam ser equipamentos de reabilitação, e ao longo do perímetro havia salas independentes para o raio X, as máquinas de ressonância, os consultórios dos fisioterapeutas, e...

— É uma sala de cirurgia?

— Às vezes precisamos levar pontos antes de voltar para o gelo — disse Vlad. Em seguida, parou e se virou para ela. — Envio uma mensagem para você quando terminar, ok?

— Claro.

— O que vai fazer enquanto eu estiver aqui?

– Acho que vou passar no café da Alexis para pegar uns biscoitos sem glúten para você.

– Ela vai ficar feliz em te ver.

Eles se olharam sem jeito por um momento. Elena mordeu o lábio.

– Bem...

Vlad sorriu.

– Vem cá.

Elena ficou na ponta dos pés e ele baixou a cabeça na direção dela. E então, na frente de toda a equipe de treinamento, Vlad a beijou.

– A gente se vê daqui a pouco – disse ele.

Enquanto voltava para o carro, Elena se perguntava se era normal em sua idade ainda sentir aquele tipo de formigamento estonteante de uma adolescente. Normal ou não, era o que ela sentia. E logo todos os funcionários da equipe iriam saber disso. Não apenas que a mulher de Vlad estivera lá, e não apenas que ele a beijara, mas também que ela saíra dali sorrindo e suspirando como se estivesse na primeira fileira de um show do Harry Styles.

Alguns minutos depois, entrou no ToeBeans, e Alexis a avistou de imediato e a cumprimentou com o mesmo entusiasmo da primeira vez.

– Elena! – Alexis foi correndo abraçá-la. Todos os amigos de Vlad gostavam de abraçar. Elena estava tentando se acostumar com aquilo. Em seguida, ela se afastou e disse: – Estou muito feliz por você ter vindo. Vlad veio também?

– Não, acabei de deixá-lo no estádio para uma sessão de fisioterapia. – O rosto de Elena esquentou. Não via Alexis desde o desastre da festa. – Desculpe pelo que aconteceu na outra noite.

Alexis balançou a cabeça e balançou a mão em um gesto de indiferença.

– Não precisa se desculpar. A gente se diverte vendo o Vlad perder a cabeça por você.

Elena piscou depressa por um momento.

– Sério?

– Vlad é bem transparente com seus sentimentos, e o coração dele é todo seu. – Alexis deu de ombros com leveza. – Estamos muito felizes por vocês dois estarem tentando se entender.

Alexis se retraiu diante da expressão de Elena.

– Me desculpe. Isso foi muito invasivo. Não quero me intrometer.

– Não, não se desculpe. É que tudo é tão... *novo*. Eu não sei o que dizer.

– Eu entendo – disse Alexis. – Quando Noah e eu finalmente ficamos juntos depois de tanto tempo apenas como amigos, tive muito medo de estragar tudo. É assustador quando um relacionamento passa de uma coisa para outra.

Por alguma razão, Elena sentiu que podia se abrir com Alexis.

– Tem coisas que preciso resolver.

– É claro.

– Ainda quero atuar como jornalista.

– Então deveria tentar encontrar um jeito de fazer isso acontecer.

– Tenho tantas dúvidas sobre os requisitos do meu visto... Desculpe. Não sei por que estou despejando isso em você.

– Porque eu perguntei, e porque estamos nos tornando amigas, assim espero.

– Espero que sim também.

– Eu não sei se isso ajuda ou não, mas tenho uma grande amiga que é advogada de imigração. É especializada em casos de asilo, talvez você possa conversar com ela.

– Sim, e-eu adoraria. Obrigada.

– O escritório dela fica nesta mesma rua, na verdade. Você provavelmente passou por ele. Ela se chama Gretchen Winthrop. Seria um prazer avisar que você vai entrar em contato.

Elena decorou o nome e assentiu.

– Seria incrível. Obrigada. – Ela deu outro sorriso tímido. – Vocês todos têm sido tão legais comigo quando nem precisavam ser.

– A maioria das pessoas não é?

– No meu mundo, não.

– Bem... – disse Alexis, colocando a mão gentil no braço dela. – Você está em um mundo diferente agora. E neste mundo nós cuidamos uns dos outros.

Novamente, antes que Elena pudesse formular uma resposta, Alexis passou para o assunto seguinte.

– Enfim, tenho sonhado demais com os *blinis* da festa. Estavam tão gostosos.

Ela puxou Elena para uma mesa.

– Eu faço para você, se quiser.

Alexis sorriu.

– *Isso* seria incrível.

Elena ficou meia hora no café, depois caminhou pela rua entrando em algumas lojas para matar o tempo. Enfim, Vlad escreveu avisando que estava liberado. Ele a esperava do lado de fora do estacionamento quando ela chegou. Elena o ajudou a entrar no carro, e, assim que voltou para o banco do motorista, Vlad se inclinou sobre o console, segurou a nuca de Elena, e a beijou.

– Consegue ser rápida ao volante? – murmurou ele.

Ela dirigiu muito, muito rápido.

VINTE E DOIS

– Que cheiro bom.

Elena ergueu os olhos enquanto tirava uma assadeira de biscoitos do forno, na manhã seguinte. Acordara mais cedo para preparar o café da manhã antes de Vlad sair para a fisioterapia. Colton iria levá-lo, pois, pelo visto, teriam um encontro do clube do livro depois, mas Elena queria que ele comesse primeiro.

Porém, quando Vlad entrou na cozinha com toda sua sensualidade matinal, ela desejou ter ficado na cama e o acordado de um jeito diferente.

– Bom dia – cumprimentou ela.

Vlad estendeu a mão para pegar um biscoito. Ela deu um tapinha para afastá-la.

– Estão muito quentes. Vão acabar perdendo o formato.

– Mas estou com fome. Não comemos muito ontem à noite, lembra?

Ele ficou atrás dela, os lábios em seus ombros, as mãos nos quadris.

– Posso ajudar?

Ela apontou para um banquinho do outro lado da ilha, a uma distância bem mais segura.

– Não. Sente-se. Você precisa pegar leve com essa perna hoje.

– Você é tão mandona quanto os fisioterapeutas. – Ele piscou ao dizer isso. Em seguida, pegou uma bolsa de gelo no freezer e sentou em uma das banquetas para colocá-la sobre o joelho.

– Você está bem?

Ela o encarou ao ouvir seu tom.

– Por que não estaria?

As bochechas de Vlad ficaram rosadas.

– Eu fui meio agressivo quando te acordei ontem à noite.

Foi maravilhoso. E mais de uma vez. A noite anterior havia sido incrivelmente reveladora sobre quanto seu marido amoroso tinha aprendido nas páginas dos livros.

Elena mordeu o lábio.

– Eu gostei.

– É mesmo?

Aquele sorriso preguiçoso voltou, assim como a libido dela. Vlad tirou o gelo da perna, levantou-se e contornou a ilha para ficar atrás dela de novo. Os lábios mordiscando o lóbulo da sua orelha.

Elena soltou uma risadinha rouca e inclinou a cabeça para o lado, dando acesso àquele ponto macio de sua pulsação que denunciava os pensamentos indecentes. Ficou excitada quando as mãos dele subiram pela frente da sua blusa.

– Quanto tempo temos?

– Mais do que o suficiente.

Elena se virou e tirou a blusa. Vlad não precisou de mais incentivo. Entrelaçou os dedos no cabelo dela, puxou a cabeça para trás, e dominou sua boca. Os dedos a acariciavam o tempo todo, até que ela gemeu.

Ela estava a meio caminho de soltar um *ah, Deus* quando a porta dos fundos se abriu.

– Nem uma palavra.

Meia hora depois, Vlad se acomodou no banco da frente do carro de Colton e bateu a porta.

Colton ergueu as mãos.

– Por que diabos você não olhou suas mensagens? Eu avisei que chegaria mais cedo.

– Porque eu estava *ocupado*. E ainda estaria se você não tivesse entrado na minha casa sem bater.

– Eu bati, sim. Mas ninguém atendeu. Por que a porta estava destrancada?

Porque ele tinha ficado excitado demais na noite anterior para se lembrar de trancá-la. Caramba. Vlad conseguira cobrir o corpo de Elena com o dele antes que Colton pudesse ver alguma coisa, mas mesmo assim ele tinha visto demais. E ouvido demais.

– Pelo visto, as coisas estão indo bem...

– Nem. Uma. Palavra.

Ao ligar o motor do carro, Colton tentou não rir, mas foi malsucedido.

– Você vai pedir desculpas de forma que não a traumatize ainda mais. Você violou a privacidade dela. Você violou a *minha* privacidade. E ultrapassou os limites da amizade. Estamos entendidos?

– Sim, mas...

– Estamos entendidos?

Colton ficou em silêncio por um momento.

– Eu não gosto quando o Russo fica bravo comigo – comentou.

– Eu também não gosto de ficar bravo com você.

Eles trocaram olhares tensos, e logo Colton abriu um sorriso.

– Mas as coisas estão indo bem, não é?

Vlad grunhiu e bateu a cabeça no encosto do banco. Então parou e sentiu sua boca também se curvar em um sorriso.

– Sim, está tudo bem.

– Olha só você, Don Juan. – Colton tirou uma das mãos do volante e deu um soquinho no braço de Vlad.

O percurso até o estádio demorou mais do que o normal porque a prefeitura tinha desviado o trânsito de um quarteirão inteiro, bloqueando os arredores. Vlad fez Colton encostar perto de um dos policiais das barricadas. Estava prestes a se apresentar quando o policial disse:

– Puta merda! Você é Vlad Konnikov.

O homem estendeu a mão pela janela. Vlad aceitou o aperto de mão.

– Como é que está sua perna? Caramba, não acredito que você não vai jogar.

– Estou vindo para a fisioterapia. Vou voltar na próxima temporada.

O policial deu uma batidinha na porta e acenou para passarem. Colton riu.

– Eu nunca soube como era sentir isso. Até agora.

– Como era sentir *o quê*?

– Ser totalmente ignorado ao lado de alguém famoso.

– Ele é obviamente mais fã de hóquei do que de música country.

– Blasfêmia. – Colton passou pela rampa do estacionamento e encontrou uma vaga para os jogadores perto da porta. Ajudou Vlad a sair do carro e andou devagar para acompanhar os passos lentos dele com as muletas.

– O que vai fazer enquanto fico aqui? – perguntou Vlad.

– Vou encontrar outra universitária para emocionar com minha presença.

Vlad fechou a cara. Colton riu.

– Estou brincando. Trouxe um livro para ler.

Vlad deixou Colton sentado em uma poltrona massageadora e encontrou os fisioterapeutas na sala de reabilitação. Uma hora depois, tinha se convencido de que estavam tentando deliberadamente matá-lo.

Ele grunhiu de dor quando Madison mandou que fizesse mais uma série. Quando rosnou na direção dela, a fisioterapeuta revirou os olhos.

– Você não me assusta, Vlad. Eu trabalhava para o Red Wings.

Ele soltou um *argh* e quase se matou para fazer a última série. Então desabou de costas no chão, choramingando. Estar lesionado era um saco. Claro, grande parte de sua fraqueza naquela manhã se devia às poucas horas de sono, que não trocaria por nada.

Madison lhe entregou uma garrafa de água e, quando ele se sentou para beber, uma sombra apareceu a seu lado. Ao olhar para cima, encontrou o técnico do time, Sawyer Mason. Era a primeira vez que Vlad o via desde a lesão.

– Só vim ver como está o nosso garoto – disse o técnico, estendendo a mão para ajudar Vlad a ficar de pé. Madison esperava com as muletas.

– Estou bem. As coisas estão caminhando bem.

– Madison e a doutora estão me mantendo informado.

A maioria das pessoas, inclusive Elena, pensava que um técnico se envolvia mais de perto quando um jogador se lesionava, mas o treinador principal de um time era como o CEO de uma empresa. Era responsável por tudo e dependia da equipe sob seu comando para lidar com a operação cotidiana. Por isso, Vlad ficou comovido quando o técnico conseguiu reservar uns minutos do seu tempo para ver como ele estava.

– Espero vê-lo hoje à noite – disse ele.

– No jogo?

– Não, na apresentação de balé da minha filha – respondeu o técnico, sarcástico. – Sim, no jogo. Vai ser bom para o time ver você na torcida. Traga sua mulher. Use o camarote do proprietário.

O coração de Vlad acelerou.

– O camarote do proprietário?

– Tem muito espaço lá, e Rudolph iria preferir conversar com você a ter que aturar os babacas da família dele. – Miles Rudolph era o dono do time.

O treinador não deu tempo para Vlad recusar.

– Vou avisar que você vai vir. Não nos decepcione. – Depois, com um tapinha carinhoso no ombro de Vlad, ele foi embora.

Vlad encontrou Colton de bruços em uma maca, recebendo massagem no ombro da mesma moça do outro dia. Ele pigarreou.

– Estou liberado.

A garota deu um pulo para trás, o rosto vermelho. Colton agradeceu e se sentou antes de ela sair correndo. Vlad o esperava junto à porta e, quando Colton se aproximou, deu um tapa na cabeça do amigo.

– Ela é nova demais para você.

– Ela se ofereceu para me ajudar com um mau jeito no pescoço.

– Aposto que sim.

– Os caras já estão na lanchonete – disse Colton.

Malcolm, Mack e Noah estavam sentados à mesa de sempre quando Colton e Vlad chegaram. Del, Gavin e Yan estavam na estrada com o time e não poderiam se encontrar com eles.

– Ora, ora, ora – murmurou Mack. – Vocês viram isso, rapazes? Alguém tem um sorriso no rosto esta manhã.

Reagindo à provocação de Mack, Vlad mais que depressa ergueu o enorme cardápio para esconder as bochechas vermelhas.

Mack abaixou o cardápio.

– Você não vai se safar tão fácil. Desembucha. Como estão as coisas?

Colton bateu palminhas.

– Ah, me deixa contar, por favor?

Vlad olhou feio para ele, mas sua expressão logo se abriu num sorriso bobo. Toda a mesa caiu na gargalhada.

– Sério? – indagou Mack, surpreso.

As bochechas de Vlad esquentaram.

– As coisas estão indo bem.

– Ah, estão *mais* do que bem. – Colton deu uma risadinha debochada. – Hoje de manhã, quando entrei...

Vlad apontou o dedo para ele.

– Não.

– Vamos apenas dizer que entrei na cozinha na hora errada.

– Ei – reclamou Vlad. – É da minha mulher que você está falando.

– Na cozinha? – Mack deu uma risadinha. – Caramba. Você não perde tempo.

Vlad deu de ombros, tímido, e suas bochechas pegaram fogo.

Todos os rapazes levaram a mão ao coração e soltaram um *ohhhh* coletivo. O restaurante inteiro se virou para ver, mas logo perderam o interesse. Quase todos ali também eram frequentadores assíduos e estavam acostumados com as reações estranhas que vinham da mesa dos caras.

Vlad escondeu o rubor atrás do cardápio de novo, mas os rapazes riram e o tiraram da frente.

– Por que está com vergonha? – perguntou Malcolm. – Isso é maravilhoso, cara. Maravilhoso!

Mack se recostou na cadeira.

– *Essa* é uma versão do Russo que eu gosto.

– Que versão é essa? – perguntou Vlad, sorrindo porque de repente se sentiu absurdamente fantástico.

– A versão *eu consegui minha garota de volta* – disse Noah, inclinando-se para a frente para um aperto de mão caloroso.

– Mas cuidado – disse Mack. – Não ponha o carro na frente dos bois. Lembre-se de ir com calma. Vocês estão nesse estágio inicial incrível da relação, mas têm muito que resolver.

Noah deu um tapa na cabeça de Mack.

– Não é hora de ser pessimista, babaca. Deixe o Russo aproveitar o momento.

– Só estou dizendo para ele ir com calma. Eu me afobei com a Liv no início, e nosso relacionamento quase foi para o ralo.

Vlad fechou o cardápio, de repente ansioso para mudar de assunto.

– Vamos falar sobre o meu livro.

Colton balançou a cabeça.

– Se Tony e Anna ainda não transaram, não estou interessado.

Elena parou em uma vaga no estacionamento em frente ao prédio comercial, cuja placa anunciava a firma de advocacia de Gretchen Winthrop, a advogada de imigração que Alexis havia recomendado. Colocou algumas moedas no parquímetro e trancou o carro. Um sino tilintou em cima da porta quando ela entrou na despretensiosa sala de cubículos velhos e tapetes manchados de um prédio térreo de esquina a poucos quarteirões do café de Alexis.

A sala de espera era um pequeno quadrado com duas fileiras de cadeiras bege e cheiro de mofo. Uma recepcionista se sentava atrás de um balcão alto à direita da entrada.

– Posso ajudá-la?

Elena se aproximou.

– Sou Elena Konnikova. Vim falar com Gretchen Winthrop.

A mulher sorriu.

– Tem horário marcado?

– Sim. Liguei hoje de manhã.

– Sente-se, vou avisá-la que você está aqui.

A parede da sala de espera estava forrada de artigos de jornal emoldurados sobre casos de imigração e placas dizendo CONHEÇA SEUS DIREITOS E SAIBA O QUE FAZER SE UM OFICIAL DA IMIGRAÇÃO APARECER.

– Elena? – Ela se levantou quando a recepcionista voltou. – Siga direto até os fundos.

O escritório era tão pequeno que ela não precisou de nenhuma outra orientação. A sala de Gretchen era a única com identificação e a porta estava aberta. Elena bateu à porta e Gretchen fez um sinal para ela entrar.

– Muito prazer – disse ela, oferecendo uma cadeira diante da mesa para Elena se sentar. – Alexis me avisou que você ligaria. O que posso fazer para ajudar?

– Estou avaliando algumas opções neste momento e tenho algumas perguntas.

– Com sorte, terei algumas respostas, mas já aviso que não sou especializada no seu tipo de imigração.

– Eu sei – disse Elena, colocando a bolsa no chão. – Não vim aqui só por mim.

Gretchen se encostou na cadeira.

– Muito bem.

– Gostaria de saber se você já trabalhou com vítimas de tráfico sexual.

Gretchen ergueu a sobrancelha.

– É sério?

– Sim, estou falando sério.

Gretchen sorriu.

– Eu estava sendo irônica. Quase metade dos meus clientes são vítimas de algum tipo de tráfico humano. Por quê?

– Quais as opções que eles têm? Em termos de imigração, quero dizer.

– Alguns entram na categoria de refugiados se foram trazidos para os Estados Unidos ilegalmente e contra a própria vontade. Varia muito.

– E garotas russas e ucranianas? Você já ajudou alguma?

– Algumas. Por quê?

Elena cruzou as pernas.

– Meu visto não me dá permissão para trabalhar aqui.

Gretchen estreitou os olhos diante da súbita mudança de assunto.

– Correto. Seu visto permitiu que frequentasse uma faculdade, mas você não pode trabalhar legalmente.

– Você sabe por que tive que sair da Rússia?

Gretchen tapou os ouvidos.

– Se você está prestes a confessar alguma coisa sobre a natureza de seu casamento, aconselho veementemente que pare.

– O que quero dizer é... você sabe o que aconteceu com meu pai?

– Não.

– Ele desapareceu enquanto trabalhava numa reportagem sobre tráfico sexual de garotas. Acredito que foi por causa dessa matéria que ele... – Elena hesitou na escolha das palavras – ... desapareceu.

– Acho que não estou entendendo.

– Se eu ficar aqui, existe *alguma* maneira de eu trabalhar como jornalista sem violar as condições do meu visto?

– Bem, suponho que você e Vlad vão pedir um *green card* em algum momento. A maioria dos atletas profissionais faz isso.

– Mas isso pode demorar anos, não?

Gretchen se remexeu na cadeira.

– Olha, Elena. Espero não parecer grosseira, mas esse não é bem um problema sério a ser resolvido. Você é casada com um homem rico que praticamente tem residência permanente garantida. Qual é a pressa?

– Eu quero trabalhar. Quero fazer algo que valha a pena. Venho trabalhando em uma coisa importante.

– Eu entendo. Não quis insultar você. Eu só... – Gretchen parou de falar com um suspiro. Levantou-se, foi até um dos vários armários de arquivos alinhados na parede e abriu a gaveta de cima do primeiro. – Está vendo isso? – Ela se virou. – Estes são apenas os *As*. São pessoas que represento agora ou que já representei, pessoas trabalhadoras que querem uma chance de ficar e trabalhar nos Estados Unidos, assim como você. A diferença – ela fechou a gaveta – é que elas não têm *nenhuma* opção. São movidas pelo desespero.

Gretchen voltou a se sentar.

– O sistema de imigração americano é feito especificamente para servir pessoas como vocês. Pessoas ricas e brancas de países igualmente ricos e brancos. Você corre pouquíssimo risco de ser deportada. Seu marido conseguiu furar uma fila muito, muito longa só porque sabe jogar hóquei. Os americanos amam imigrantes como vocês.

– Você parece não gostar muito de mim e do meu marido.

– O que não gosto é do sistema que dá a vocês a oportunidade de explorar as opções que melhor se encaixam nas suas necessidades, enquanto a maioria dos imigrantes quase não tem opções.

– Nem os refugiados?

Gretchen bufou e fez uma careta.

– Essa palavra praticamente não significa nada. – Ela inclinou a cabeça e estudou Elena. – Há formas de fazer a diferença aqui sem violar as regras do seu visto, Elena. É isso que você está tentando descobrir, não é?

Elena assentiu. Era ressabiada demais para dizer isso em voz alta. Tudo ainda parecia tão repentino. A ideia de ir embora, bem, ela nem suportava pensar nisso agora. Mas como poderia abandonar tudo pelo que havia trabalhado? Como poderia abandonar mulheres como Marta? Como poderia abandonar o pai?

– Existem muitas **organizações** sem fins lucrativos que precisam de voluntários, e **alguém** com suas habilidades seria incrivelmente valioso. Seu conhecimento no idioma por si só seria essencial. Sei que não é o mesmo que trabalhar por um salário, mas você poderia realizar algumas das coisas que são importantes para você.

Gretchen olhou o relógio.

– Receio que eu **tenha** que interromper nossa conversa. Tenho outra reunião em dez minutos. Mas posso garantir que, se você está procurando meios de usar seus conhecimentos jornalísticos para ajudar pessoas como os meus clientes, as possibilidades são infinitas.

Elena agradeceu a Gretchen por seu tempo. Não obteve respostas concretas, mas foi o suficiente para colocar seu cérebro para funcionar.

Assim que entrou no carro, o celular tocou. Presumindo que fosse Vlad, ela atendeu no mesmo instante.

– Elena, aqui é Yev.

A mão livre de Elena apertou o volante com força.

– Yev. Oi.

Ele riu.

– Você parece nervosa.

– E estou, para ser franca. – Pelo menos isso não era mentira.

– Bem, não há necessidade. Estou muito feliz em fazer esta ligação.

– Hã... – Ela soou como uma garotinha sem fôlego.

– Está tudo bem? Te peguei numa má hora?

Sim. Numa hora péssima. Porque toda sua vida e o que ela achava que sabia e queria haviam mudado na última semana.

– Claro que não – sussurrou ela. – Pode falar.

– Que bom – disse Yev. – Porque eu gostaria de oficialmente oferecer um emprego para você.

Uma sensação que Elena não previra surgiu em reação àquelas palavras. *Frustração*.

– Obrigada. Isso é... uau.

– Entendemos que vir dos Estados Unidos é uma grande mudança, então não esperamos que você comece de imediato. Mas acha que consegue começar em um mês?

Ela sentiu um gosto amargo.

– Um mês?

– Se precisar de mais tempo, podemos dar um jeito.

– Hã, não, não é isso.

– Tem certeza de que está tudo bem?

Elena estremeceu, mas então se lembrou de que conhecia aquele homem desde que nascera.

– Yev, sou muito grata pela oferta de emprego, mas, na verdade, acho que vou ter que recusar.

Houve uma pausa, depois o ranger da cadeira dele.

– Bem, isso é inesperado. Posso perguntar por quê?

– Talvez eu ainda não esteja pronta para deixar os Estados Unidos.

Ele soltou um ruído evasivo, então ela se apressou em continuar:

– Sempre serei muito grata por você ter se disposto a me dar uma chance.

– Bem, era o mínimo que eu poderia fazer por seu pai. Mas, para dizer a verdade, estou meio aliviado.

Ela riu.

– Sério?

– Agora não preciso me preocupar com você. – Outro rangido da cadeira, e ela o visualizou se levantando. – Quais são seus planos, então?

– Não sei ainda. Não tenho planos por enquanto. Acabei de me encontrar com uma advogada de imigração, e ela ao menos me deu algumas questões em que pensar.

– Que bom para você.

– Yev, muito obrigada por entender.

– Claro. Você é da família, Elena. Sabe disso.

– Eu sei. E isso significa muito para mim.

– Promete me avisar se precisar de mais alguma coisa?

Elena prendeu a respiração.

– Na verdade, tem uma coisa.

– Diga.

– Eu meio que menti para você antes.

Yev parou por um instante.

– Estou ouvindo – disse ele, em seguida.

– Quando você perguntou se eu estava investigando o desaparecimento do meu pai...

– Ah, merda, Elena. O que você está fazendo?

– Estou tentando terminar a reportagem dele. Tenho feito minha própria investigação da melhor maneira que posso, estando aqui.

Silêncio.

– E você descobriu algo interessante?

– Um monte de pistas falsas e sem futuro.

– Bem, não me surpreende.

– Há uma coisa que talvez você pudesse verificar para mim.

O suspiro dele poderia ter movido um barco a vapor.

– Elena, você sabe o quanto isso é perigoso.

– Eu sei. E sinto muito por colocar você nessa posição.

– O que você quer que eu verifique?

– Nikolei 1122.

Silêncio novamente.

– Onde você ouviu isso? – perguntou ele.

O coração dela martelou com o tom da voz de Yev.

– Isso significa alguma coisa?

– Assim de cara, não. Mas pode ser parte da nomenclatura de um boletim de ocorrência. O nome do oficial e a data. Mas também pode significar qualquer coisa. Onde ouviu isso?

– Tenho uma fonte dentro das boates de Strazh.

Ele soltou uma série de palavrões que a fez afastar o celular do ouvido.

– Yevgeny...

– Isso é loucura, Elena. Por favor, me diga que está brincando.

– Preciso saber o que aconteceu com ele. *Você* não quer saber?

Ele praguejou baixinho.

– Vlad sabe que você está trabalhando nisso?

Um frio desceu pela espinha de Elena.

– Ainda não.

Alguns segundos se passaram, e tudo que ela podia ouvir era o barulho da redação ao fundo e as bufadas de Yev ao telefone.

– Está bem – disse ele, enfim. – Vou ver o que consigo descobrir.

– Obrigada...

– Mas se eu não conseguir nada, você tem que me prometer que vai desistir disso e seguir com sua vida.

– Eu prometo – murmurou ela.

Yevgeny desligou sem se despedir. Elena jogou o aparelho no banco do passageiro e encostou a testa no volante. Esperou o pânico se assentar. Acabara de recusar o emprego que sempre quis. Um emprego que lhe proporcionaria tudo o que ela achava que precisava, tudo para continuar o trabalho que vinha fazendo. Uma chance de honrar o legado do pai. Acesso a informações e pessoas que poderiam ajudá-la a descobrir o que aconteceu com ele. Uma chance de salvar mulheres como Marta.

Mas não precisava voltar para a Rússia para fazer isso. Tinha alternativas que nunca havia considerado porque nunca se *permitira* considerá-las. Ela nunca se permitiu acreditar que poderia ter um futuro nos Estados Unidos porque nunca acreditou que poderia ter um futuro com Vlad.

Elena botou o carro de volta na estrada e seguiu na direção de casa. Quando o telefone tocou de novo, soube que era Vlad.

– Oi – disse ele quando ela atendeu.

Elena pensou em contar imediatamente sobre a ligação de Yevgeny, mas decidiu esperar. Havia muito para contar a ele. E ela *contaria*. Só que ainda não era a hora.

– Como foi lá hoje?

– Bom. O técnico foi me ver.

– Até que enfim.

– Ele, hã... – Vlad pigarreou. – Você gostaria de ir ao jogo comigo hoje à noite?

– Como uma verdadeira esposa de jogador de hóquei?

– Como *minha* esposa.

Ela mordeu o lábio para afastar a emoção.

– Eu adoraria – respondeu, finalmente.

Ele soltou um suspiro aliviado, como se tivesse mesmo pensado que ela fosse recusar.

– Que horas vai chegar em casa? – perguntou Vlad.

– Daqui uma meia hora.

– Ótimo. Me encontre na cama.

VINTE E TRÊS

O time mandou um carro para buscá-los pouco antes das sete da noite, assim não teriam que enfrentar o trânsito do centro da cidade.

– Estou nervosa – disse Elena.

No banco de trás, Vlad passou o braço pelos ombros dela e beijou seu cabelo. Ela cheirava a flor de laranjeira e estava incrível na camiseta de hóquei larga com o nome dele nas costas.

– Vai ser divertido.

– E se as pessoas me perguntarem por onde eu andava ou...

– Não vão perguntar. E se por acaso perguntarem, eu estarei lá para lidar com eles.

Vlad também estava nervoso, mas por um motivo diferente. Já havia sido divulgado à imprensa que ele planejava comparecer ao jogo, e a assessoria do time queria que ele desse uma entrevista ao vivo depois do primeiro tempo. Tudo isso significava que uma imagem dele com Elena provavelmente chegaria à mídia russa. Mas Vlad ainda nem tinha contado a seus pais que Elena estaria com ele, muito menos que eles estariam *juntos*.

Vlad pegou o celular no bolso da calça jeans.

– Precisamos ligar para os meus pais.

Elena olhou para ele.

– Quê? – reagiu ela, surpresa.

– Não quero que eles descubram sobre a gente por uma foto nos jornais.

– Eu também não.

Vlad selecionou o contato da mãe. Eram quase seis da manhã em Omsk, então talvez ela já estivesse acordada. Ele prendeu a respiração enquanto esperava que ela atendesse.

– Não é que você se lembra do meu número? – disse ela no lugar do alô.

Ele a interrompeu antes que ela lhe passasse outro sermão ou, Deus o livrasse, envolvesse seu pai na conversa.

– Mãe, antes de me dar bronca, tem alguém aqui que quer falar com a senhora.

Elena lançou um olhar do tipo *você está de brincadeira comigo?* quando Vlad lhe passou o celular. Mesmo assim, ela aceitou.

– Oi, Mama.

Vlad pôde ouvir a voz da mãe.

– *Elena?!*

Ele pressionou a boca com o punho para abafar uma risada, e Elena deu um soco em seu peito.

– Sim, estou aqui – respondeu Elena antes de uma pausa. – Bem, neste momento estamos indo ao jogo... – Mais uma pausa. – Desde o dia seguinte à cirurgia... – Logo depois, Elena se retraiu e devolveu o telefone a Vlad.

– Ela quer falar com você.

– Vladislav Konnikov, você tem muito que explicar. Você mentiu para mim. Há quanto tempo ela está aí? Quando ela vai embora? Você pelo menos tentou conversar com ela?

– Mãe, calma.

– Não vou ter calma coisa nenhuma. O que está acontecendo?

– Juro que vou explicar tudo mais tarde. Só quis ligar para que a senhora não fosse pega de surpresa se visse uma foto nossa juntos no jogo de hoje à noite.

– O que você quer dizer com *juntos*? – A voz da mãe ganhou uma cadência ascendente de esperança.

Vlad procurou o olhar de Elena ao responder:

– E-Eu segui seu conselho, mãe.

– Como assim? – perguntou ela novamente, dessa vez sem fôlego.

Vlad trilhou o lábio inferior de Elena com o polegar.

– Acho melhor manter alguns detalhes apenas entre mim e Elena.

Ela deu uma risada emocionada.

– Claro. Claro. Ah, mal posso esperar para contar a seu pai. Mas o que isso quer dizer? Ela vai ficar em Nashville?

Vlad fitou os olhos de Elena. Eles ainda não tinham conversado sobre o futuro, e ele não queria responder por ela.

Segurou o queixo de Elena com o polegar e o indicador e o ergueu. Afinal, dar um beijo silencioso o tornou ainda mais poderoso. Precisou usar toda sua força de vontade para se afastar dela e lembrar que a mãe ainda estava ao telefone.

– Prometo que contarei mais detalhes depois. Estamos chegando ao estádio agora.

– Estou muito feliz, Vlad. Muito feliz.

– Eu também, mãe.

Ele encerrou a ligação.

– Tenho uma coisa para você – murmurou contra os lábios de Elena.

Ela se inclinou para trás e deu um sorriso tímido.

– No carro?

Vlad caiu na gargalhada e se afastou dela. Inclinou o quadril para conseguir alcançar o bolso. Quando mostrou as alianças, um pequeno suspiro escapou dos lábios de Elena.

– Pensei que talvez... – Ele engoliu em seco, nervoso. – Já que estaremos em público, pensei que talvez pudéssemos usá-las para que as pessoas não façam muitas perguntas.

– Sim – sussurrou ela. Os dedos tremeram ao estender a mão para Vlad colocar a aliança em seu dedo de novo. Depois que Elena repetiu o gesto com ele, Vlad a puxou para o colo. Ele se inclinou para beijá-la, mas Elena recuou. – Ouvi o que sua mãe perguntou. Se vou ficar em Nashville.

Vlad parou de respirar.

– Yevgeny me ofereceu um emprego hoje. Eu recusei. – Elena encostou a cabeça no ombro dele. – Nunca me senti em casa, em lugar nenhum. Não durante muito tempo. Mesmo antes de meu pai desaparecer, eu me sentia sozinha. Nunca me senti segura. Nunca criei raízes. O único momento em que me sinto acolhida, em que já me senti acolhida na vida, é com você.

Vlad segurou a nuca de Elena e puxou seu rosto para perto do dele.

– O que está tentando dizer?

– Quero um casamento de verdade também.

O momento clamava por paixão, mas a onda de emoção presa na garganta de Vlad o deixou sem reação. Ele pressionou a testa na dela e inspirou fundo, trêmulo. Ficaram assim, abraçados em silêncio, até que o carro desacelerou ao entrar no trânsito ao redor do estádio.

O estádio ficava a apenas um quarteirão das principais casas de show e baladas country pelas quais Nashville era famosa, e o motorista teve que parar várias vezes para deixar um paredão de pedestres e festeiros atravessar a avenida antes de chegar até uma das barricadas que Colton havia cruzado de manhã. Ao mostrarem as credenciais, o policial deixou o carro passar. Elena colou o rosto na janela.

– Quanta gente – sussurrou ela.

E, pela primeira vez na carreira, Vlad era um deles. Apenas mais um espectador relegado às arquibancadas enquanto seu time jogava sem ele. Isso doía, mas não tanto quanto antes. Ele estava se recuperando em paz, e tinha Elena, finalmente, a seu lado.

O motorista os deixou perto da entrada dos jogadores. Um dos fisioterapeutas estava esperando por eles com um carrinho elétrico para levá-los até o elevador de serviço e depois para o último andar, onde ficavam os camarotes. Assim, Vlad não precisaria andar de muletas por toda a extensão do estádio.

– Você vai ver seus companheiros de time primeiro? – perguntou Elena.

– Eles já devem estar se aquecendo – respondeu Vlad, esperando enquanto ela entrava no carrinho. – E dá má sorte. Não quero atrapalhar a concentração deles.

– Você atrapalha minha concentração, e isso não faz mal nenhum.

Vlad piscou para ela.

O dono do time já estava no camarote com a família quando eles chegaram. Miles Rudolph acenou e foi cumprimentá-los.

– Vlad, que bom ver você de pé! – Rudolph deu um tapinha no ombro dele.

– Obrigado por nos convidar para seu camarote esta noite. – Vlad deixou as muletas de lado para pôr a mão nas costas de Elena. – Esta é minha esposa, Elena.

Rudolph apertou a mão dela.

– Até que enfim estou conhecendo a misteriosa Elena. – Ele recuou e fez um gesto para que entrassem. – Por favor, fiquem à vontade. Se precisarem de qualquer coisa, chamem um dos garçons.

Os olhos de Elena se arregalaram quando entraram no luxuoso camarote. Um bar completo tomava toda a parede à direita, e um barman preparava drinques para os convidados que já estavam lá. Um bufê de dar água na boca fora montado na parede oposta, mas Vlad havia comido antes de saírem de casa porque, em eventos como aquele, não podia ter certeza de que mesmo alimentos identificados como sem glúten não tinham sofrido contaminação cruzada.

Vlad se aproximou do ouvido de Elena.

– Quer beber alguma coisa?

– Eu vou lá pegar – disse ela. – É melhor você se sentar.

– Fico sentado o dia todo.

Ela ergueu a sobrancelha para ele, e aquela sutil expressão fogosa o deixou excitado e bem-disposto de novo. Deus, a noite seria longa.

– O que você quer? – perguntou ela.

– Apenas água. Obrigado.

Ele deu um beijo nos lábios dela, atraindo o olhar surpreso de mais de uma pessoa naquela sala. Agora entendia a preocupação dela com gente fazendo perguntas. Era a primeira vez que ela era vista com ele, e as pessoas não tinham nem a decência de disfarçar a curiosidade.

Vlad se aproximou lentamente das poltronas VIP logo atrás da parede de vidro com vista para o rinque, em seguida equilibrou as muletas no parapeito. Abaixo, o time patinava e se aquecia sem ele. Música alta pulsava dos alto-falantes, e o telão gigante que pendia do teto passava vídeos e comerciais para distrair os fãs antes do jogo. Vlad sonhara a vida inteira em estar ali. Na Copa Stanley. Milhares de fãs gritando e torcendo. E ele não poderia jogar.

– Oi. – Elena o tirou de seu breve momento de autopiedade. Trazia uma taça de vinho para si e uma garrafinha de água para ele. Vlad tomou metade da garrafa em apenas uma golada.

– As pessoas estão olhando para você – disse ela.

Ele seguiu o olhar de Elena em direção às arquibancadas lá embaixo e, era verdade, vários torcedores olhavam para trás com sorrisos empolgados. Vlad ergueu a mão em um aceno educado, e os fãs reagiram como se tivessem sido abençoados pelo espírito do lendário Gordie Howe.

– Você deveria dar um autógrafo para as crianças – sugeriu Elena.

– Eu não trouxe caneta.

– Eu cuido disso. – Elena pôs a taça de vinho no porta-copos de uma das poltronas antes de desaparecer pela escada de acesso. Um momento depois, voltou com uma caneta e alguém da equipe de relações públicas do time. Ela começou a dar ordens, e o funcionário não teve escolha além de obedecer. – Vamos convidar algumas das famílias com crianças pequenas para virem aqui conhecer Vlad. – Ela apontou para uma família com quatro filhos que o estava observando desde que ele aparecera. – Uma de cada vez.

O funcionário assentiu e abriu o portão que separava a área VIP do restante da arquibancada. Estavam observando quando o jovem bateu no ombro do pai, falou baixinho e apontou para trás, e logo a família toda ficou de queixo caído ao mesmo tempo.

Um momento depois, a família correu pela escada até o parapeito.

– Ah, meu Deus, que emocionante! – exclamou a mulher que devia ser a mãe.

– Será que as crianças não querem um autógrafo? – perguntou Elena.

Depois de autografar dois discos de hóquei, uma camiseta e uma tabela de programação dos jogos, Vlad se ofereceu para tirar uma fotografia com a família. Elena se afastou para não sair na foto, mas ele a puxou de volta.

E foi assim por vinte minutos. O rapaz das relações públicas trazia as famílias com crianças para autógrafos e selfies, e era exatamente disso que Vlad precisava para se distrair do fato de não estar no gelo com o time. De alguma forma, Elena sabia do que ele precisava. Assim como sabia que suas comidas preferidas curariam sua alma e que ele precisava de um abraço quando os rapazes sugeriram uma festa para assistir ao jogo.

Elena enlaçou seu braço no dele.

– Você está bem?

– Não estaria sem você.

– Lá vem você de novo. Com todo o seu romantismo.

– Elena?

Ela o encarou.

– Sim?

– Preciso lhe dizer uma coisa.

Os lábios dela se entreabriram.

– O quê?

– Eu te amo.

Elena sugou o lábio inferior quando seus olhos reluziram com um brilho lacrimoso. Ao redor deles, o barulho da multidão e da música se embotaram. Eram só os dois, suspensos na colisão do passado e do presente.

Depois de um momento atormentadoramente longo, Elena aninhou o rosto dele nas mãos.

– Eu também te amo.

Vlad enxugou a lágrima que rolou pela bochecha de Elena, então aproximou a boca da dela. Deu um beijo suave, demorado o bastante para ela compreender que o sentimento era sincero e que ele mal podia esperar para passarem o resto de suas vidas juntos.

Me prometa

– Abaixe-se. Abaixe-se.

Tony agarrou Anna e a arrastou de volta para a vala. Eles se mantiveram rente ao chão enquanto o ronco dos caminhões ficava mais alto, aproximando-se. Tony a protegia com seu corpo enquanto espiava.

– O que está vendo?

Ele quase desmaiou de alívio ao rolar de costas.

– Americanos. Eles são americanos.

Tony ergueu as mãos para o alto e se levantou devagar. Um soldado nervoso ainda poderia atirar em suas bolas se ele fizesse movimentos rápidos. Aproximou-se da estrada, e um dos caminhões reduziu a velocidade, arranhando as marchas.

– Imprensa. – Tony arquejou. – Americano.

O motorista tirou o quepe.

– Que porra você está fazendo aqui fora?

Anna se arrastou para fora da vala. O motorista se retraiu.

– Desculpe, senhora.

– Precisamos de uma carona para voltar – disse ela. – Podem nos levar?

– Podemos levar vocês até Minsk, mas depois disso estão por conta própria.

Anna e Tony correram para a carroceria do caminhão. Um jovem soldado estendeu a mão para ajudar Anna a subir, e Tony lançou um perfurante olhar de advertência quando o rapaz a admirou muito de perto.

Em seguida, aceitou a mão estendida de outro soldado. Os dois desabaram nos bancos duros. Anna fechou os olhos e deixou a cabeça cair para trás, ofegante.

– De onde estão vindo? – perguntou Tony.

– De Barth – respondeu o capitão. – Do campo de prisioneiros de guerra.

– Estamos investigando o caso dos prisioneiros evacuados pela SS – disse Tony. – Vocês descobriram alguma pista deles?

O capitão cuspiu no chão de madeira.

– Filhos da puta desgraçados. Alguns prisioneiros conseguiram escapar. Mas quase todos que correram foram baleados. Resgatamos uns poucos retardatários do 63º Batalhão e os deixamos no posto de enfermagem.

Os olhos de Anna se arregalaram.

– Do 63º?

– Sim – respondeu o capitão. – Por quê?

Anna se levantou de um pulo, mas Tony agarrou seu braço.

– Sei o que está pensando, mas não pode fazer isso.

Ela puxou o braço.

– Estavam no mesmo campo que os homens do 579º – murmurou ela. O esquadrão de Jack. – Preciso falar com eles.

Ela cambaleou com um solavanco do caminhão.

– Não pode simplesmente pular, Anna – disse ele, mas ela já estava abrindo caminho até a tampa da carroceria.

Anna olhou para ele.

– Eu preciso.

Em dois anos como correspondente de guerra, Tony tinha visto e vivido todo tipo de horror. Mas jamais, nem uma vez, experimentara o pânico que estava sentindo naquele momento. Ele a viu saltar do caminhão e hesitou por um mero segundo antes de ir atrás dela, aterrissando de mau jeito sobre as pernas.

– É perigoso demais, Anna. Essas estradas ainda estão infestadas de inimigos. Eu vou levar bala se nós formos capturados, mas você... – Um barulho atormentador interrompeu sua fala.

Ela continuou andando.

– Eu tenho que ir. Tenho que fazer isso. Eles podem saber onde Jack está. Você não entende?

– Não posso permitir que faça isso.

– A decisão não é sua.

– Anna. – Tony agarrou o braço dela e a virou, puxando-a para perto de seu corpo. – Não faça isso comigo. *Por favor*.

Os olhos dele se fixaram nos dela antes de encarar seus lábios com ardor. Aproximou a boca da dela em um beijo quase punitivo. Anna agarrou a camisa dele e o deixou explorar sua boca, os polegares afundando em suas bochechas e os dedos pressionando a lateral da cabeça. Tony se afastou apenas o suficiente para roubar seu olhar.

Ela encarou a longa estrada à frente antes de se voltar para ele.

– Tony – sussurrou. – Eu tenho que ir.

Anna se afastou com passos trêmulos e hesitantes. Foi embora, levando o sol, a lua, as ondas e a gravidade que se tornaram a força vital de Tony.

– Anna – suplicou ele.

– Por favor, Tony. Não torne isso ainda mais difícil.

– Anna, eu te amo.

Os passos dela vacilaram.

– Eu te amo, e você não tem que fazer isso. Fique comigo. *Fique comigo*.

De repente, ela estava em seus braços.

– Eu também te amo. Vou ficar com você. Vou ficar.

VINTE E QUATRO

– Olha, sei que tudo está muito excitante e empolgante na sua casa ultimamente, mas você não pode terminar o livro assim.

Na tarde seguinte, na casa de Colton, Vlad jogou um biscoito sem glúten na boca e ergueu o olhar de suas anotações. Enquanto ele e os rapazes traçavam o enredo do restante do livro, Elena fora se encontrar com as Solitárias no café de Alexis para falar de gatos e bolinhos de chá russo, ou coisa assim. Depois elas se juntariam aos rapazes para assistir ao próximo jogo da Copa Stanley.

Vlad estava se sentindo muito bem com a vida e com o livro... até agora.

– Por que não?

Mack abriu uma cerveja.

– Porque não tem conflito. Ela acorda e decide que vai ficar com Tony só porque ele pediu? Isso não é lá muito convincente.

– Eles acabam juntos. Como isso não é convincente?

– Porque eles não lutaram de verdade pelo final feliz – respondeu Malcolm.

Mack apontou com a cerveja.

– Isso. Obrigado. Você nunca chegou ao fim de um livro em que o casal termina junto sem ter superado vários obstáculos? É uma merda. Você se sente enganado.

Malcolm pegou o pacote de biscoitos, jogou um na boca e imediatamente cuspiu.

– Isso tem gosto de papelão.

Vlad se irritou.

– Eles enfrentaram milhares de obstáculos. Quase foram baleados, foram perseguidos pelos nazistas, e...

Del balançou a cabeça.

– Esses são problemas externos, cara. Obstáculos *externos*. Você tem que fazê-los encarar o medo interno para que então alcancem o verdadeiro final feliz. – Ele pegou um biscoito. – Vou experimentar um.

– Tem gosto de bambu – advertiu Malcolm.

Del deu uma mordida e cuspiu.

– Eu preferiria cagar na calça.

– Não iria preferir, não – retrucou Vlad, ríspido. – Não tem graça quando é você cagando na própria calça.

– Como se eu fosse cagar na calça de outra pessoa.

Noah botou os pés sobre um pufe de couro em frente à cadeira.

– Sei que sou o mais novo do grupo, que ainda não sei muita coisa e tal, mas concordo com ele. Quero ver Tony e Anna batalharem uma última vez.

– Nem todo livro precisa ter um momento épico, dramático, de *tudo ou nada* – protestou Vlad, de cara amarrada.

Gavin se intrometeu:

– Mas todo livro precisa daquele empurrão decisivo que força a personagem a ter uma última epifania e finalmente enxergar tudo com clareza.

Vlad cruzou os braços e franziu o cenho.

– Então vocês estão dizendo que ela não deveria ficar com Tony? Que deveria deixá-lo para ir procurar Jack?

– Ela *tem* que procurar Jack – retrucou Malcolm. – Senão, será que ela escolheu Tony de verdade? Como é que ele vai saber se ela realmente o escolheu?

– Que importância tem isso? – E por que diabos Vlad estava levando isso para o lado pessoal?

– Tem importância porque Jack é a única barreira emocional que ainda existe entre eles – explicou Malcolm. – Ele é tudo o que Tony teme que lhe falte como homem, e é o passado que Anna não consegue superar. Se os dois não lidarem com essas questões, o livro vai ter um final medíocre.

– Vocês leram a cena? – questionou Vlad. – Ele acabou de dizer a ela que a ama. Vocês todos vêm me enchendo o saco para que Tony dê um passo no relacionamento. Isso era o que ele mais temia, mais do que qualquer outra coisa. Como é que isso não é batalhar mais por ela?

– Você falou que revelar seus verdadeiros sentimentos era o maior medo dele – argumentou Malcolm. – Mas será que isso é mesmo verdade? É disso que ele realmente tem medo?

– *Sim*.

– E se ela tivesse ido embora de qualquer jeito?

Vlad franziu o cenho enquanto ponderava.

– Como assim?

– Qual é a pior coisa que pode acontecer a ele?

– Não ter seu sentimento correspondido.

– Não – rebateu Colton, com uma seriedade repentina que Vlad raramente via no amigo. – A pior coisa seria ela amá-lo também, mas ir embora mesmo assim.

O silêncio pairou na sala. Um silêncio reverente, do tipo *porra, isso é profundo*.

– Vlad, Tony acredita que Anna o escolheria em vez de Jack? – perguntou Malcolm.

– Não – murmurou ele.

– O que significa que ela *tem* que ir procurar Jack – disse Mack.

– Ele tem que deixá-la ir – confirmou Noah.

Vlad balançou a cabeça. Não. Era cruel demais. Ele não poderia fazer isso com Tony.

– E o mais importante – continuou Malcolm – é que ele precisa acreditar que o amor deles é forte o suficiente para fazê-la voltar para ele.

Vlad deixou suas anotações de lado.

– Se conhecem tão bem minhas personagens, então escrevam vocês.

Colton fez um *tsc, tsc* e abriu uma cerveja.

– Sinto muito, cara. Só você pode escrever o final da sua história.

– Isso não está com uma cara boa.

Com um olhar cético, Michelle tirou a assadeira de um dos enormes fornos da cozinha do ToeBeans Café e a pôs na bancada para esfriar.

Elena espiou por cima do ombro de Michelle para ver as massinhas douradas em formato de concha.

– Estão perfeitas.

Elena as estava ensinando a fazer *korzinochki*, uma tortinha doce com creme azedo que era uma das sobremesas preferidas de seu pai e seriam perfeitas para a reuniãozinha que fariam durante o jogo mais tarde.

– Não acho que *aquilo* esteja com uma cara boa – disse Andrea, apontando para o gato de Alexis, Roliço.

Como o ToeBeans era um *cat café* – Alexis organizava feiras de adoção de gatos nos fins de semana –, Roliço ia trabalhar com ela todos os dias e ficava sentado em uma caixinha à janela, intimidando os clientes. Ele parecia o resultado desastroso de uma experiência científica fracassada.

– Eu deveria adotar um gato assim – comentou Claud, olhando de uma banqueta próxima à bancada de aço inoxidável da cozinha. Ela declarou naquela manhã que adoraria comer, mas que não queria participar da preparação das tortinhas. – Um bichano que fique sentado à janela, de bolas para o ar, chiando para os homens.

– Não é basicamente isso que você faz o dia inteiro? – perguntou Elena.

Michelle disfarçou uma risada e se virou, dando de ombros. Elena olhou para Claud, que tinha um sorrisinho no rosto.

– Ok, vamos deixar isso esfriando enquanto preparamos o recheio – disse Elena.

Alexis juntou todos os ingredientes (creme de leite fresco, creme azedo e açúcar de confeiteiro), pesou todos eles e os colocou na batedeira profissional. Quando a mistura atingiu a consistência certa, elas começaram a rechear a massa.

– Você é muito boa nisso, hein? – elogiou Alexis alguns minutos depois, finalizando as tortinhas com morangos fatiados. – Posso te aliciar para trabalhar comigo?

Elena sorriu.

– Se eu *tivesse* visto para trabalhar nos Estados Unidos, seria jornalista. Mas agradeço a oferta.

– O que você vai fazer agora que decidiu ficar? – A pergunta veio de Andrea. – Pode exercer algum tipo de jornalismo?

– Só se for voluntário, talvez. Fui ao escritório de Gretchen Winthrop, e ela me disse que tem algumas ideias sobre como posso ajudar. Acho que eu poderia contar as histórias dos refugiados e requerentes de asilo que estão encalhados no sistema de imigração.

– Você faria isso de graça? – perguntou Linda.

Elena assentiu.

– As histórias são mais importantes do que o dinheiro no momento.

Claud deu uma risada debochada.

– Ninguém é tão altruísta assim.

Michelle e Elena se entreolharam e falaram em uníssono:

– Vlad é.

Alexis sorriu e envolveu o próprio corpo num abraço.

– Não pude deixar de reparar na sua aliança.

Elena corou.

Andrea suspirou.

– Sinto falta de estar apaixonada.

– Que fim levou Jeffrey? – perguntou Elena.

– Já era.

Elena mordeu o lábio.

– Mas, tipo, ele está vivo?

Andrea suspirou.

– Vivo. Mas chato.

– Isso significa que você vai mesmo ficar, né? – perguntou Michelle, redirecionando a conversa para Elena.

– Vou. Tem umas pontas soltas que preciso amarrar, mas, sim, Vlad e eu vamos ficar juntos.

Ninguém perguntou que pontas soltas eram essas, e ela ficou aliviada. Nem para Vlad havia contado sobre isso ainda.

Alexis deu um abraço apertado nela.

– Estou muito feliz. Vocês foram feitos um para o outro.

– Não está na hora de irmos?

Andrea fez uma dancinha.

– Nem acredito que vou entrar na casa de Colton Wheeler.

Alexis e Elena embalaram cuidadosamente as tortinhas em lindas caixas cor-de-rosa com a logo do ToeBeans e depois as colocaram no carro de Alexis, atrás do café. Elena tinha parado no quarteirão do estacionamento público. Michelle levara as Solitárias em seu carro e já havia saído.

Quando Alexis e Elena voltavam para o café, o celular de Elena vibrou no bolso. Ela pegou o aparelho e olhou o número na tela.

Ela congelou.

Vlad apertou o telefone com força quando a ligação para Elena caiu na caixa postal.

– Ela não disse quem era ao telefone? – perguntou ele.

Alexis abraçou o próprio corpo e balançou a cabeça. Fazia quinze minutos que tinha chegado à casa de Colton e contou a Vlad que Elena havia recebido uma mensagem estranha e saíra correndo. Agora, ela não atendia o telefone.

– Ela ficou abalada – descreveu Alexis. – Tentou agir normalmente, mas sei que ficou abalada. Espero não estar sendo intrometida.

Noah acariciou as costas de Alexis.

– Não. Obrigado por me avisar. – Vlad discou o número de Elena de novo.

De novo, caiu na caixa postal. Alguma coisa não estava cheirando bem.

– Não deve ser nada com que se preocupar, cara – disse Mack. Todos estavam reunidos na cozinha, dirigindo sorrisos de confiança e solidariedade para Vlad.

– Você pode me dar carona para casa? – perguntou Vlad. – Só quero ver como ela está.

Colton assentiu, já pegando as chaves no bolso. Ele olhou para Mack.

– Fiquem aqui. A gente volta logo.

Mack assentiu.

– Mande notícias.

Colton dirigiu mais depressa do que de costume, o que significava muito, porque durante a vida inteira ele rodou as estradas como se a polícia estivesse na sua cola. O SUV estava na entrada para carros. Parado em frente à porta principal, torto, como se Elena tivesse corrido tão rápido para casa que nem perdeu tempo estacionando o carro na garagem.

Colton entrou atrás dele. Vlad chamou do hall de entrada. Sem resposta, Colton disse que verificaria o quintal enquanto Vlad iria para o andar de cima. Chamou de novo. No topo da escada, ele ouviu a voz de Elena, abafada e frenética, vindo do quarto de hóspedes. A porta estava fechada.

– Elena?

Ele bateu à porta e quase caiu para trás quando ela a abriu. Elena voltou a andar de um lado para outro no mesmo instante, o telefone colado no ouvido.

– Eu não entendo – dizia ela. – Por que está me dizendo isso se não vai me enviar o relatório?

– Quem é, Elena?

Ela fez um não veemente para ele com a cabeça. Os olhos de Vlad capturaram o resto da cena. Papéis espalhados pela cama – pastas, folhas de anotações e impressos de sites. Ele se aproximou. Não havia ordem nem harmonia no caos. Pegou uma pasta, abriu e correu os olhos pelo cabeçalho de uma página. Nada fazia sentido. Havia anotações com a letra de Elena do que parecia ser uma entrevista, mas sobre o que era, ele não conseguiu decifrar.

– Elena...

Ela ergueu a mão para silenciá-lo novamente. Em seguida, disse ao telefone:

– Espere aí. Você não pode jogar isso em cima de mim e depois se recusar a ajudar. Por que me ligou então? – Ela fez mais uma pausa, e seus olhos se arregalaram. – Você sabe que eu não posso fazer isso!

Quem quer que estivesse do outro lado da linha encerrou a ligação. Elena apertou o telefone na mão e começou a tremer.

– Elena, o que diabos está acontecendo? O que significa tudo isso? Quem era ao telefone?

Elena afundou no colchão. As pupilas estavam dilatadas, como de alguém sob o efeito de Ritalina ou adrenalina. As mãos tremiam. Os joelhos tremiam. E quando ela enfim olhou para ele, seu olhar o assustou como nunca.

Colton chamou da escada.

– Ei, estou subindo. Está tudo bem aí em cima?

Vlad deu meia-volta com as muletas e foi mancando até o corredor assim que Colton apareceu no topo da escada.

– Eu a encontrei.

– Está tudo bem?

Vlad não fazia ideia.

– Eu desço daqui a pouco.

Colton não pareceu convencido, mas deu meia-volta e desceu a escada. Vlad retornou para o quarto de hóspedes e dessa vez encontrou Elena de pé, revirando a bagunça sobre a cama. Frustrado com a inabilidade de se mover, Vlad jogou as muletas, experimentou soltar o peso na perna e foi mancando até ela.

– Elena, você tem que falar comigo. O que é tudo isso?

– Eu tenho que voltar.

– Para onde? Chicago?

As mãos dela paralisaram.

– Não.

O estômago dele embrulhou.

– *Rússia?*

– Apenas por alguns dias – sussurrou ela, a voz trêmula. – Talvez uma semana.

– Por quê?

Ela se virou para encará-lo, uma mistura de arrependimento e súplica contraindo suas feições.

– Eu já devia ter contado isso para você. Eu ia, mas não deu tempo, e...
– Devia ter me contado *o quê*?

Meu Deus, parecia que estavam conversando sobre dois assuntos diferentes. Como se ele tivesse lhe perguntado qual era a cor do céu e ela lhe respondesse com uma receita de *borscht*.

– Isso – disse ela, gesticulando em direção à bagunça sobre a cama. – O caso em que estou trabalhando.

Vlad agarrou os ombros dela.

– Olhe para mim – pediu ele, tentando acalmar a própria voz. – Apenas comece do começo.

Elena inspirou fundo e soltou o ar.

– Ok. Mas você tem que prometer que não vai surtar.

– Farei o meu melhor.

– Estou tentando terminar a investigação do meu pai.

Vlad surtou. Os joelhos bambearam, então se sentou na beirada da cama e tentou acompanhar enquanto as palavras jorravam da boca de Elena, sem nexo. Ou talvez fosse simplesmente seu cérebro se recusando a ouvir, a processar.

– Elena. – Ele tossiu para se livrar da areia na garganta. – Eu não entendo. Há quanto tempo está trabalhando nisso?

– Já faz um tempo.

– Quanto?

– Desde que fui para Chicago.

Vlad surtou pela segunda vez.

– Você está de brincadeira comigo?

– Levei muito tempo para começar a juntar as peças, mas finalmente fiz algum progresso, Vlad. Um grande progresso.

Ele se levantou, cuidadoso, o movimento suave incompatível com a aspereza em sua voz.

– É muito perigoso. Você precisa parar com isso.

– Não. Tenho tomado cuidado. Uso contas de e-mail não rastreáveis e telefones descartáveis. Eu...

– Telefones descartáveis? – Os olhos dele quase pularam das órbitas. – Você tem noção do que está dizendo?

– Sim. Estou falando como uma jornalista. É isso que eu sou.

Ele passou as mãos pelo cabelo.

– Olha – disse ela, pegando um papel na cama. – Olha isso aqui.

Vlad estava fazendo o possível para manter a mente aberta, mas quanto mais tentava, mais possibilidades aterrorizantes surgiam.

– Para o que é que estou olhando?

– O depoimento da testemunha que disse que viu meu pai entrar no trem naquela noite. Só que ela mentiu. Ele não estava nem perto da estação ferroviária.

– Como você sabe?

Elena hesitou.

– Minha fonte.

– A pessoa ao telefone agora?

– Sim. – Ela colocou o papel de volta na pilha de documentos e recomeçou a organizá-la.

– Quem é?

– Não posso contar.

– Meu Deus, Elena. Isso não é um jogo. – Ele logo se arrependeu das palavras e do tom de voz, então tentou de novo: – Como essa fonte pode saber a verdade?

– Ela viu o depoimento original da testemunha, antes de ele ser alterado. Preciso desse documento, Vlad.

– E você tem que ir para a Rússia para conseguir isso?

– Ela tem uma cópia. Só que é arriscado demais mandar por e-mail ou fax. Tenho que pegar pessoalmente.

Vlad soltou um palavrão baixinho.

– E depois? O que acontece depois que você conseguir esse documento?

– Depois... – Ela balançou a cabeça, juntou todas as anotações e as enfiou na mochila. – Depois eu não sei.

Elena saiu andando, mas ele a segurou pelo braço.

– Por que não me contou nada disso, Elena?

Ela se esquivou da pergunta sem muito sucesso.

– Ficarei fora apenas por alguns dias. Talvez... talvez uma semana.

Posso pegar um voo para Nova York daqui a algumas horas e de lá para a Rússia amanhã à noite.

– Não. – Ele balançou a cabeça, a mandíbula dura feito granito. – Você não pode ir.

Elena o encarou com um olhar suplicante.

– Eu preciso seguir essa pista.

– Que pista? – Vlad explodiu. – Seu pai está morto, e nada vai mudar isso.

– Eu sei disso! – gritou ela, puxando o braço para se soltar. – Mas eu preciso saber o que aconteceu com ele, Vlad. Estou tentando descobrir *o que aconteceu com ele*.

– Não, não está! Você está tentando justificar para si mesma por que o trabalho dele sempre foi mais importante do que você!

O rosto de Elena perdeu a cor.

– O trabalho dele era importante. O jornalismo é um trabalho importante.

– É assim que você justifica o fato de ter ficado escondida em um quarto de hotel por três dias sem quase nada para comer? O fato de que foi minha mãe que comprou seu primeiro absorvente? O fato de que ele nunca, nunca se lembrou do seu aniversário?

Elena envolveu o próprio corpo num abraço e pareceu tão frágil e derrotada quanto no dia em que ele explodira com ela no hospital. Vlad queria poder retirar o que disse – a dor que as palavras causavam –, mas não podia. Ela tinha que encarar a realidade, porque os rapazes tinham razão. Acontecia exatamente igual na ficção. Aquele era o conflito que Elena deveria superar e, até que encarasse a verdade, eles sempre acabariam voltando a esse ponto.

Vlad se curvou para pegar as muletas. Estava cansado e irritado, e saindo de combate. Encaixou as muletas debaixo do braço e soltou todo o seu peso sobre elas.

– O que está fazendo? – murmurou ela.

A ironia azedou a voz de Vlad:

– O que eu sempre faço com você: deixando um pássaro em cativeiro voar.

– Vlad...

A voz de Elena soou tão rouca e penetrante que teria deixado qualquer romancista russo orgulhoso, como se tivesse submergido das profundezas de um poço secreto de sentimentos onde ela os havia escondido. Vlad reconheceu o som porque também tinha um desses poços secretos. A diferença era que ele tinha medo da água escura lá embaixo. E ela ainda procurava um salva-vidas.

Vlad reduziu a distância entre eles e aninhou a cabeça dela em seu peito.

– Eu amo você, Elena. Não quero que vá, mas não vou te impedir nem te obrigar a escolher. Só estou cansado de tentar te convencer a *me* escolher.

Elena se empertigou e se afastou dele.

– Por que você não pode me apoiar nisso? Por que não pode aceitar que eu sou assim?

– Porque você está perseguindo algo que nunca será capaz de alcançar. Você está perseguindo um fantasma. E eu não posso competir com um fantasma.

– Não estou pedindo para você competir com meu pai.

– Não estou falando dele. Tome uma decisão, Elena. De uma vez por todas.

O caminho até o térreo foi o mais longo da vida de Vlad. Colton estava agachado ao pé da escada, esperando por ele. Levantou-se quando ouviu seus passos.

– Vamos – disse Vlad.

– Hã, onde está Elena?

Vlad passou por ele em direção à porta.

– Ela não vem.

– Ela está bem?

Vlad não respondeu. Apenas abriu a porta e saiu. Colton foi atrás dele.

– Cara, fala comigo. O que diabos está acontecendo?

Vlad falou puramente motivado pela dor:

– Preciso fazer uma parada.

– Pensei que nunca mais voltaríamos aqui – disse Colton, o carro parado no estacionamento abandonado, cheio de mato.

– Você pode esperar no carro.

Vlad saiu com suas muletas. Bateu à porta com o punho, e quando a janelinha se abriu, ele mostrou a moeda. Os olhos o encararam com óbvia surpresa por um momento e o fizeram amarrar a cara.

– Me deixe entrar.

Colton apareceu ao lado dele quando a porta se abriu. Byron os mandou entrar, com um olhar desconfiado na cara macilenta.

– Ele não vai gostar disso. Falou que você tinha sido expulso.

– Não estou nem aí para o que ele disse.

Byron tomou uma decisão rápida, considerando a diferença de tamanho entre eles, e os mandou entrar. Colton, ainda bem, ficou calado enquanto acompanhava Vlad pela rampa e através da lona. Quando entraram, Roman nem mesmo ergueu os olhos de onde ajeitava uma variedade de queijos em aperitivo.

– Não achei que você tivesse colhões de dar as caras por aqui de novo.

– Preciso de um naco.

Roman soltou uma risada debochada.

– *Ädelost* – disse Vlad, apontando para o queijo com veios azuis. Estudou a seleção do dia e pousou os olhos no queijo semiduro da Dinamarca. – *Samsø*. E... *Époisses*.

Colton e Roman recuaram. O cremoso queijo francês era conhecido por sua pungência. Só os conhecedores de queijo mais barras-pesadas conseguiam suportar o aroma.

– Cara, não – alertou Colton.

– Esse é um queijo forte, meu amigo – avisou Roman.

– Quanto mais forte, melhor. – Vlad puxou a carteira do bolso de trás.

– Um homem só encara um queijo desses quando está procurando briga – disse Roman.

Colton ergueu a sobrancelha.

– Ou quando está em uma.

Vlad apontou com o queixo na direção oposta à mesa.

– Bota um pouco de *edam* aqui também.

Afinal, por que não? Ele ia afogar as mágoas naquele sabor imoral de nozes com pêssegos frescos até apagar. E então quem sabe assim não acordaria e perceberia que tudo não tinha passado de um sonho e que Elena não estava voltando para Rússia.

Roman passou a sacola para ele, e Vlad botou 200 dólares sobre a mesa.

– Mande lembranças à sua mulher.

Vlad grunhiu, e Colton o arrastou para fora de lá.

– O que é que está acontecendo? – perguntou ele, ajudando Vlad a entrar no carro. Depois, jogou as muletas no banco de trás e correu para o lado do motorista. – Estou falando sério, Vlad. Ou você me conta o que está acontecendo ou...

Vlad abriu a sacola. O aroma pungente e ofensivo do *Époisses* imediatamente tomou conta da caminhonete de Colton, que engasgou e abriu a janela.

– Meu Deus! Que cheiro de chulé.

Vlad pegou um pedaço de *Samsø*, pôs sobre a língua e o rolou na boca.

– É um gosto adquirido.

– Caviar é um gosto adquirido. Isso aí é o último estágio de uma gangrena. – Colton engasgou de novo e saiu do estacionamento. – Desembucha.

– Ela vai voltar para a Rússia para descobrir o que aconteceu com o pai.

– Elena?

– Sim, claro que é a Elena.

– Que merda! Por que isso agora?

Vlad resumiu o que Elena lhe contara.

– E você não vai impedir?

– De que adianta? Ela ia me deixar de qualquer jeito.

– Se ainda acha isso depois desse tempo todo, então não aprendeu porcaria nenhuma. Pelo menos está prestando atenção nas coisas?

Colton acionou uma chamada por voz.

Mack atendeu imediatamente.

– O que está rolando? Está tudo bem?

– Não – respondeu Colton, lançando um olhar incisivo para Vlad. – Reúna o pessoal. Temos um magnífico traseiro aqui para chutar.

No minuto em que pararam o carro em frente à casa de Colton, Claud e Michelle saíram na varanda para encontrá-los.

– O que foi que você fez? – intimou Claud.

– Vlad, o que está acontecendo? – Pelo menos Michelle usou um tom de voz agradável.

– Eu gosto daquela garota – disse Claud, seguindo Vlad lá para dentro. – Se a magoar, vai ter que se ver comigo.

Os rapazes o arrastaram para o porão. A gritaria começou assim que ele se explicou.

– Então... você deu um ultimato? – Malcolm parecia prestes a perder a paciência com ele.

– Não! Eu falei justamente que não a obrigaria a fazer uma escolha.

– O que é um ultimato para uma mulher que acha que *não tem* escolha – argumentou Mack.

Vlad sentiu um chute no peito.

– Ah, uma luz se acendeu aí dentro? – grunhiu Mack em deboche.

Malcolm se sentou ao lado de Vlad e colocou a mão no joelho dele.

– Você é o coração e a alma deste grupo. Mas às vezes as pessoas mais sensíveis podem ser as mais teimosas, porque têm mais a perder quando as coisas dão errado.

– *Ela* é que é teimosa.

Todos os caras se olharam como se dissessem: "Dá pra acreditar nesse babaca?"

– Vlad, por que você acha que ela nunca te contou sobre essas coisas? – perguntou Noah, que vinha se segurando para não gritar. – Seu silêncio me diz que você sabe bem por quê.

– Ela disse que sabia que eu iria surtar.

– E você surtou, não foi? – pressionou Malcolm.

– Eu falei que a amava. Eu falei...

– O problema é que, quando ela mais precisa de você, seu amor impõe certas condições. – O tom da voz de Noah conseguiu fazer Vlad sentir vergonha, assim como suas palavras.

Malcolm voltou a confortá-lo, dessa vez com o braço em seu ombro.

– Há uma grande diferença entre deixar uma pessoa ir porque você acredita que ela vai voltar e deixá-la ir porque está convencido de que ela não vai. O primeiro é um ato de amor, o outro é de medo.

Deixo um pássaro em cativeiro voar...

Vlad passara seis anos apegado à interpretação de sua mãe do poema, de que Elena era um pássaro assustado que precisava voar livremente por um tempo antes de retornar ao ninho. Mas isso não significaria que o casamento deles era, e sempre fora, a gaiola da qual Elena tinha que ser libertada? Isso não o colocava no papel do monstro que a prendia contra a vontade até que ele decidisse abrir a porta da gaiola?

Todo aquele tempo no clube do livro, todas as lições que aprendera, e, no fim, Vlad não aprendera a mais importante. Ele não era a gaiola. Não era o cativeiro para onde ela voltaria.

Ele era o ar que a impulsionava a voar. Elena precisava dele para voar.

– Preciso ir para casa – murmurou Vlad, a voz rouca.

Colton tirou as chaves do bolso.

– Precisa mesmo. Você tem que se humilhar muito.

Colton dirigiu o mais rápido que pôde, mas era tarde demais.

Elena já tinha ido embora.

VINTE E CINCO

O hotel próximo ao aeroporto ficara ainda mais deprimente desde a última vez que estivera ali. Elena conseguira um voo apenas para a manhã seguinte, mas a ideia de esperar naquela casa era dolorosa demais.

Em todos os seus anos de solidão, aquele estava sendo o pior para ela. Estava sozinha em um hotel, voltando para um país que já não via como seu lar. E o único lar que lhe restava de repente ficara frio e vazio. Vlad tinha levado consigo toda luz e calor quando passara pela porta, deixando para trás nada além de terríveis acusações.

Você está tentando justificar para si mesma por que o trabalho dele sempre foi mais importante do que você.

Não era verdade. Não era.

Você está perseguindo um fantasma.

Não.

É assim que você justifica o fato de ter ficado escondida em um quarto de hotel por três dias sem quase nada para comer? O fato de que foi minha mãe que comprou seu primeiro absorvente? O fato de que ele nunca, nunca se lembrou do seu aniversário?

Elena não percebeu que estava chorando até sentir o travesseiro úmido ao rolar para o lado.

O que acontece depois que você conseguir esse documento?
Uma fadiga intensa se instalou em seus membros, porque a resposta a *essa* pergunta era como um túnel escuro. Um penhasco que não a deixava ver do outro lado. Pistas e mais pistas. E nenhuma levava a lugar algum. Por quanto tempo ainda faria isso? Por quanto tempo iria ignorar a beleza de seu presente por causa da feiura de seu passado?

Vlad tinha razão. Estava perseguindo um fantasma. *Ela* era o fantasma. A garotinha que fora um dia, antes de perceber como sua vida era diferente. Antes de descobrir que não importava o que fizesse, seu pai nunca voltaria para casa na hora. Nunca iria ajudá-la com as tarefas da escola, garantir que se alimentasse bem ou tivesse roupas limpas. Nunca a levaria para patinar no gelo ou assistir a um filme no cinema. Nunca se lembraria do seu aniversário. Elena passara anos tentando entender por que não era tão importante para a pessoa que deveria amá-la acima de tudo.

As lágrimas agora ensopavam seu travesseiro enquanto os soluços torturavam seu corpo. O que estava fazendo? Por que estava abandonando o homem que *realmente a amava* acima de tudo? Que sempre a amou, mesmo quando ela o rejeitou, mesmo quando estava nítido que não o merecia.

Ela não queria isso. Não queria passar a vida perseguindo às cegas alguma coisa em seu passado até que não fosse mais capaz de ver o que estava bem à sua frente.

Elena pulou da cama, secando o rosto apressadamente. O que estava fazendo ali? Havia apenas um lugar onde queria estar, um lugar ao qual pertencia. Seu lar. E seu lar era com Vlad. Enfiou os pés nos sapatos, pegou a mochila e a mala, que nem sequer havia desfeito. Tudo o que tinha que fazer era *voltar para o seu lar*.

A recepcionista que fizera o check-in observou com curiosidade quando Elena largou o cartão de acesso em cima do balcão. Assim que atravessou as portas automáticas e saiu na noite úmida, ela começou a correr. As rodinhas da mala quicavam nas emendas da calçada. O carro estava estacionado na esquina da entrada de sua hospedagem, debaixo de um poste de luz da altura de um arranha-céu.

Destrancou o carro com o controle da chave, abriu o porta-malas e jogou a mala e a mochila lá dentro.

E foi então que o mundo escureceu.

Elena acordou desorientada. Grogue. Uma dor latejante era o único indício de que estava viva.

Forçou-se a abrir os olhos lutando contra a dor, mas tudo o que viu foi mais escuridão. De vez em quando, seu corpo balançava de um lado para outro com um som rítmico.

Estava em um carro.

Espera. No carro de *Vlad*.

Como tinha ido parar ali? O que estava acontecendo?

A dor. Alguém lhe dera uma pancada. Alguém havia se aproximado sorrateiramente por trás dela no estacionamento e a golpeado. Elena tentou levar as mãos ao ponto que doía na cabeça, mas não conseguia se mexer. Seus pulsos estavam presos na frente do corpo. *Silver tape*, talvez?

Não dava para saber quem dirigia. O contorno dos olhos no retrovisor era tudo o que via daquele ângulo no banco traseiro. Nada naqueles olhos era familiar. Elena se esforçou para virar a cabeça e olhar através do vidro, tentando descobrir onde estavam, mas só viu o brilho das luzes por onde passavam.

Pensar. Tinha que pensar. Poderia facilmente alcançar a maçaneta da porta, mas estavam indo rápido demais para ela tentar escapar. Talvez pudesse distrair o motorista, forçá-lo a sair da estrada de algum modo. Mas era tão provável que morresse nesse cenário quanto se abrisse a porta e pulasse do carro.

Seus olhos percorreram o banco. Por que Vlad mantinha o carro tão limpo? Não havia nem uma caneta perdida no chão que pudesse usar para cravar em alguém se fosse necessário.

– Sei que está acordada aí atrás.

Elena teve um sobressalto e congelou. O sotaque era russo, mas o homem falou em inglês.

– Como está sua cabeça?

– Quem é você? – murmurou Elena.

– Me desculpe pela pancada. Você me surpreendeu. Esperava que fosse sair só de manhã. O plano era pegar você no caminho para o aeroporto, por isso tivemos que improvisar.

O pavor fez seu estômago embrulhar. *Calma, Elena. Fique calma. Faça-o continuar falando.* A voz do pai surgiu do nada em sua mente.

– Por quanto tempo fiquei apagada?

– Cerca de cinco minutos. Eu estava começando a ficar preocupado.

O estômago dela revirou com a falsa preocupação.

– Encontrei seu celular na mochila – comentou ele, quase entediado.

– Joguei no estacionamento antes de sairmos de lá, então nem perca seu tempo procurando.

Elena engoliu o pânico.

O homem riu.

– Estavam certos sobre você. Não achei que fosse cair nessa, mas você é muito parecida com seu pai. A promessa de um grande furo bastou para tirá-lo de casa também.

A agonia abriu um buraco em seu peito. Foi tudo uma armação, e ela tinha caído feito um patinho. Foi assim que pegaram seu pai?

– Você conheceu meu pai?

– Chega de conversa. Você precisa poupar energia. Vai precisar dela mais tarde.

– Apenas me diga – implorou ela, envergonhada pelo modo como a voz revelou seu medo. – Eu só preciso saber. O que você fez com ele? Onde está o corpo dele?

– Ele partiu. É tudo que você precisa saber.

– Não. Me diga, por favor. Por que não pode simplesmente me dizer? Você vai me matar de qualquer jeito. Você o matou na noite em que ele desapareceu?

– Sim.

A tristeza, nua e crua, abriu todas as velhas feridas. Um gemido a fez cobrir a boca com as mãos amarradas. Todos aqueles dias esperando no hotel… e o pai já estava morto.

– Ele implorou para que deixássemos você em paz – contou o homem. – Para ser sincero, foi meio comovente até. Ele jurou que você não sabia de nada, que nunca havia te contado nada. Mas você não podia deixar isso pra lá, não é mesmo? Tinha que começar a bisbilhotar como ele. Até acho que, de um jeito bizarro, ele ficaria orgulhoso de você. Ele te amava. Não sei se serve de consolo, mas amava.

A tristeza se transformou em uma dor insuportável. Lágrimas queimavam seus olhos, fechavam sua garganta, cortavam sua respiração. Ela abriu a boca para gritar, mas nada saiu além de um ar agoniado, um pranto silencioso que acabou num violento ataque de tosse.

O pai havia implorado por sua segurança. Estava pensando nela antes de morrer.

– Quer água? – perguntou o homem.
– Não quero nada de você.
– Compreendo. Tente relaxar. Estamos quase chegando.

Fique calma, Elena. Fique calma. Era a voz do pai de novo. Ela tentou desacelerar a respiração e controlar os pensamentos. Tinha que pensar. Tinha que sair dali. O homem disse que estavam quase chegando. Então, ainda estavam em Nashville. Só podiam estar. Se ficara apenas alguns minutos desacordada, não podiam ter ido muito longe. Talvez pudesse sair correndo assim que ele abrisse a porta. Era sua melhor opção, mas teria que surpreendê-lo, talvez até derrotá-lo primeiro. Precisava estar pronta para atacar, mas não fazia ideia de qual das duas portas ele abriria para tirá-la de lá.

No banco da frente, o telefone do homem tocou. Ele riu e acionou o viva-voz.

– Presumo que seja para você.

Uma voz familiar tomou conta do carro e congelou seu sangue.

– Olá, Elena. Ouvi dizer que você não está cooperando.

Não. Não podia ser verdade.

– Você é mesmo muito parecida com seu pai. Ele não sabia a hora de desistir, e pelo visto você também não.

Não podia ser. Não o Yevgeny. Ele não poderia fazer parte daquilo.

Yevgeny riu.

– Achei que, ao contratá-la, eu pudesse ficar de olho, mas você chegou mais longe do que eu jamais imaginei. Aí está a triste ironia disso. Você é uma tremenda jornalista. Poderia ter feito uma bela carreira, mas cometeu exatamente o mesmo erro do seu pai: confiou nas pessoas erradas.

Elena queria gritar, arranhar, xingar e brigar, mas não conseguia. A tristeza levara tudo o que lhe restava...

– Você e meu pai eram amigos.

– E você não imagina como isso tornou tudo muito mais difícil. Só que ele chegou perto demais, assim como você.

– Perto demais do *quê*?

– De me desmascarar.

– Você é Strazh. – Elena estava atordoada com a fúria que a invadia.

– Sou, sim. Muito prazer.

– Você não vai escapar impune disso.

– Já escapei, Elena. Mais vezes do que pensa.

– Você é pai. Como pode fazer o que faz e não ver o rosto das suas filhas a cada vez?

– Eu não me incomodo com os pormenores. Eu ganho dinheiro. É simples assim.

– Por favor – disse ela, engasgada. – Faça o que quiser comigo. Só, por favor, deixe Vlad fora disso. Ele não sabe de nada. Ok? Você tem que acreditar em mim. Eu nunca contei nada a ele. Por favor, não o machuque. Por favor.

Yevgeny riu. Em alto e bom som, como se ela tivesse acabado de contar a piada mais engraçada do mundo.

– Quer saber quais foram as últimas palavras do seu pai?

O rosto dela estava tomado por catarro e lágrimas.

– Ele disse: *Não machuque minha filhinha. Ela não sabe de nada.* Vocês dois são muito parecidos.

Elena não tentou mais brigar nem argumentar. A dor que a tomou foi esmagadora.

– Prometi a ele que cuidaria de você. E tentei. Tentei de verdade. Sempre soube onde você estava, Elena. Desde aquele momento, eu soube de cada passo que você deu, exatamente onde estava. Mas você não podia deixar as coisas em paz. Não podia ter se casado com aquele seu jogador de hóquei rico e se mudado para os Estados Unidos e vivido a vida chata de uma mulher de jogador, não é? Tinha que ser um pé no saco que nem seu pai.

– O que você fez com ele? – sussurrou ela.

– E isso importa? – Yevgeny fez uma pausa. – Eu sinto muito, Elena. Sinto muito mesmo.

Ele desligou.

Seu pai estava morto. Morrera tentando consertar o mundo, por uma causa nobre, mas a abandonara por conta disso. Ele a abandonara e não deixara nenhuma pista quanto ao que lhe acontecera. E se ela desaparecesse exatamente como o pai e Vlad nunca soubesse o que lhe acontecera? Tinha que voltar para ele. Não deixaria Vlad com as mesmas perguntas sem respostas, a mesma culpa e a mesma dor com as quais tivera que conviver por tantos anos. Não permitiria que uma busca infrutífera lhe roubasse o que tinha de mais importante. Ele. Sempre fora ele. Só estava cega demais para enxergar.

Elena não iria fazer isso com Vlad. O ciclo se encerraria ali. Precisava arranjar um jeito de escapar.

Virou-se de lado no banco apertado para procurar novamente por uma arma, *qualquer coisa*.

– O que você está fazendo aí atrás?

Ela adotou uma voz condoída.

– Estou tentando ficar numa posição confortável. Minha cabeça está doendo.

– Não vai demorar muito.

Um calafrio percorreu seu corpo com o duplo sentido das palavras.

Elena se mexeu de novo.

E foi quando percebeu.

No bolso da frente.

O telefone descartável. *Ele não tinha encontrado o telefone descartável.* Talvez nem tivesse pensado em procurar. Devia estar com pressa de colocá-la no carro antes que alguém os visse.

Com o coração acelerado, seus olhos correram para o retrovisor. O homem ainda estava atento à estrada, mas, se num relance, olhasse para trás, veria o que ela estava fazendo.

Elena rolou para o outro lado na tentativa de ocultar o que iria fazer.

De costas para o homem, levou as mãos amarradas em direção ao bolso e começou a tatear com os indicadores. Foram várias tentativas, os dedos escorregadios com o suor, até conseguir aos poucos tirar o celular. O aparelho caiu no banco com um baque silencioso, mas o som poderia muito bem ter sido tão alto quanto um tiro. Elena prendeu a respiração esperando a reação do homem, mas... nada. Segurou o telefone entre as mãos amarradas e considerou outro problema. Como iria esconder a luz da tela quando ligasse o aparelho? Fingindo um gemido, ela se enrolou feito um caracol envolvendo o celular e apertou o botão.

O visor acendeu, e Elena virou a tela para baixo.

– Me desculpe mesmo pela pancada na cabeça – disse o homem. – Não gosto de bater em mulher.

Ah, sim. Só as sequestrava e traficava.

Elena segurou o celular de lado, bem junto do corpo. Tateando, encontrou o botão para diminuir a luminosidade. Em seguida apertou o botãozinho lateral para silenciar o aparelho.

Agindo o mais rápido possível, pressionou o ícone de mensagens e digitou o número de Vlad, que sabia de cor. Outra lição de seu pai. Nunca confie na tecnologia para se lembrar de números de telefone.

Com os dedos pesados e desajeitados, Elena digitou uma única palavra.

Pardal

Vlad apertou o telefone com força. A palavra parecia nadar diante de seus olhos. Girava, rodopiava e flutuava enquanto seu cérebro tentava ignorá-la. Ele deixou-se cair contra a ilha da cozinha, e suas muletas caíram com um estrondo.

– O que foi, cara? – Colton leu a mensagem. – O que é *pardal*?

Os joelhos de Vlad cederam. Colton passou os braços à volta do peito dele bem a tempo.

– Meu Deus. Que porra é essa? Vlad, o que está acontecendo?

Vlad engasgou com a própria voz.

– Chama a polícia.

– *O quê?*

– Chama a porra da polícia!

– Por quê? Que merda está acontecendo?

Vlad agarrou a camisa de Colton.

– Ela foi levada. Elena foi sequestrada.

VINTE E SEIS

Elena se encolheu em posição fetal e soltou um ruído como se estivesse chorando.

– Por favor, não faça isso – pediu o homem. – Não aguento ouvir uma mulher chorando.

Filho da puta. Homens como ele ficavam excitados ao fazer as mulheres chorarem. Elena ia adorar fazê-lo pagar por isso. Bloqueando com o corpo a luminosidade e o som, pressionou o botão da chamada de emergência da polícia e rapidamente silenciou o aparelho para que ele não ouvisse o operador. Só esperava que ele pudesse ouvir a conversa *deles*.

Elena choramingou novamente para causar um drama.

– Por que está fazendo isso comigo?

– Você sabe o motivo – disse o homem.

– Só me diga aonde está me levando.

– Você vai ver logo, logo.

O suor escorria pela testa de Elena. Será que o policial estava conseguindo ouvir as respostas dele? Ou apenas as perguntas dela?

– Por que não me matou assim que teve a chance? Por que me torturar desse jeito?

– Porque precisamos de você viva durante um tempinho.

A voz de Elena soava trêmula e assustada, mas não era fingimento. Estava aterrorizada.

– Preciso que você faça uma coisa por mim.

O homem riu.

– Está bem.

– Pode pelo menos contar ao meu marido onde vão deixar meu corpo? Por favor. Você sabe quem ele é? Ele é um homem bom e gentil, e isso vai destruí-lo. O nome dele é Vlad Konnikov. Você o conhece? Ele é jogador de hóquei, mas não um brutamontes como a maioria. É muito carinhoso, e vai ficar arrasado se você me matar e o deixar sem respostas.

Elena olhou para o telefone. O policial ainda estava na linha. Ainda estava ouvindo.

Mas, no banco da frente, outra pessoa também ouvia. A voz do homem endureceu.

– O que você está fazendo?

– Implorando para você ter misericórdia do meu marido.

De repente, o homem deu uma guinada no volante e virou a cabeça para olhar por cima do ombro.

– Sua vadia! Você está com um celular aí?

– Não...

Ele virou o volante de novo e fez Elena cair no chão. O aparelho voou para debaixo do banco da frente, fora de seu alcance.

Tudo o que lhe restava era gritar.

– Meu nome é Elena Konnikova! Fui sequestrada! Estou no carro do meu marido, um Cadillac Escalade, placa NBT-413.

Outra lição de seu pai: sempre decore o número da placa.

O carro deu um solavanco para a direita quando o homem saiu da estrada. Elena bateu o rosto contra o assoalho do banco traseiro, fazendo-a ver manchas e sentir gosto de sangue.

– Porra! – O homem bateu com as mãos no volante. – Sua puta desgraçada!

Debaixo do assento do motorista, o telefone estava virado para baixo. Elena não sabia se o policial tinha ouvido seu grito de socorro. O homem escancarou a porta de repente e desceu do carro. Ela se contorceu tentando se sentar, mas estava presa entre os bancos. O homem pisou firme até o lado do passageiro, o lado em que estavam seus pés. Ótimo. Poderia lutar melhor assim. Poderia chutar e impedir que ele a tirasse do carro.

Elena dobrou os joelhos em direção ao corpo.

O homem abriu a porta e se inclinou para dentro do veículo.

Ela chutou com toda sua força.

Seus pés colidiram com a cara dele. Ouviu-se um estalo repulsivo e o sangue jorrou do nariz do homem, que cambaleou para trás. Elena tomou impulso para se sentar, mas ele partiu para cima dela de novo e conseguiu agarrar seu tornozelo.

Elena gritou e chutou novamente enquanto se virava para a frente. Enganchou os braços amarrados no console entre os assentos e usou isso como apoio para alavancar o corpo. Suas pernas escorregaram pelos dedos dele, e o homem caiu.

Elena se jogou no banco da frente. O motor ainda estava ligado.

Olhou por cima do ombro quando o homem se lançou em direção à porta aberta. Ela se curvou e usou as duas mãos para pôr o carro em movimento. Então, sem nem olhar, pisou fundo no acelerador.

O SUV deu um solavanco, e Elena olhou para trás a tempo de vê-lo cair de novo. Dando uma guinada no volante, pisou fundo outra vez e voltou para a estrada.

Bem no caminho de um carro vindo no sentido contrário.

Ouviu-se um grito. Uma batida. O estalo de metal com metal.

E o mundo escureceu de novo.

VINTE E SETE

Vlad estava prestes a vomitar. Foi cambaleando para o banheiro bem a tempo de chegar até o vaso sanitário.

Colton correu atrás dele.

– Estamos todos aqui, cara. Vai ficar tudo bem. Vamos encontrá-la.

– A culpa é minha. Eu devia ter ficado aqui. Ela não teria ido embora.

Malcolm, Mack, Noah e o maldito Homem do Queijo se aglomeraram perto da porta do banheiro.

– Não é culpa sua – disse Mack. – Você não tinha como saber.

Vlad desabou contra a parede. Sua perna latejava, mas ele mal conseguia senti-la.

– Como eu pude simplesmente sair? Por que não *fiquei*?

– Vlad! Venha aqui fora! – gritou Michelle, com a voz aguda de pânico.

Malcolm e Mack agarraram os braços de Vlad, o levantaram e o ajudaram a voltar para o corredor. Michelle estava na porta da frente.

– Um policial está aqui – disse ela, as mãos contorcidas contra a barriga.

O Cachorro do Vizinho latiu e abanou o rabo. Noah tomou a frente e abriu a porta. Bem a tempo, Colton agarrou a coleira do Cachorro do Vizinho para impedi-lo de pular no peito do policial quando ele entrou. O oficial se apresentou como tenente Zamir Hammadi.

– Minha esposa... – Vlad soluçou, o medo transformando seus músculos em elásticos inúteis.

– Senhor, sua esposa se chama Elena Konnikova?

Outro soluço escapou de sua boca.

– Sim. Sim. Alguém a levou. Ela é jornalista e...

– Por favor, me escute. Sua esposa foi encontrada.

Os joelhos de Vlad cederam e, outra vez, os rapazes tiveram que segurá-lo para não cair.

– Onde? Ela está bem? Está machucada? Quem a encontrou?

O oficial ergueu a mão.

– Senhor, preciso que fique calmo para que eu possa responder.

– Vlad, deixa ele falar – pediu Colton, embora até mesmo ele estivesse roendo as unhas.

– O que posso dizer agora é que ela sofreu um acidente de carro...

As pernas de Vlad bambearam de novo.

– ... mas os ferimentos não parecem graves. Ela foi levada para o Hospital Memorial de Nashville.

Vlad olhou para Colton, que já estava tirando as chaves do bolso.

– Vamos.

O oficial suspirou.

– Eu levo o senhor.

– Vamos estar logo atrás de vocês – disse Colton.

Vlad ignorou a dor na perna e correu para a viatura estacionada na entrada para carros. Assim que fecharam as portas e afivelaram o cinto de segurança, Vlad virou sua cara de melhor jogador de defesa para o policial e disse:

– Me conte tudo o que sabe.

Os detalhes fizeram seu estômago revirar de novo, e Vlad temeu ter que debruçar na janela para vomitar a caminho do hospital. Um homem a levara do estacionamento do hotel onde havia acabado de fazer check-in. Elena conseguiu ligar escondido para a polícia depois de mandar a mensagem para ele, e tudo foi ouvido. Inclusive o momento em que ela se salvou. E o carro bateu.

– Sua esposa é incrivelmente corajosa – elogiou o tenente Hammadi.

– Eu sei – murmurou Vlad.

E ele tentara fazê-la se sentir culpada por isso. Dissera que ela estava perseguindo um fantasma. Ele a empurrara direto para a armadilha.

– Ponha a cabeça entre as pernas, cara – aconselhou o tenente Hammadi.

A frase *Estou prestes a botar os bofes para fora* devia estar estampada no rosto de Vlad. Ele obedeceu, e sentiu uma mão tranquilizadora apertar seu ombro.

– Ela está bem. Ela está bem.

– Tem que estar. Elena é a melhor coisa que já me aconteceu na vida.

– Certifique-se que ela saiba disso.

Enquanto desviavam dos carros, Vlad jurou que faria isso. Daquele momento em diante, tentaria compensá-la em cada minuto que restasse de suas vidas.

– O motorista do carro foi preso. É tudo o que sei.

– Ele não fez isso sozinho. Elena estava investigando para uma reportagem. Há outras pessoas envolvidas.

– Os investigadores vão encontrá-las. Apenas se concentre na sua esposa.

Chegaram à porta da emergência, e Vlad saiu antes mesmo de a viatura ter parado completamente. Atrás deles, o carro de Colton parou derrapando. Ele correu para alcançá-los.

– O pessoal já está vindo.

O oficial se juntou a ele numa rápida corridinha. Isso foi bom, porque ninguém os impediu de correr lá dentro. Vlad bateu com as mãos contra as portas automáticas entre a sala de espera e os leitos da emergência. Abriram-se muito lentamente, e ele praguejou durante cada milésimo de segundo antes de poder atravessá-las.

– Elena! – gritou Vlad, e correu. Correu porque era um momento grandioso e iria cair morto se não chegasse até ela.

Vlad gritou de novo:

– Elena!

À frente, uma mulher de camisola hospitalar saiu de trás da cortina. Tinha sangue no rosto e um saco de gelo no pulso.

Elena.

– *Vlad.*

Ele correu em sua direção. Tropeçou. E caiu a seus pés.

VINTE E OITO

É tudo muito divertido até você estar estatelado no chão da emergência e sua mulher começar a gritar em russo com você.

Elena se agigantou acima dele, mãos na cintura, e um olhar furioso no rosto. Vlad nunca esteve tão apaixonado em toda sua vida.

– Não estou acreditando! – gritou ela. – O que você está fazendo? Você estava *correndo*?! Onde estão suas muletas?

– E-Eu... Sempre corremos por um momento grandioso. – Vlad ofegou.

Colton estremeceu ao oferecer a mão para ajudá-lo.

– Cara, eu não entendo russo, mas uma esposa raivosa fala o idioma universal. Acho que ela não gostou muito do momento grandioso.

Vlad ignorou a dor aguda na perna e ficou de pé. Não estava nem aí. Se acabasse se machucando de novo, sua perna iria sarar e, mesmo se não sarasse, ele sobreviveria. Só que não conseguiria sobreviver mais um dia sem Elena. Quase perdê-la colocou as coisas em perspectiva bem rápido.

Foi mancando em direção à sua mulher. Sua mulher linda, perspicaz, generosa e valente. As feições de Elena se suavizaram, e ela estendeu os braços caso ele caísse de novo. Vlad mergulhou em seu abraço, envolveu-a nos braços, escondeu o rosto na curva de seu pescoço e chorou.

Agarrou-a. Cheirou-a. Beijou o pescoço dela e provou o salgado do suor e das lágrimas que comprovavam que ela estava viva.

— Fiquei com tanto medo — disse ele, engasgado. — Pensei que tinha perdido você.

— Eu também pensei. Sinto muito, Vlad. Sinto muito.

Vlad se afastou e tirou o cabelo do rosto dela, a raiva latejando em suas têmporas ao ver o sangue na pele da mulher.

— Eu não estava lá, Elena. — Sua voz saiu num soluço ranhoso. — Se eu não tivesse ido embora, se eu estivesse lá...

— Ainda bem que não estava, porque talvez tivessem te matado ali mesmo.

Vlad congelou ao ouvir o tom impassível e factual na voz de Elena. Como se estivesse disposta a correr riscos para proteger a vida *dele*. Vlad enxugou o rosto e franziu o cenho.

— Você fala como se tudo isso fosse *normal*.

— Isso meio que se tornou normal na minha vida.

Ele balançou a cabeça.

— Não acredito que seu pai a fez pensar uma coisa dessas.

Ela curvou os lábios num sorriso paciente.

— Vlad, acho melhor você se sentar, porque tenho que dizer umas coisas.

— *Agora?*

— Sim, agora. Preciso que me escute.

Vlad assentiu, relutante. Sentou-se, e ela ficou de pé entre suas pernas. Ele teve que erguer os olhos para encará-la.

— Descobrimos muito sobre nós mesmos quando somos sequestrados — começou ela.

— Isso não é engraçado — murmurou ele. — Como pode fazer piada de tudo isso?

Elena arrumou o cabelo suado dele, tirando-o da testa.

— Porque é com esse senso de humor macabro que jornalistas como meu pai e eu processam as coisas horríveis que veem.

— Você *não* é igual ao seu pai.

— Sou, sim. De muitas maneiras, eu sou. — Elena descansou as mãos nos ombros de Vlad. — Meu pai fez muita coisa errada. Você tinha razão sobre isso. E acho que também tinha razão quando disse que eu estava desesperada para fazer a ausência dele na minha vida ter valido a pena.

– Eu não devia ter falado aquilo. Foi cruel.

– Não, eu precisava ouvir. Não conseguia ver o que eu estava fazendo comigo mesma e com nós dois. Você me ajudou a enxergar, e vou te amar para sempre por isso.

O lábio inferior de Elena tremeu, então Vlad a pegou pelos quadris e a puxou para mais perto. Ela colocou a mão no meio do peito dele.

– Só que você precisa entender que isso é e sempre será parte de quem eu sou. Tenho alma de jornalista, e não quero negar isso. Não quando sei que tenho uma paixão e uma habilidade que podem fazer coisas boas para o mundo. Não posso mudar quem eu sou, mas prometo que serei melhor. Melhor do que ele. Melhor do que tenho sido. Melhor por *nós*.

Elena aninhou o rosto dele nas mãos.

– Nunca vou arriscar nossa segurança por causa de um furo. Nunca. Porque nada é mais importante para mim do que você. Tenho vivido com o fantasma do meu pai há tanto tempo que isso acabou me cegando para todo o resto. Para você. E *eu* quase perdi *você*. E lamento tanto, Vlad, tanto...

A expressão de Elena era uma combinação de ternura e fúria, e Vlad ficou surpreso ao perceber que essa era uma característica única *dela*. Dois traços mutuamente exclusivos de algum modo se fundiram quando o universo criou aquela mulher, e ele nunca percebeu aquilo, nunca enxergou, até aquele momento. Até ela ficar de pé diante dele com os dedos delicados em seu rosto e a determinação brilhando como um raio em seus olhos. Por tanto tempo Vlad considerara os dois lados de Elena como seres isolados em guerra, e que apenas um poderia vencer. Mas, para amá-la de verdade, teria que amar as duas versões: a mulher carinhosa que aquecia seu sangue e alimentava sua alma com poesia e paixão e a mulher guerreira que provavelmente deixaria seu cabelo branco mas que lhe daria um orgulho imenso ao travar suas batalhas.

Vlad virou o rosto e beijou a palma da mão dela. Em seguida, passou as mãos pelas costas de Elena e aproximou seu rosto corado do dele.

– Eu te amo – declarou Vlad. – E se é isso mesmo que quer, eu estarei ao seu lado. Apenas me prometa, *me prometa*, que nunca vai me deixar de fora. Quero fazer parte de tudo. De cada detalhe sórdido. Não me esconda nada, porque você já é parte de mim.

E então ele a beijou, e ela o beijou de volta. Beijou-o como se soubesse quanto chegaram perto de nunca mais se beijarem outra vez. Beijou-o com uma paixão ardente e mãos errantes e arquejos descontrolados. Como se fosse a primeira vez e a última oportunidade. Beijou-o com o nome dele nos lábios, o coração nos olhos, e prazer em cada respiração.

– Vai ficar tudo bem agora, Lenochka – sussurrou ele. – Vai ficar tudo bem.

O som de um pigarreio os separou. Vlad olhou por cima do ombro de Elena e viu Colton enfiando a cabeça pela cortina.

– Não é porque ninguém fala russo que não conhece os ruídos do sexo. Vocês estão deixando os funcionários chocados.

Elena riu e apoiou o rosto no ombro de Vlad. Ele a abraçou forte, a mão envolvendo sua nuca para segurá-la, a salvo e em segurança.

– Então, já posso entrar agora? – perguntou Colton.

– Cai fora – grunhiu Vlad.

Elena riu e se virou em seus braços.

– Podem entrar.

Uma fila indiana atravessou a cortina. Colton. Mack. Malcolm. Michelle. Claud. Noah. O Homem do Queijo.

O Homem do Queijo? Vlad olhou feio para Colton.

– O que *ele* está fazendo aqui?

– Ele também é amigo de Elena.

– Eu fiquei muito preocupado – disse o Homem do Queijo, pegando a mão de Elena para depositar um beijo ali, aquele traste.

Vlad deslizou os braços em volta da cintura dela e a puxou para junto de seu peito em uma atitude descaradamente possessiva.

– Obrigado por ter vindo. – Elena riu, cobrindo as mãos de Vlad com as suas. – Foi muita gentileza sua.

O Homem do Queijo apontou para Vlad.

– Você é um homem de sorte, meu amigo. Espero que reconheça isso.

Vlad beijou a nuca de Elena.

– Eu reconheço.

– Olha a censura, crianças – disse Colton. – Nada de rala e rola aqui.

O raspar agressivo das argolas da cortina anunciou a chegada de um médico plantonista muito irritado.

– Pessoal, não podemos permitir que tantas pessoas fiquem aqui. Só a família.

Elena se encostou no peito de Vlad.

– Esta é a nossa família.

– Pode crer que somos – disse Mack.

– Bem, vocês são muitos. Poderão visitá-la quando ela for transferida para o quarto, ok?

Vlad apertou os braços em volta da cintura de Elena.

– Vocês vão interná-la?

– Ela vai passar a noite em observação.

– Sofri alguma concussão? – perguntou Elena.

– Sim, mas não posso entrar em detalhes com *todas essas pessoas* aqui.

Colton estalou os dedos e apontou para o médico.

– Saquei. Estamos de saída.

Um a um, os rapazes foram até eles para dar um beijo na bochecha de Elena e um tapinha no ombro de Vlad. Exceto o Homem do Queijo, que só acenou antes de sair. Michelle deu um longo abraço nela, e Claud apenas sorriu. O médico disse que voltaria em alguns minutos para discutir os resultados da tomografia e também saiu.

Vlad virou Elena e se levantou, apoiando-se na perna boa.

– Você precisa se deitar. Concussão é coisa séria. Eu sei bem disso.

Ele segurou sua mão enquanto ela subia no leito. Depois, puxou a fina manta branca até sua cintura e se sentou na pequena cadeira ao lado. Os dois mantiveram as mãos entrelaçadas junto da cintura dela.

– Eu te amo – declarou ela, descansando a cabeça no travesseiro.

– Eu também te amo. – Vlad se inclinou e beijou a mão dela. – E quero fazer uma cerimônia de casamento de verdade.

– Quer?

Vlad ergueu os olhos a tempo de ver uma lágrima rolar pela bochecha dela.

– Aqui nos Estados Unidos, com todos os nossos amigos e os meus pais. Quero te esperar no altar e te beijar na frente de todo mundo, e quero que minha mãe leia um poema.

– Parece que você já tem tudo planejado – provocou ela, uma lágrima pingando no travesseiro.

– Pensei muito nisso.

Elena sorriu.

– Eu só tenho um pedido.

– Qualquer coisa – disse Vlad, enxugando a lágrima com o polegar.

– O Homem do Queijo pode servir o bufê?

EPÍLOGO

Um mês depois

Vlad achou uma tortura quando os rapazes leram seu livro. Mas aquilo não foi nada se comparado ao que estava sofrendo agora.

Fazia três horas que Elena levara o manuscrito para a cama com ela, deixando a ordem severa de não ser incomodada até que tivesse terminado a leitura. O tombo de Vlad no hospital fez sua reabilitação retroceder em um mês, então ele usou o tempo a seu favor. Cuidou de Elena enquanto ela se recuperava da concussão e terminou de escrever o maldito livro.

Das duas coisas, cuidar de Elena fora a mais difícil. No mês que se seguiu ao acidente, tiveram que prestar depoimentos ao FBI e lidar com a atenção da imprensa e o interesse de agentes literários fazendo propostas para que Elena assinasse um contrato de um livro sobre sua experiência e investigação. Os advogados do time estavam se certificando de que nenhuma lei de imigração fosse violada caso ela aceitasse alguma oferta, mas essas coisas não eram prioridade para Elena. Ela havia jurado que qualquer dinheiro que recebesse pela história seria imediatamente destinado a ajudar Marta e outras mulheres que Yevgeny e seus capangas machucaram. Marta ingressara no programa de proteção à testemunha enquanto Gretchen representava seu pedido de asilo.

Os cretinos que sequestraram Elena tinham sido presos e aguardavam julgamento sob acusações que iriam garantir que nunca mais pusessem os pés para fora de uma cela de novo. Isso, porém, não deixou Vlad menos preocupado. Ele reforçou o sistema de segurança e contratou um guarda-costas para quando Elena saísse de casa sozinha. Ela tentou argumentar, mas, só de olhar para o rosto dele, acabou desistindo.

Depois de tudo isso, deveria ter sido fácil ver Elena lendo seu livro. Mas não foi. Vlad se deitou no sofá e zapeou a TV para fazer hora. Até que, finalmente, ouviu os passos leves dela descendo a escada.

Num primeiro momento, quando Elena entrou na sala escura, Vlad não conseguiu decifrar a expressão em seu rosto, então desligou a TV e se sentou.

– E aí?

Elena se aproximou da luz. Seus olhos estavam inchados e vermelhos.

– Vlad... – murmurou ela.

– O q-que isso quer dizer? – Ele engoliu em seco.

Ela atravessou a sala até o sofá e se aninhou junto dele. Quando colocou a mão em seu peito, o mundo de Vlad saiu dos eixos.

– Vlad, o livro é muito, muito bom.

O coração dele quase saiu pela boca.

– Você está mentindo para mim?

– Não. – Ela riu. – Olhe para mim.

Ele obedeceu, apesar de relutante.

– Por que nunca me contou que escrevia assim?

– Eu não sei.

Elena fez um círculo com o dedo sobre o coração dele.

– Essa sua parte meiga, essa que chora com programas de animais e casamentos, que estuda poesia e beija galinhas... você conseguiu verter tudo isso em uma história que me fez chorar, torcer e ter vontade de te beijar até perder o fôlego.

Vlad engoliu em seco de novo.

– Gostei da parte do beijo.

Elena obedeceu. Montou em seu colo, e suas bocas se encontraram num turbilhão de desejo selvagem. Foi um beijo ao mesmo tempo molhado, suave e feroz, assim como ela. Aquele era o momento sobre o qual Vlad havia lido tantas vezes, mas nada do que escrevera em seu livro jamais poderia capturar aquele sentimento: a plenitude de entregar seu coração por inteiro a uma pessoa que lhe entrega o dela em troca.

Vlad segurou seu rosto e o puxou para perto, colando testa com testa.

– "Minha voz para você é suave e gentil..."

Elena engasgou, emitindo um som carregado de emoção, e sua voz falhou ao acompanhar o verso de "A noite", de Pushkin, uma declaração ardente sobre o fogo abrasador do amor, a poesia da paixão, os rios que fluem e refluem entre dois apaixonados. Vlad acariciou com a língua a boca aveludada de Elena antes de se afastar e dizer, ofegante, os últimos versos, escritos, ao que parecia, exclusivamente para os dois.

– "Minha amiga, minha mais doce amiga, eu amo..."

Mas a garganta de Vlad se fechou com um choro de alegria, embargando sua voz. Elena deu um beijo suave e doce em seu nariz, e continuou por ele, completando a promessa com um sussurro ardente contra seus lábios.

– "Eu amo... A ti pertenço... A ti pertenço."

Me prometa

— Tony, você precisa comer alguma coisa.

Ele segurou o curativo na lateral do corpo, onde uma bala nazista abrira um buraco. Empurrou o prato com a outra mão e se levantou. Passara-se uma semana desde o resgate. Uma semana desde que fora baleado. Uma semana desde a última vez que vira a imagem de Anna pairando sobre ele, chorando e gritando seu nome, antes de sentir o sangue dela respingar em seu rosto. Depois, o mundo escureceu.

Dois dias antes, a luz retornara ao acordar naquele navio-hospital a caminho dos Estados Unidos com Jack sentado ao lado de sua maca, um olhar agoniado e pesaroso no rosto. Ele não saíra de perto de Tony desde então. Como se de alguma maneira estivessem ligados para sempre por um luto mútuo.

— Você não vai melhorar se não comer — alertou Jack, ainda segurando a bandeja intocada de Tony. — Estou tentando te ajudar.

— Não quero sua maldita ajuda. — Ele se virou e bateu na bandeja. Fatias de carne desidratada e purê de maçã voaram por todo canto. Tony ignorou a pontada de dor na lateral do corpo e agarrou Jack pela gola do avental hospitalar. — Você devia tê-la salvado! Onde é que você estava?

— Você acha mesmo que não estou tão destruído quanto você?

– Não estou nem aí para o que você sente.

– *Eu* sou a razão pela qual ela se foi. Anna salvou minha vida, e eu não pude salvar a dela. Tenho que aprender a viver com isso. Eu a amava tanto quanto você, Tony.

Um ruído de espanto os separou. Uma enfermeira da Cruz Vermelha estava parada com a mão na boca, os olhos arregalados e incrédulos. Deu um passo hesitante na direção deles, piscou rapidamente, e em seguida voltou.

– O que diabos foi aquilo? – perguntou Jack, curvando-se para pegar a bandeja que Tony derrubara. – Ela olhou para nós como se fôssemos fantasmas.

Tony se agachou.

– Todos nós vimos fantasmas nesta guerra.

Um ordenança apareceu com um esfregão e um balde. Tony pôs a mão na ferida e se levantou para pegar o esfregão.

– Deixe que eu faço isso. Fui eu que fiz a bagunça.

– Não, senhor – disse o rapaz. – Esse é o meu trabalho. O seu é se recuperar. Vão se sentar. Vocês dois.

Tony hesitou, mas por fim estendeu a mão para ajudar Jack a se levantar.

Outro ruído de espanto os interrompeu. Os dois se viraram ao mesmo tempo. Uma mulher estava sozinha junto à pequena porta, a silhueta contra a luz. Uma bandagem lhe envolvia a cabeça.

Ela entrou com passos hesitantes.

Ah, Deus. *Anna.*

Tony sentiu os joelhos cederem, e o ordenança largou o esfregão para segurá-lo depressa. A seu lado, Jack tremia da cabeça aos pés. Como? Como ela fora parar ali? Como embarcara naquele navio? Um milhão de pensamentos atravessaram sua mente, mas ele não conseguiu focar em nenhum, exceto no medo de estar sonhando.

– Anna...

A voz de um homem murmurou o nome dela, mas Tony não sabia se viera dele ou de Jack.

Chorando, Anna correu e abraçou os dois. Tony passou um dos braços em volta da cintura dela, ainda temendo que fosse apenas um sonho. Mas ela era real. Seu corpo estava quente.

– Anna... como? – Desta vez, a voz era de Jack.

Anna levou as mãos ao rosto deles e, com lágrimas escorrendo pelas bochechas, respondeu:

– Fui resgatada por uma unidade da Cruz Vermelha e trazida a bordo. Foi tudo tão confuso, toda hora eu desmaiava e recobrava a consciência.

– Você levou um tiro. – Tony engasgou. – Eu vi.

– A bala passou de raspão na minha cabeça.

Não. Isso era impossível. Tony deslizou as mãos para cima e para baixo no corpo dela.

– Você está bem? Não acredito que está viva.

– Tony – sussurrou ela.

Um choramingo escapou dos lábios de Tony e ele a puxou para junto de si.

– Eu pensei que tinha te perdido.

Ao lado deles, Jack arrastou os pés. Tony se afastou e observou em agonia quando Anna se virou para ele.

– Jack...

Um leve e triste sorriso curvou os cantos da boca de Jack.

– Está tudo bem, Anna. – Ele se inclinou para a frente e beijou-a na testa. – Está tudo bem.

– Eu não queria... – O choro embargou a voz de Anna.

– Não queria se apaixonar de novo? – Ele olhou para Tony. – Você é um bom homem, Tony. Não consigo imaginar outra pessoa que pudesse merecê-la.

Jack estendeu-lhe a mão, e Tony a apertou com um nó na garganta.

– Jack – sussurrou Anna.

Ele deslizou o nó do dedo pelo queixo dela.

– Sempre vou te amar, Anna. Mas seu lugar é ao lado de Tony. – Ele passou a mão no rosto. – Vou dar um tempo para vocês dois ficarem a sós.

Tony não podia se mexer, não podia falar. Então, fez a única coisa que conseguia. Beijou-a. Na frente de todo mundo. Envolveu-a nos braços, ignorou a fisgada na ferida e a abraçou com mais força do que nunca. Nunca mais a deixaria ir embora.

– Anna... – O nome dela era a única palavra que conseguia pronunciar. Então, repetiu-a sem parar. Entoou-a como uma prece sagrada.

– Estou aqui – sussurrou ela, tranquilizando-o com seu toque, seus beijos. – Vai ficar tudo bem.

– Me prometa.

– Eu prometo.

AGRADECIMENTOS

Quando criei esse querido personagem, o Russo, no *Clube do Livro dos Homens*, não tinha a intenção de que um dia ele tivesse sua própria história. Devo um enorme agradecimento a leitores, blogueiros e críticos que me enviaram mensagens e me marcaram nas redes sociais pedindo: "Por favor, dê a este gigante gentil seu próprio livro!" Eu os ouvi, e fico muito feliz por isso. Espero ter feito jus ao homem que todos passaram a adorar tanto.

Agradeço também à minha sobrinha, Madison Kefferstan, uma fisioterapeuta esportiva de verdade, que me ajudou a pesquisar sobre as lesões comuns no hóquei e o processo de reabilitação. Obrigada por responder a tantas perguntas, por mais ridículas que fossem. Mal posso esperar para ver os voos que irá alçar em sua carreira! Agradeço também à advogada Melissa Indish por sua ajuda inestimável na pesquisa das complexas e tristes realidades do sistema de imigração americano. Quaisquer erros, em qualquer uma das áreas, são de minha inteira responsabilidade!

Como sempre, muito obrigada à minha agente, Tara Gelsomino, por todo esforço e entusiasmo nos rapazes do Clube do Livro. Agradeço igualmente à minha editora, Kristine E. Swartz, que me ajudou a reescrevê-lo várias vezes para que a história de Russo ficasse perfeita e fiel ao personagem. E a todos da equipe de marketing, publicidade, direitos autorais e vendas da Berkley Romance – vocês são os melhores no ramo.

Agradeço às minhas amigas: Meika Usher, Christina Mitchell, Alyssa Alexander, Victoria Solomon, Tamara Lush, Thien-Kim Lam, Erin King, Elizabeth Cole, G.G. Andrews, Deborah Wilde, Jennifer Seay, Amanda Gale e Jessica Arden – não teria conseguido sem vocês.

E finalmente à minha família. Obrigada por me aturarem. Tudo que eu faço é por vocês.

CONHEÇA OS LIVROS DE LYSSA KAY ADAMS

Série Clube do Livro dos Homens

Clube do Livro dos Homens
Missão Romance
Estupidamente apaixonados
Absolutamente romântico

Para saber mais sobre os títulos e autores da Editora Arqueiro,
visite o nosso site e siga as nossas redes sociais.
Além de informações sobre os próximos lançamentos,
você terá acesso a conteúdos exclusivos
e poderá participar de promoções e sorteios.

editoraarqueiro.com.br